钟宇 著

心理大师

模仿者

上海社会科学院出版社
SHANGHAI ACADEMY OF SOCIAL SCIENCES PRESS

图书在版编目(CIP)数据

心理大师:模仿者/钟宇著.—上海:上海社会科学院出版社,2016

ISBN 978-7-5520-1435-8

Ⅰ.①心… Ⅱ.①钟… Ⅲ.①长篇小说-中国-当代 Ⅳ.①I247.5

中国版本图书馆CIP数据核字(2016)第149991号

心理大师:模仿者

作　　者:钟　宇
责任编辑:王晨曦
封面设计:小徐书装
出版发行:上海社会科学院出版社
　　　　上海顺昌路622号　邮编200025
　　　　电话总机021-63315900　销售热线021-53063735
　　　　http://www.sassp.org.cn　E-mail:sassp@sass.org.cn
照　　排:南京理工出版信息技术有限公司
印　　刷:江苏苏中印刷有限公司
开　　本:710×1000毫米　1/16开
印　　张:15.5
字　　数:198千字
版　　次:2016年8月第1版　2016年8月第1次印刷

ISBN 978-7-5520-1435-8/I·201　定价:38.00元

“心理大师”悬疑系列
主要人物介绍表

沈　非

心理医生，性格沉稳，心思缜密，“观察者”心理咨询事务所负责人。常沉迷于过去而不可自拔，天生痴情种的他有着忧郁迷人的气质，而这也似乎成了他最大的敌手对付他最有力的手段。

邱　凌

天才般的人物，疯子般的心理，内心极其强悍。所有的诡异、阴暗和匪夷所思都似乎只是为了证明他的存在。

乐瑾瑜

精神科女医生，对心理学有极大的兴趣，精通唇语。看似清晰，却又模糊的身影常令人恍惚。解剖刀是她的标配，无论身在何处都会随身携带。

岩田介居

曾是东京大学和风城医科大的交换生，主攻精神科，资深犯罪心理学专家。

李　昊

自带正义光环的刑警，体格魁梧，嫉恶如仇，看似标签般的人物，却在某些时候有着一颗细腻的心。

邵　波

说他是花花公子也不为过，身为私人侦探，思维活跃，脑洞大开之际，也会做出让人大跌眼镜的事情。

古大力

一个几乎在任何时候都嚼着鱿鱼丝，因运动平衡系统紊乱而经常摔跤的胖子。他还有着如下的身份：图书馆管理员、精神病医院康复期病人、海阳市公安局特殊线人。

文　戈

这是一个活在所有人记忆中的神秘女人，可能是所有故事的起点和终点。

目录

前　言

艾滋病，也就是获得性免疫缺陷综合征病毒感染。感染者体内的免疫系统被摧毁，属于免疫系统的包括皮肤、白细胞、巨噬细胞和各种抗体的功能逐步减退。体内的个人防卫完全崩塌，这一状态就好像是没有了国防力量的主权国家，即将被各种势力染指。

同样的，我们的精神世界也是有着自我保护功能的，弗洛伊德将之称为心理防御机制。心理动力学研究的核心之一，其实就是这一防御机制。

我是沈非，我是一位心理咨询师。如果说精神分析是一门人格鉴赏学，那么，我就是一位始终微笑看待这门异样美学的学者。

分析别人，是我的职业。

分析自己……

或许，是一种修行……

我又想说回到艾滋病——这一打碎躯壳防御体系的病毒。它最早起源于非洲，据说是灵长目动物被迫与人类发生性关系后传染给人类的。于是，也有人说这一病毒是上帝为了惩罚贪婪纵欲的人类而创造的。

那么，我们可以将摧毁防御体质的病毒换个词汇来说，那就是——天谴。

引　子

她将身后那扇薄薄的铁门带拢，按亮了右手边的开关，整个太平间刹那通明，白色的光好像天使张开翅膀后普世的恩泽，将整齐排列着的失去了灵魂的人们紧紧拥抱着，纳入了属于死亡的神话世界。

她翻了翻手里的死亡确认单，今晚被送入海阳市火葬场的一共有四具尸体，他们在这世界上最后的凭证只是自己手里这薄薄的纸片而已。她摇了摇头，依然觉得在生死面前，生命轻微如鸿毛、渺小如蝼蚁。

她往前走着，继续翻看着手里的确认单。前面两张都是医院开具的《医疗死亡证明》，第一位死者的死因是肺癌，他胸腔里的黑色肺叶，让人觉得恶心。第二位死于突发脑溢血，据说这位死者临死前正在与一干好友踢足球，放肆地吼叫与奔跑后，他留下了刚两岁的儿子与并没有能力独自肩负起一个家的妻子。

第三张死亡证明是由郊区一个偏僻的小村庄的村委会开的，死因一栏写着“不详”。她瞟了一眼死者的年龄，79 岁了……这时，一股子微微的腐臭味侵入了她的鼻腔，让她皱了皱眉。据说，这位留守的老妇病了很久了，灵魂离开躯壳究竟多少天了，没人知晓。是某个日出抑或某个日落，也无法确定，也没有人想要去关心了。

嗯！没有人想要去关心……她的死仅此而已，无论她曾经爱过某位微笑着的男人，又被某位想要捍卫她一生的汉子深深爱过。

翻到第四张死亡证明的时候，她探头看了看那白色床单下属于这张证明的尸体——她早已不具备人的形状了，简直就是支离破碎的。确认单上盖着公安机关的红章，死因写着自杀。

真不知道这女人是怎么想的。

她叹了口气，将白色床单掀开。果然，床单下面是浅蓝色的尸袋，其中的块状物大小不一，这让她觉得很不舒服——没有被整齐并均匀分割开来的任何物品，都会让她气愤，并更加的想要为这不懂规则的世界做些什么。

薄薄的几张死亡证明被她放入了那不小的背包，并从里面拿出了一个黑色的扁扁的小盒子。她将盒子打开，微笑了。她近乎癫狂地喜欢解剖刀的明亮，因为她觉得这些金属能够诠释耀人的光泽。而也只有光泽，才是完全没有瑕疵的美，才是上升到一定境界的虚无、却又能够被直观捕捉到的真正意义上的华丽……

她戴上手套，拉开了尸袋的拉链。她的手进入其间游走，最终带出了有着长发与血污，同时也已经失去了鲜活的容颜。

她开始了工作，而脑子里却莫名其妙地想起了一段尘封于历史的真实事件：1955 年 4 月 18 日凌晨 1 点 15 分，一位无可争议的天才——阿尔伯特·爱因斯坦在医院离世，他的尸体被送入新泽西州的特伦顿准备火化。但是，在第二天早上，爱因斯坦的儿子汉斯发现，自己父亲的尸体并不是完整的。《纽约时报》头版头条报道称："这颗计算出相对论并使核裂变的发展成为可能的大脑，出于科研目的，被人偷偷窃取并转移了。"

为爱因斯坦验尸的是知名的病理学家托马斯·哈维医生，他在那个凌晨偷偷锯开了爱因斯坦的头盖骨，将天才的大脑带走了。

23 年后，人们渐渐忘记了对这位疯狂医生该有的谴责。一位记者终于走入了哈维的实验室，见识到了被哈维保存着的两个宝贵的罐子。那一期的《新泽西月刊》里这样描写道：一个海螺形的褶皱材质的团块，泥土烧制后的颜色。灰色拳头大小、块状。内衬物与表面和海绵很像。而在一个单独的袋子里，一团粉白色的线像是发胀的牙线。另一个大罐子里，则是几十个长方形半透明块，像戈登花生软糖般，一块，一块……

想到这些，她笑了。手头的简单手术也做完了，让她激动的物件被她小心翼翼放入从背包拿出的玻璃罐里。

她收拾好东西，将背包挎上，这样，她就能用双手来搂住承载了猎物的玻璃罐子。她开始欣喜、激动，步子变得欢快。能得到一次研究心理学学者大脑的机会，是多么让人高兴的事啊！据说这位学者还一度自己也患上了心理疾病，最终只能选择用自杀来解脱。

况且，让她觉得有着恶作剧般窃喜的原因是——这位学者的丈夫，是他……

嗯！挺好的。

她走到太平间门口，将玻璃罐子放在门边的小桌子上。临出门前，她还需要回头检查一下，保证不会有人捕捉到自己来过的痕迹。尽管，也不会有人来尝试捕捉的。最终，她笑了笑，回头。

这时，她发现自己背上挎着的背包口上，有着一张死亡证明并没有放好，露出了一个角。

她把它拿了出来，是第四张，也是今晚自己来这儿的目的。

她再次看了看上面的文字——文戈。嗯！她一直都很喜欢文戈姐的这个名字，从第一天认识文戈开始就这么喜欢。而那个早晨，也是她第一次看到沈非……

她微笑了：那么，无法窥探到的文戈姐的世界里，又都发生了什么呢？除了沈非，还有什么人爱过你吗？有什么人恨过你吗？他们是爱过你的变幻莫测？还是爱过你的顾影自怜？抑或，他们又是恨过你的薄情寡义？恨过你的口蜜腹剑？

她不得而知。

她再次抱起玻璃罐，用手肘按灭开关，她胸前的通行卡上有着她自己写上去的纤细却又张扬的三个字——乐瑾瑜。

她走出了海阳市殡仪馆太平间的门。

第一章
海上梯田

她不是老妇，相反的，她有着如同初出荷塘莲藕般饱满成熟的女性胴体。我将镜头再次移向她的脸部，但她已经扭头了，我只睹见她的脖子，脖子细长，让我不由自主想起了……

白发

我和李昊、赵珂抵达港口的时候，邵波和八戒、古大力都已经上邮轮了。这次海岛游的发起者是赵珂，她与陈蓦然教授这几个月都走得比较近。我知道，之所以约上我身边的这一干好友踏上去往晨曦岛的邮轮，主要目的还是想让我能够走出我所深陷的泥沼。

我选择了接受，因为我已经辜负了足够多的人了，不能再辜负身边对我好的任何一个人了。况且，我们明天抵达的晨曦岛，拥有着让我永生难忘的迷人曙光与斜阳。那里，也是某一段故事开始的地方。只是，我未曾想到的是，第二天抵达那美丽岛屿的同时，也是一场让人惊恐的噩梦的开始。

我们跟随着排队的人流过安检，最终登上邮轮的台阶。身后，是美丽的海阳市。我有太多太多的故事发生在这座城市，也有太多太多的情感被埋葬在这座城市。或许，陈蓦然教授的安排是正确的，我被身边最为亲近的几个人陪伴，走着一系列仪式般的程序，用来离开这片被各种伤神故事感染过的陆地与记忆。我的前方，有着我某段过去，也有着辽阔的海洋与海洋能够给予到人意识世界的关于自由的强烈暗示。

好吧！那么，我希望这趟行程能够让我好过一点，哪怕是一点点都行。

就在这时，一种很奇怪的不适感突然生出。紧接着，我感觉后颈的汗毛莫名竖起。

我猛然转身，朝着身后排队等待登船的人群望去，并没有异常。但我对自己察觉到的这种感应是那么的熟悉，因为，因为这是只有在邱凌那冷冷的目光盯着我时才有的。

"沈非，你又在臆想了吧？"赵珂扭头对我说道。

我没回话，自顾自地摇了摇头。

“你今天吃药没有?”排在前面的李昊也回过头来问我。

“吃了。”我回答得有点含糊。

是的，一年多了。这四百多个日子里，那衣着光鲜的沈非早已不在了，这个世界上只有一位沉浸在过往记忆中无法自拔的沈非了。曾经，我以为我的世界崩塌于文戈离去的那个早晨，但最终邱凌的出现让我知道，谁也不是谁的全部。接着，我又被一个叫乐瑾瑜的女人，唤醒了内心深处的一丝丝什么，并以为自己会要重新被点燃。但……同样的，也是邱凌，让一切归零。乐瑾瑜最后那晚望着我的眼神如同被固化在我脑海中的背景底色，再也没有消失过。不同的是，背景前的细节不时变化，有她微笑着的，有她期待着的，还有她傻傻站在宿舍房间里的，以及，以及她被机械碾碎后剩下的……

大量的幻觉在我的脑海中出现，我声嘶力竭地在自己的诊疗室里叫喊，我又疯狂奔跑在下着暴雨的夜晚。我总是觉得，自残般的放肆的瞬间，有一位真正关心与爱着我的女人，会奋不顾身地冲出来将我搂抱，因为她不会允许我失落，也不会允许我痛苦。

可惜的是，她再也不会出现了。她的躯壳被碾碎在机械齿轮的滚动中，指使这暴行的人，是邱凌。

我不得不接受陈蓦然教授对我开始的心理辅导，但那些辅导课程里所有的细枝末节，恰恰都是我之前用在我自己的病患身上的。我开始需要依赖药物才能入睡，甚至通过安院长拿到一些处方药来让自己不会对周遭的各种小事大惊失色。

一年多了，终于，我好了点了。但这所谓的好了点，也只是相对于乐瑾瑜刚刚死后的那几个月而言。我依旧沉默寡言，不愿意与人接触。我知道自己这是典型的自闭，但我也明白，这段经历，可能同样是自己正在经历着的涅槃重生。只有真正的浴火，我才能完成精神世界里真正的强大。只是……只是我有了那么强大的精神世界后，邱凌，又会否再次出现？抑或，他完成了他想要完成的一切后，安逸地选择了永远躲藏呢？

我再次看了看身后队伍中的人流，深吸了一口气。是的，邱凌怎么可能再次出现呢？他那么狡黠的一个人，怎么可能再次出现在这个我们所看得到的世界呢？

我将双肩包往上抖了抖，扬起脸冲楼梯上方的李昊笑了笑："没事，我就只是有点点凉。"

是的，珠三角的十二月，也只会有点凉。因为寒冷，从来与这个城市无关。

我们抵达甲板上方，拿着船票往第三层走去。我们一共定了三间海景舱，都是双人间。李昊和赵珂自然是在一起，八戒和古大力两个打呼噜的在一个房间里，剩下我和邵波住一个房。李昊依然大步走在最前面，拉杆箱的拉杆在他这身高反而不太好使，所以他索性直接将箱子提了起来。赵珂在他身后微笑地望着李昊，眼神中满满的都是甜蜜。

他俩的恩爱举止让我有点不惯，只能边走边选择扭头。我的目光不由自主地再次望向之前让我有异样感觉的那些游客，看到的却都是浮华众生而已，并无异常。这时，停放在岸边的货车上的一个有着棕色花纹的大木箱将我的注意力吸引了过去。

那是一个有 6 立方大小的长方形木箱，乍一看有点像棺材，但是要比棺材大上一圈。一旁的码头工人正在将它滑下车厢，并将这木箱上面套着的绳索挂上吊车。吊车笨拙却又执着，微微抖动了几下，最终，这个 6 立方大小的木箱被吊起。吊臂移动着，朝着邮轮上方行进，但绳索晃得很缓慢，说明了木箱里装的东西不轻。

我们这艘野神丸邮轮的最终目的地是日本，只是我们中有很多人会在晨曦岛住上几天，等待邮轮返航时再接我们回海阳市。那么，这木箱应该是要带去日本的货物吧？我暗自想着，加快步子跟上前面的李昊与赵珂。

这时，从小货车的一旁走出一位穿着黑色风衣的女人，她似乎正在与码头工人说着什么。她头上戴着一顶有点夸张的宽檐帽，帽子下方露出银白色的长发，并很随意地扎了个把子。

这是一位老妇，尽管青春不再，但是她还是很认真地打扮着自己。她那合身的风衣与长靴让她已不再丰满的身形不至于显露得那么彻底，就如同贵妇蒙上了面纱后展现着的神秘。她帽子上精致的蝴蝶结，又说明了她内心世界里，依然有着少女才有的对于美丽世界的期许与企盼。

转弯，迈上了通往三楼客房的楼梯，岸边的一切不再进入我的视线。我有点木木地经过了二楼，走上三楼。赵珂指了指其中一扇门："沈非，这是你的房间，邵波应该在里面了。"

我应着，但并没有敲门，直接用船员在过完安检时发给我的房卡将门打开了。房间不大，十几个平方。邵波的皮箱以一种和它主人一般跋扈的姿势摆在其中的一个床上。

"他们仨应该是直接去甲板上了。"李昊一边说着，一边和赵珂走进了斜对面的房间里。

我含糊地应了一声，也不知道他有没有听见。房间门自动合拢了，好像知道现在的我喜欢深藏在一个没有人触摸得到的狭小封闭空间里。

我将行李放好，发现床头柜上摆放着一副望远镜，一瞅就知道是邵波这军迷买的，上面还有着苏联某个军队的番号。

我拿起望远镜，瞟了一眼窗外。紧接着我发现我们这扇小小的窗户朝向的角度，竟然还能够看到岸边那台货车。于是，我将望远镜举起来，朝岸边望去。很奇怪的是，我莫名地想要再次看到那位穿着黑色风衣、带着宽檐帽、有着银白色头发的女人。

我捕捉到她了，她正背对着我与码头工人在说着什么。较之前不同的是，她身旁多出了一位瘦高的男人背影。因为有望远镜，我可以看到那瘦高男人的各种细节。他的头发上抹着啫喱水，梳得很整齐。衬衣领子干净洁白，一套黑色的西装很得体，做工也很考究。

这时，白发女人与码头工人的对话似乎告一段落了。她回头看了身旁瘦高男人一眼，也是这一下扭头，让我得以通过望远镜窥探到她颜面的一部分。她戴着一副硕大的墨镜和一个白色的口罩，让属于她的神秘感更为浓厚。而那位年龄应该在三十出头的男人伸出了手，搭到了这白发女人的后腰上，后腰位置的风衣被拨动……

她不是老妇，相反的，她有着如同初出荷塘莲藕般饱满成熟的女性胴体。我将镜头再次移向她的脸部，但她已经扭头了，我只睹见她的脖子，脖子细长，让我不由自主想起了……

是的，我不由自主想起了乐瑾瑜，想起了她那细长而又粉嫩的颈。

意识到这点后，我放下了望远镜，将自己这拙劣的偷窥行径结束。我坐下，自顾自地摇头。我明白，我还是会不断地有着幻想与幻觉，从周遭世界中的各种细枝末节中捕捉出乐瑾瑜曾经在我身边挥舞成虹的一切，也自以为地窥探着邱凌即将再次出现的痕迹。

幸福，曾经触手可及。而我，选择了绕道而行。

仪式感

人类之所以能够区分于其他动物，有一点便是我们懂得秩序，并依靠秩序构造出了一个有序的社会。而仪式，就是最为典型的一种秩序表现形式。

所谓的仪式感，便是人类在实施特定秩序时，利用这种秩序对自己与身边人进行自我暗示的一个过程。我们无论自己的思想如何进步，掌握到多少科学让自己得以强大，但始终还是有着对于社会秩序常理动摇的时刻。那么，仪式感便变得非常重要，它能让人快速进入状态，不至于迷乱迷失。

于是，才会有这一刻的我站在了甲板上。我的前方是一望无际的海洋，地平线如同尺子比画着一般的工整。我们的祖先最初是来自这片蔚蓝世界，她们在其间自在游动，身心都是那么的自由。所以，陈蓦然教授选择让我搭乘邮轮出海的深意，便在“自由”这两个字上。

汽笛轰鸣，邮轮终于开始缓缓地移动。我深吸了一口气，身旁友人与更多的游客们终于不再与我同一个空间。自我意识世界里封闭着的、孤单冷清的我扭过了头，海阳市遥远而又触手可及。但很快，它便会消失在视线尽头，连带着整座城市里的人和物，以及发生在此间的恩与怨。

我努力让自己情绪不至于波动，用来感受这一次航程的开始。我深吸气、吐气，气流却又似乎在微微颤抖……我不可能永远深陷于过去，我也始终需要面对将来。就算这一年多我消沉到了谷底，但是并不是说我就完全放弃了对自己的估量。生命，是一首总是唱着唱着就要忘词的歌，我也终究只是一个普通的平凡人。我明白自己永远不可能具备邱凌那么强大的精神力量，能够在任何伤痛面前，都只看重他真正想要达成的目的。我——沈非，需要的是消磨掉经历着的苦难。

邮轮驶出港口了，放下吗？

我望向蔚蓝的天空与深邃的海洋，不自觉的，眼眶竟然在湿润。我无法控制内心的沸腾，但这一次，让我情绪波动的，是仪式感带给我的一道分界线。

“沈非，我们先下去吃点东西，晚上在这甲板上有个红酒派对。上船时候我就留意了，有不少没有男伴的女人上船。或许今晚……”邵波伸出手搭上我肩膀笑着说道。

我想要拒绝，但扭头发现包括李昊、赵珂也都站在邵波身旁望着我。他们都微笑着，努力让阴谋显得自然与随意。

我迎合了，点头：“好吧！但安院长要求我尽量在十一点以前睡觉。”

“没问题，派对八点开始，三个小时里面足够发生太多故事了。”邵波大声说道。

是的，三个小时里足够发生太多故事了。罪恶，并不会因为远离陆地而陨灭。它，无处不在。

我离开甲板的时候是晚上十点二十五。当时八戒领着古大力搭讪到了两个刚大学毕业不久的小丫头，在那胡天海地地吹牛。八戒最近在古大力的指点下，读了几本成功学的书籍，这让他与人打交道时，形象高大了不少。那不时张口即来的心灵鸡汤，俨然一副乡镇成功人士的模样。李昊和赵珂站在楼上船长室外面的栏杆前，和船长戴维陈聊天。戴维陈是位日籍华人，身材高大，络腮胡修剪得很精致。这一刻他双手伸开搭在栏杆上，这是典型的雄性生物宣布领地主权的肢体语言。这位正值壮年的船长与李昊几年前就认识了，当时邮轮上发生了一起刑事案件，登船查案的正是刚当上刑警队长不久的李昊。

邵波手里夹着一根没有了火星的雪茄，将我送到房间后便又上甲板去了。我将门合拢，狭小的船舱房间就如同一个与世隔绝的世界，让我感觉安全而舒适。之前的几个小时，我努力装扮得自然，站在甲板上的陌生人中间。没有人知道，我的后背其实已经湿透。我只能靠在铁栏杆上，这样，我才会让自己觉得安全。邱凌，如同一个我永远无法避开的梦魇，让我一旦站到人多的地方，都会产生巨大的惊恐，仿佛，他随时会要卷土重来。

然后，我尝试着观察面前的所有人。因为我的所学，总是能让我通过甲板上男女的某些细微动作而挖掘出他们的喜好与憎恶。这一转移注意力的方式，也终于让我的惧怕变得轻了一点。可惜的是我不敢直视我不相熟的人，只能锁定着甲板上自己认识的人去观察。最终，我锁定了古大力。

他并不正常，甚至应该说他的情商让他在正常的社交中注定了会一而再、再而三的受挫。但他始终微笑着，跟在穿着一套浅蓝色西装如同一团被撑开的棉花般的八戒身后。是的，古大力没有放弃对自己的拯救，就算他总是碰壁，但他有努力。正如他总是因为脑干被压迫导致摔倒，但他又始终在尝试着正常人能够有的平衡。

整晚，我都看着他，看着他愉快地笑着，笨拙地效仿八戒展现男性魅力。

他是个敢于面对的强者！我不得不承认。

我将西装挂到墙壁上，又将汗湿了的衬衣脱下，并套上了一件宽松的T恤。这时，房门突然被敲响了。

“谁?”我问道。

“是我，大力!”

我走过去将门拉开，古大力好像很着急一般，快速钻了进来，并将房门立马关上。

我有点奇怪，问道：“有什么事吗?”

“沈医生，我记得你认识安院长对吧? 那你和海阳市的精神科医生们应该都很熟吧?”古大力神色有点慌乱，语速很快。

“认识得不多。”我照实答道。

“那你认识岩田医生吗?”古大力边说边大步走到房间里唯一的那扇小窗前，朝着外面紧张地望了望。

“是海阳市精神病院的医生吗?”

古大力扭过头来：“不是！不过这小子在海阳市精神病院呆过一年多。他的全名叫岩田介居，东京大学和风城医科大的交换生，主攻精神科。在风城医科大读完研究生后，便在海阳市精神病院实习了一年。而那一年，那一年正好我也在海阳市精神病院进修。”古大力指了指自己肥大的脸庞。

我点头，对于古大力将自己曾经在精神病院的黑历史美化的伎俩，我们总是以很低调的宽容神情来应对。

“嗯！那不是一段美好的回忆。”古大力很认真地补充道，“我就是在那一年，认识了岩田医生，并见识到了他的怪异。”

“大力，我帮你捋一捋你刚才的描述吧。”我在他面前坐下，背部靠到了船舱的墙壁上，这样，我会觉得踏实，收获更多的自信，重拾当日面对自己病患时候的心理师心境：“你所说的岩田医生是东京大学毕业后到中国来求学的学生，之后在海阳市精神病院当过医生。而当时你也正好在精神病院里……嗯，应该是四年前的事，他和你的关系是医患关系，没错吧？”

“是同事关系。”古大力一本正经地纠正道。

“那现在，有什么问题吗？”我尝试着冲他微笑，用当日我练习了无数次，现在却完全生疏的职业表情。

“你还不明白吗？”古大力抬起手抹了一下额头上渗出的汗，“现在的问题是，这位岩田医生也出现在这艘船上。”

“你过来就是想告诉我这件事吗？”我皱眉了。

古大力愣住了，紧接着可能自己也想明白了什么，再次站起：“是！就是过来给你说下这个事，我以为，我以为你会和我一样关心这一点，毕竟你现在也和我一样。”

我扭过头，没再看他：“行了，大力，我想休息了。”

古大力点头，走出了我的房间。

岩田介居，挺有趣的一个名字。我钻进船舱那狭小的卫生间，边洗漱边暗自琢磨，被古大力评价为的“怪异”会是一种怎么样的“怪异”呢？这时，很莫名的，上船时岸边那位站在白发女人身边的男人的身影，在我脑海中一晃而过。

我按灭了灯，嘴里含着的几片药丸与刚入口的温水正在慢慢融合，苦涩的味道让我的味蕾似乎在收缩。等到它们全部溶解以后，我才会将口腔里的这些液体吞下。黑暗中的我，感受不到自己的存在，胃是独立的，里面的化学成分将通过身体里的丝丝缕缕快速蔓延，让我很快入睡。

电话的震动声将我闹醒，我抓起手机，借着手机发出的光看到旁边床铺上空空荡荡，邵波还没有回来。

是李昊打过来的："沈非，你赶紧上来一趟。"

"我已经睡了。"

"上来吧！来船尾，这出了点事。"李昊说到这时，似乎和旁边的人在小声商量着什么，接着他的声音再次传过来，"邵波已经下去接你去了，你跟他一起上来。"

说完这话，他挂了。我看了下手机屏幕，已经一点了，吃了安眠药后被闹醒，人会变得有点迷糊。于是，我伸手去按灯的动作有点笨拙。这时，房门被人用钥匙径直打开，一个高大的身影出现在门口。

是邵波，他脸色不太好看，望向我的目光里有着犹豫。

"邵波，李昊给我打电话了，发生什么事了？"我坐起来问道。

"沈非，本来赵珂死活都不让我们叫你起来的，但是，"邵波没有进房间，而是站在门口继续说道，"但是，沈非，我和李昊始终觉得，你不会真的变成一个疯子的。回答我，你能够再次经历一段又一段扯淡的人生吗？"

我意识到发生了什么可怕的事情了，后颈处的汗毛再次不由自主地竖立起来。我将西装披上，站起。面前的邵波的眼神中充满着期待与鼓励，让我觉得温暖，同时又越发惧怕。

我深深呼气，吐气，最终，我用自己努力勉强出的、最为镇定的语调回答道："我能够的。"

"好吧！那穿上衣服跟我上去吧。"邵波点了下头，"梯田人魔可能再次出现了。"

我的脑子"嗡"的一响，体内某个角落中挤压着的一股子莫名的东西好像爆炸般快速充斥到了我的全身。

是邱凌吗？他终于……

他终于来了。

被折断的尸体

我清晰地感觉到自己的手指开始了快速的抖动，心跳加速。奇怪的是，我并没有因为听到这个讯息而产生某些精神疾病患者受到刺激时的空白与巨大惶恐，相反的，我的深吸气与吐气，开始变得有节奏。我不知道我这一刻的表情到底如何，但面前邵波的关切眼神让我知道，我并没有抓狂。

“能确定吗？”我理了理衣领并快速套上了外裤与袜子，双脚伸进床下皮鞋里的瞬间，我竟然有了一种不可言喻的兴奋。

终于，我明白了。其实，这一年多里，我是在等待着邱凌的到来。除了他的再次回归，我的世界没有任何意义。

“不能确定，只是有可能。”邵波边说边伸出手拍了拍我的肩膀，他想要再说上一两句什么，却欲言又止。

我冲他笑了笑，带拢门，跟随他朝外面走去。这时，邮轮后方有一两道手电的光朝我们晃动了几下。我扭头朝那边望去，却并没有看到是谁在用手电照我俩。

“应该是李昊他们吧？”邵波说道，“派对还没结束，有船员在船尾通往行李仓的楼梯下方发现了一具尸体，并赶紧通知了船长。李昊和赵珂第一时间跟着过去了，我和大力、八戒晚了十几分钟到的。”

“尸体？楼梯下方？”我重复着这两个关键词汇。

“是的。”邵波加快了脚步，“是一具女尸。”

“摆放在楼梯下方的台阶上，骨骼折断的位置正好与台阶贴合，就好像是梯田的模样？”我小声说道。

邵波并没有选择正面回答我："赵珂在，你还是先听听她的意见吧。"

我"嗯"了一声，没再说话。

很快，我俩就走到了船尾的甲板上。包括戴维陈与李昊等人在内的七八个人站在那边说着话，几个船员用担架抬着什么，快速朝船的另一头走去。我知道，担架上白床单下盖着的，应该就是邵波说的女尸。

我是一个心理医生，并不是侦探。所以，我并不关心女尸的模样与死状。

这时，赵珂也看到了我，她在李昊耳边小声说了句什么，接着指了指不远处没人的角落，示意我过去。

我点头，但目光却被与戴维陈、李昊他们几个站在一起的一位穿着黑色西装的男人吸引。他那梳理得非常整齐的发型，一尘不染的白色衬衣衣领，以及微微发亮的皮鞋，正是下午上船时候我用邵波的望远镜窥探到的白发女人的男伴。

他并没有看我，或者应该说现在的我也不具备让人第一时间在人群中注意到的强大气场了。接着，我扭头，朝赵珂走去。我的心里有着一丝奇怪的预感，觉得这黑衣男人身上有着某些我很熟悉的气质，却又无从落实。

"沈非，如果真是邱凌再次出现，你能确保自己不会崩溃吗？"赵珂的发问将我拉回到海风拂面的甲板上。

我冲她微笑："我不知道。"

"哦。"赵珂有点犹豫。

"但不管是否崩溃，总也要面对的，不是吗？"我努力装得轻松。

赵珂又看了我一眼，咬了咬牙："死者应该是在九点左右断气的，现场查勘的初步结果是醉酒不慎摔下楼梯，脸部先着地，致命伤是颈骨骨折。同时，她的左腿大腿腿骨也摔断了。她的头部、上身躯干以及下半身以一种有点奇怪的蜷缩方式陈列在楼梯的最下方的三级台阶上。"

“是……”我的声音有点点发颤，“是第一现场吗?”

“初步鉴定是第一现场，但目前也只能依靠尚不明显的尸斑来判断。”赵珂答道。

站在我身旁的邵波插话道：“李昊怎么说?”

“他啥都没说，只是问了问戴维船长听说过梯田人魔案没。”赵珂边说边望了望不远处的李昊一眼，“戴维陈否认了，但我和李昊都感觉得到他是知道邱凌案的。不过，戴维陈宁愿相信这是一起意外，也不愿意怀疑自己的船上有着一位臭名昭著的凶犯。”

“或许，真的只是一起意外。”我小声说道。

就在这时，戴维陈身边的那位穿着黑色西服的男人突然用日语大声叫嚷了几句什么。我扭头朝他望去，但视线却被站在另一边角落里的古大力吸引了。只见他正缩头缩脑站在不远处的灯下面，嘴里叼着一根棒棒糖，表情很奇怪的死死盯着正在说话的那黑色西服男人。

“他叫岩田介居，戴维陈的朋友，精神科医生，同时，也是一位资深的犯罪心理学专家。”赵珂在我身旁介绍道。

“哦。”我应着，迈步朝他们走去，因为我听到了那男人的日语话语中，插了个英文词组——antisocial personality disorder——反社会人格障碍。

赵珂先我一步走了过去，并站到了我身边，让那位正激动着的叫做岩田介居的男人不会觉得我的靠近太过突兀。也就是这时，戴维陈耸了耸肩，用中文对岩田说道：“我觉得你还是用中文吧，毕竟李警官并不能听懂你的质疑论调。”

岩田愣了一下，接着端了端眼镜。他的声音其实很好听，就算是之前大声说道的时候，声线也保持着浑厚，并不刺耳。他望了李昊一眼，做出了一个微微点头的姿势来致歉自己不经意间用到母语的不敬：“嗯！李警官，我有点失态了。但我的看法和您是一致的。再说梯田人魔目前还逍遥法外，这也是不争的事实。”

李昊脸色有点不好看，但还是皱着眉应了一句：“梯田人魔案是我们海阳市警方的耻辱，我们也一直在努力。”

戴维陈耸了耸肩，他肩膀上那四道金色的代表着船长威严的横杠，在灯光下特别显眼：“岩田先生，我与你的工作不同，请恕我没有机会接触到你们所说的那些连环杀人案例。就算有知晓，也只是在电视或者报纸上看到而已。况且，现在这么稳定的社会里，又怎么会有那么多连环杀人犯存在呢？我想，你是想多了吧？”

“戴维，我觉得我有必要给你上一课了。当下的中国社会，短短的三十年，以奇迹般的速度行走着我们日本两三代人所经历的变革轨迹。大量的普通人，思想上会出现巨大的断层，最终产生心理疾病，这点相信你也会认可吧？所幸中国人本来就具备着隐忍的民族性，所以，他们不会莫名地爆发。但，”岩田顿了顿，“但梯田人魔的出现，可以理解为海阳市这一平静湖面上第一条跃起的鲤鱼。在水下的其他鱼们都看到了它，并开始明白，原来我还可以这样做，还可以这样发泄。”

戴维陈打断了他：“岩田，我觉得你应该回房间去休息了。我很能理解在你平静的生活里，是多么盼望有机会与一位连环杀人犯进行面对面的对决，但这一需求，不能当作你用来改变我面对一场意外所应该有的判断上的理由。”

岩田摇头了：“戴维，我给你说段历史可以吗？”他并没有等待对方的回应，径直说道：“1963 年 11 月，肯尼迪遇刺，三天后，凶手被击毙的画面在电视上播出。紧接着，无数的有着肮脏灵魂的凶徒，开始在各自蜷缩着的角落里蠢蠢欲动，血腥的总统被刺案成为他们犯罪的催化剂。肯尼迪遇刺的第二天，‘波士顿行凶客’在《新时代》上公布自己已经奸杀了 12 名受害者的消息。之后，各种奇怪的谋杀案越来越多起来。1966 年，芝加哥的几名流浪汉捆绑、刺伤、掐死了 8 名学生。三周后，一名疯狂的大学男生爬上钟楼，用猎枪打死 16 人、打伤 46 人。接着，美军在越南美莱村的屠杀案被曝光，莎兰·泰特被嬉皮士虐杀的案件极度骇人听闻。进入 70 年代后，情况开始更加恶化。”

岩田语速放缓了，但他的表情却越发严肃起来：“恋鞋癖杰瑞·布鲁多斯在 1968 年杀害了 4 位女性并砍下了她们的脚。密歇根州的约翰·诺曼·柯林斯谋杀了 7 位年轻漂亮的姑娘。1971 年 5 月，警察在工头胡安·克罗纳位于加州的一个桃园里，挖出了 26 具尸体。1973 年‘同性恋垃圾’迪安·科尔在休斯敦谋杀了 27 名临时工。1976 年，自称‘山姆之子’的大卫·伯科威茨有计划地在纽约皇后区射杀妇女。70 年代末，肯尼斯·比安奇和安吉洛·博诺在好莱坞的山坡上抛弃了十具被虐杀的尸体；韦恩·威廉姆斯将 5 位受害者的尸体扔进了亚特兰大的河水里；理查德·科廷厄姆在纽约的廉价旅社里肢解并焚烧了数名性感的女孩。更有深受社区居民尊敬的成功男士约翰·韦恩·盖西将 28 名男孩的尸体塞进了自家地下管道。75 岁的雷·卡普兰与妻子——69 岁的费依·卡普兰将被他们杀死的雇工的衣服缝成拼凑的被单；直到辛辛那提市医院护理员案告破时，犯下了 58 桩谋杀案的唐纳德·哈维刷新了美国连环杀手之最，将盖西的 33 人、‘绿河杀手’的 48 人全数超越……。”

“但是，”戴维轻描淡写地打断道，“但是岩田先生你说的这些都是跨度一二十个年份，跨越整个美国的案例，并不代表本船游客主要来源城市海阳市也会如此。总不可能在一座城里，就潜伏了你所说的这么多恶魔吧？嗯！你必须明白，只是一座城而已。”

我明显感觉自己意识深处的某些东西正在缓缓被点燃，并开始尝试着燃烧起来。我不由自主地朝前走出了一步：“戴维先生，就在岩田刚才说的那个时代里，加州的圣克鲁兹市，连续两年出现了杀害 5 人的约翰·弗雷泽；杀害 8 名妇女的艾德蒙·其普以及杀害 3 人的赫伯特·慕林。是的，只是在同一座城市里。”

戴维陈看了我一眼，因为李昊的缘故，他之前就和我相识。于是，他冲我微微点了点头：“沈医生，看来，你的观点和岩田先生是一致咯？”

“沈医生？”岩田扭头过来，“他叫你沈医生？”

他上下打量了我一番：“你不会就是沈非吧？”

“是的，我是沈非。”我点头。

岩田笑了，他朝我跨出一步，并伸出了右手。

他的手，干燥、有力。

“很高兴认识你，沈医生。”他的微笑非常职业化，一看就知道是对着镜子练习了很多次：“我叫岩田介居，犯罪心理学的爱好者。”他很谦虚地自我介绍道。

第二章
连环杀人犯史

货舱里光线并不亮，那箱子被孤零零地放在靠墙位置，显得格外庞大，庞大到似乎能够装下各种各样让人惊恐的物件，也装得下各种各样的罪与邪恶。

岩田医生

犯罪心理学是一门研究犯人的意志、思想、意图及反应的学科，与犯罪人类学相关联。该学科的核心问题是，什么导致了人们犯罪。

犯罪心理学又有狭义与广义之说。狭义犯罪心理学的研究对象是犯罪人的心理与行为，包括其心理过程、个性心理、犯罪心理结构形成原因、过程以及犯罪过程中的心理活动、犯罪心理发展变化的规律等。也就是说，狭义犯罪心理学只研究犯罪人的个性缺陷及有关的心理学问题。

广义犯罪心理学的研究对象，除了包括狭义犯罪心理学的部分以外，还包括了犯罪对策中的心理学问题，如预防犯罪、惩治犯罪、改造罪犯心理等问题。另外，犯罪倾向者心理、被害者心理、证人心理、侦查心理、审讯心理等，也都是在广义犯罪心理学的范畴之内。简单地说，广义犯罪心理学既研究犯罪人的心理和行为，又研究与犯罪作斗争的对策心理学部分。

因为李昊的原因，我在进入心理咨询行业伊始，便开始接触到不少刑案。当时的我莫名欣喜，觉得这是收集到很多同行一生都不可能触碰到的案例的宝贵机会。于是，我惯性地对犯罪心理学开始了研究。但比较起面前的这位精神科医生出身的犯罪心理学学者岩田介居来，我可能只是井底之蛙。

“我也很高兴认识你，岩田先生。”我回报了一个微笑，这一微笑和对方一样，模拟了无数次。

“其实，刚才戴维陈说的有一点是真的，我虽然懂一点犯罪心理学，但真正与典型的连环杀人犯交手，确实没有过。”岩田说，“沈医生，你与梯田人魔邱凌的故事，我听一位你我都很熟悉的师长说起过。但师长知道得也并不够详细，所以一直想找个机会结识你，听你亲口说说。我想，那一定是一段非常精彩也极其经典的经历吧？”岩田说到这里时，眼睛里有着因为期待而闪烁的光芒。

我的心揪动了一下，无法分辨心中究竟是酸还是苦。我努力维持着微笑：“你说的那位老师是安院长吧?”

岩田一愣：“咦？你怎么猜到是安院长？难道，我曾经在海阳市精神病院实习过的事，你也知道?”

“我不过是随便猜的。”我边说边瞟了一眼不远处贼眉鼠眼朝我们这边偷看的古大力。

“哦!”岩田点了点头，“邱凌两年前被送入了海阳市精神病院，相信那些日子你也去过很多次。那么，你所认识的精神科医生，应该都集中在那里。而我，本来就是精神科医生出身，所以你第一时间将安院长和我联系起来，也是比较符合思考常理的。”

我没回应他，相反的，我不由自主地往后退了一步，仿佛这样就能将眼前的岩田完完整整地收入到我眼中一般。这时，我居然想起了自己与邱凌第一次见面的那个下午。那天，我自以为的冷静着，也自以为能够将对手轻而易举击败。我的自信，注定了我从第一面见到邱凌开始，便会措手不及……

终于，我知道自己为什么会对眼前的这个岩田介居有着奇怪的亲切感了。因为我仿佛看到了一个自己，一个两年多以前刚遇到邱凌时的自己，一个将文戈的离世埋藏到潜意识深处后呈现着自信自大的自己。而当时的那个自己，也和岩田一样，穿着剪裁合身的深色西服，有着洁白到不着一丝尘埃的衬衣衣领，以及精心修饰着的头发。所有的外形塑造，都是为了让人们知道，我是一位精神世界中有序到如同完人般的心理医生。

岩田见我没有吱声，似乎有点失望。他很快恢复了正常，再次扭头望向他身后的戴维陈：“戴维，其实我也没必要非得说服你什么，你是船长，这条船上的最高长官。你最终将今晚这起命案定性为谋杀还是意外，都是你的权力。但我还是希望你通过船上的广播通知所有的乘客，要他们做出适当的防范。我想，我这样的要求并不过分吧?”

戴维陈没回话，他自顾自将手里那顶有着蓝边的白色帽子重新戴到头上。这时，李昊探出头到戴维耳边，不知道小声说了两句什么。戴维点头，接着冲我们几个说道："大伙的意见我都听进去了，但作为船长，我现在要面对的首要问题是对死者家属的安抚。岩田说得没错，是谋杀还是意外，只要是在这艘邮轮上，都是由我判定。但你们也都知道，现在是在公海，一旦抵达陆地，便不再是我能够一人说了算的，不是吗？"

说完这话，他开始转身，要朝着那几个船员抬着的尸体方向行进。迈出两步后，他似乎想起了什么，又停下来回头对我说："对了，沈医生。如果……嗯，只是如果。如果梯田人魔真的在我们的'野神丸'邮轮上，那么，我相信凭你与李警官，也一定能够将他揪出来的。况且，"他微笑着看了看岩田："还有磨刀霍霍的岩田先生在，他等这么一次与连环杀人犯正面交手的机会，等了很多年了。"

岩田并没因为戴维陈的调侃而气恼，相反的，他笑了，并冲着再次转身的戴维陈的背影做了个耸肩的姿势。也就是在这时，我发现作为一位心理学学者，岩田的各种肢体动作显得有点夸张，也非常的频繁。

我往后又退了一步，这样，自己距离一旁的船舱墙壁更近了，似乎也越发舒坦了一些。面前的岩田开始和李昊交谈，他的双手始终放在身体的前方，让甲板上的这几位听众都能够注意到他不时挥舞着的手臂。他和李昊、赵珂等人再次说到关于死者的事，但那些细枝末节我并不关心，我所留意的，是岩田一边说话一边不断抬起的手与正比划出的各种手势。

他是一位心理学学者，那么，他应该非常清楚频繁的肢体语言能够给自己赢得什么。尤其是伴随着自己的演讲说辞的手势，更是让人对演讲者自信、积极的印象最大化。

众所周知，对有些人来说，积极的手势是一种天赋，不需要通过任何教育来学习。阿道夫·希特勒就是一个很鲜明的例子，这位一战中的二等兵曾经是个不折不扣的小人物。他在走上演讲台之前，并没有接受过任何的资格预审，也没有过演讲的经验。他不过是对着镜子进行了一番练习而已，最终他却成为煽动整个德意志为之疯狂的魔王。

只是，在希特勒的日常生活中，手势的运用，相对来说收敛了不少。但是，这一刻站在我几米外的岩田先生，他那看似潇洒率性的诸多肢体动作，在我看来，却有做作的嫌疑。最为明显的一点是他的双脚，在面对我与李昊这两位支持他“这是一起谋杀”论调的人一起时，他的脚尖都很精准地对着我与李昊身体的方向。相反的，在他与戴维陈说话时，他将脚尖转向一边，并将手肘抬起横在胸前，让人不用听他的语言也不用看他的表情，便知道他想要表达的否决意愿。

“沈非，你为什么不关心凶案的细节？我看你好像压根就没有注意听我们在说些什么？”赵珂探头到我身边小声问道。

我冲她微微笑笑：“有你和李昊在，我只需要听结果就可以了。”

赵珂也笑了。这时，李昊似乎厌倦了与岩田的交谈。他故意拍了拍对方的肩膀：“好了，岩田医生，你是不是要去陪下你新婚的妻子呢？这么晚了，你忍心让她一个人在舱房里等你吗？”

“新婚的妻子”？这五个字让我再次望向岩田，脑海中出现下午那位满头白发的女人。岩田用右手摸了摸鼻子，这一动作是想要让人觉得他并不在意：“不着急的，再说，她如果知道我是和沈非医生在一起的话，估计得尖叫起来。”说完这话，他望向我：“你与梯田人魔较量的故事，在我们看来，就如同心理学里最经典的案例般精彩。”

他边说边抬起手看了下表，最后讪笑道：“不过，李警官说的也没错，太晚了。沈医生，明天能一起吃早餐吗？我走出风城医科大后，曾经在苏门大学心理系旁听过半个学期，所以，我应该算是你的学弟了。作为苏门大学的校友，很期待能与师兄好好聊聊。”

我点头，但依然没出声，将脸转向了一旁。其实，我并不是抗拒与他接触，只是，我无法控制自己不去联想起那位满头银发的女人，以及她那与乐瑾瑜很像的脖颈。甚至于，因为岩田在这甲板上的出现，让今晚我最该关心的梯田人魔，似乎都没那么重要了。

“那明天早上八点顶层的露天餐厅见吧。”岩田冲我做了一个挥手的手势，转身朝后面走去。我这才有了松懈的感觉，并正眼望向他的背影。瘦高，挺拔，步履有节奏，手臂摆动非常有力……这些，都说明他是个情绪很稳定的人。但，为什么他在这甲板上会大声叫嚣，并频繁使用夸张的肢体语言来作为沟通的辅助呢？

只有一种可能，他想要让人对他产生误解。

我再次想起自己第一次见到邱凌时在看守所的那个下午。那天，我故意地大声说话，想要展现出一个愚笨与自以为是的自己，目的是让邱凌觉得我不过如此。我想，这可能也是今晚的岩田想要让我对他定义的吧？只是，他为什么要这样做呢？他这样做的目的是什么呢？

我低下头，不再细想这些可能只是我多心的细枝末节。渐渐的，我开始有了一种莫名而来的酸楚，感觉世界上的很多事情，似乎在不断地来回重演而已。接着，我转身，很随意地望向了船舱的某处。而也就是这么随意一瞥，让我脊背一凉——因为，因为我看到了某一片闪亮转瞬而逝，而那片闪亮的位置，似乎也正是我之前与邵波走出舱房时，灯光扫射过来的方向。

有人在观察我？这念头令我突然惶恐。但紧接着，我插在裤兜里的手正好触碰到了装药丸的小盒子。

或许，我还是太敏感，就如同一位爱妄想的精神病人不时担忧着被迫害吧？

道理懂得太多了，反而会让自己无法好起来——这，可能也就是我目前的状态吧？

“沈非，你还好吗？”李昊终于朝我走了过来，他依然目光炯炯，我能从他的凝重神色中解读出今晚的这起命案，可能真的不是那么简单。所以，他会透露出一种信息，他在寻思要不要让我知悉。

“还好吧!”我挤出微笑，将目光从那“可能有偷窥者”的方位移了回来。

“嗯！我敢断定，今晚这起命案是一起谋杀。”李昊咬了咬牙，“凶手的身份只有两种可能。第一种可能，凶手是邱凌的崇拜者，毕竟当日他的案例被媒体报道后，梯田人魔成了不少心理阴暗者膜拜的神。他们模仿梯田人魔作案的手法，却又因为害怕，不敢太过张扬，最终选择了将现场伪装成意外的模样。”李昊说到这顿了顿，他再次看了我一眼，应该是在揣摩我接受这些信息的反应。

我暗地里将呼吸拉长，保证自己情绪足够稳定，并勇敢地望定李昊的眼睛。

李昊继续：“而第二个可能，那就是凶手是，”

他叹了口气，最终一字一顿：“凶手就是邱凌。尽管，尽管现场有一副想要混淆视听的黑框眼镜。”

“黑框眼镜?”站在我身后的邵波插话道，“你说现场有一副邱凌戴过的那种黑框眼镜?”

“是的!”李昊没有望向邵波，他的眼睛依旧盯着我的表情，“现场留下了一副属于邱凌的黑框眼镜。”

犯罪心理学

针对妓女的连环杀手有很多共性：他们都有正当工作，有妻子、房子与孩子，甚至还有属于自己的稳定的朋友圈，并能够和周围的人保持良好的关系。

最为臭名昭著的绿河杀手加里·里奇韦——这位在华盛顿州杀死了48位妓女的恶魔，曾经有一段时间会挨门挨户地拜访邻居，要求他们皈依上帝。同时，他也是同事们口里的合群、友善、耐心的同事。

2003 年 11 月，54 岁的加里・里奇韦被判处死刑，他所犯下的罪孽，都是发生在 20 年前 1980 年代的杀戮。在 1982 年至 1984 年两年多的时间里，他勒死了几十位可怜的妓女，并将她们的尸体丢弃在树林里。里奇韦将那地方叫做“树丛”，还定期回去，猥亵已经腐烂的尸体。

里奇韦的案例现在世人皆知，他之所以在犯案十几年后才被绳之以法，是由于他某些小小的心思。在美国的警方术语中，里奇韦这种赋予犯罪现场虚假寓意的行为被称为“布景”。他会细心地在弃尸现场留下口香糖或者烟头，用来误导警方。而他本人既不抽烟，也没有嚼口香糖的习惯。他还会修剪受害者的指甲，以免留下证据。更有甚者，他曾经在一个受害者的尸体身上摆满香肠、鱼和酒瓶，制造出类似“最后的晚餐”的情景，以迷惑警方，让警方以为是另类崇拜的邪教徒的作恶。

那么，发生在甲板下方楼梯位置的凶案现场，有一副邱凌曾经戴过的黑框眼镜——这一线索，在李昊看来，就是很明显的凶犯用来迷惑人的“布景”了。

“我比较倾向于第一种可能。”邵波往前迈出了一步，嘴上的香烟闪着的红色光点很耀眼，“应该是邱凌的模仿者，毕竟像邱凌这种心思缜密的家伙，不可能留下这么大的 BUG 的。”

“嗯！我同意你的观点，但也请你想想，邱凌早已经不像最初一样躲藏在暗处与我们周旋了。我们是否也可以把他留下的这副眼镜当成是给我们的宣战书呢?”李昊望着邵波嘴上那支烟咽了一口唾沫，他在戒烟，为了与赵珂有个健康的孩子。

“他本来就不需要眼镜。”我喃喃说道，“在每一次最为真实的他呈现在我眼前时，他望向我的眼神，都是跳过镜片的。邱凌天生就是那种具备着锋芒的人，尤其是他在大学毕业后逐步将自己的禁锢枷锁解开后。但他童年时期的经历又让他明白，属于他的嗜血因子释放后，会让他无法保留住他想要的低调生活。所以，他选择了眼镜，而且是一副度数不低的眼镜。换句话说，他每天透过镜片看到的世界，都是模糊的。那么，他所呈现出来的平凡与不起眼，不过是因为他无法看清而已。”

我再次望了望那有过闪光的方向，但这次眺望并没有收获到什么。或许，我依然无法让自己的思想保持足够的平和与冷静吧？接着，我回过头来：“李昊，我同意你的观点。邱凌知道我在这艘船上，他回来了。并且他将他用来混淆视听的最后一层伪装——眼镜抛弃了。”

我深吸了一口气：“他是要告诉我，战斗，再次开始了。”

“沈非，”赵珂在我身旁小声说道，“很晚了，或许，你要回房间休息了。”

“为什么要我回去？难道你觉得今晚不是邱凌吹响的号角吗？”我有点恼怒地望向赵珂。

“沈非，赵珂说得没错。”李昊伸出手搭到我的肩膀上，“我虽然不能像你一般洞彻人心，但我是警察，我也会观察。你说出刚才那番话的时候，我一直盯着你的眼睛，看着你努力想要装出来的镇定与冷静。很遗憾的是，你的身体是诚实的，你的眼皮在不时抖动，说话的时候，呼出来的气流也在微微发颤。那么，这种状态下你对邱凌可能要出现的判断，能够真正客观理性吗？”

我连忙避开了他的眼神。是的，我是一位心理咨询师，作为我这个行业的执业者，个人素养上排在第一的便是——必须客观看待案例。

我做不到！我的世界里，邱凌无处不在，我甚至怀疑自己是不是出现了幻听与幻觉，而眼前的这一切关于梯田人魔的种种疑点，都不过是我自己脑子里虚构出来的幻想而已。

“沈非，要不我先陪你回去吧？”邵波问道。

“我不想走。”我小声应着，继而抬起头来，“我不能一直这样下去，逃避不是办法。李昊、邵波，我知道你们都是为了我好，也希望我好。可是呢？”

我顿了顿，嘴角往上挤出苦笑：“可是我自己就是一位心理医生，我治好了那么多心理疾病患者，却治不好自己。原因很简单，那就是所有的迂回与引导，在我的多疑与惶恐中，都是没用的，因为我懂这些，对这些伎俩也都能够驾轻就熟，不过是我以前治疗别人的方法而已。嗯！真的很谢谢你们，但我需要面对，不能逃避。因为能治好自己的方法便是让自己强大，让我潜意识里的那个自信的自己再次回来。”

“沈非，可我们真的很担心你。”赵珂摇了摇头，“你选择坚强面对没错。但是你要知道，最坚硬的武器是不会弯曲的，只会折断，用毁灭来诠释自己的不愿意低头。沈非，我们怕你会疯癫。陈教授和安院长都叮嘱过我们，你不能再受刺激了，你已经在崩溃的边缘了。”

“可能吧。但我觉得，我的明天只有两种可能性——疯魔抑或是理性到极致。这两种可能，不管是哪一种被实现了，实现之后的我，都不会像现在这么憋屈与痛苦。”

我再次努力，展现出本应该属于我的职业化的微笑，望向面前关心着我的人们：“所以，希望你们让我痛快一次，可以吗?”

赵珂继续摇头，张嘴想要再说上两句什么。这时，李昊搭上了她的肩膀，示意她不要再说话。接着，李昊又瞪了一眼再次点上了香烟的邵波，对我笑了笑：“我想，我明白你的意思了。”

“为什么我还不明白呢?”邵波在我身旁嘀咕道，“不过，给你个痛快倒应该容易吧!”

就在这时，一直没在这块甲板上出现的八戒，不知道从哪里冒了出来。他快步走到了我们几个人身边，神色有点奇怪。见八戒出现了，古大力似乎舒坦了不少，凑了过来。

八戒对我们做了个噤声的手势，左右看了看，见不远处的船员只是在安静地清理现场，并没有注意我们，便压低了声音，表情凝重得有点夸张：“货舱里有奇怪的东西。嗯！我想，我们需要下去看看。”

古大力来劲了，大脑袋伸了过来，小眼睛眨巴眨巴着：“我就知道外星人是真实存在的！”

八戒很郁闷，白了古大力一眼：“别闹！”

古大力见八戒表情严肃，更是急了：“难道，难道是怪兽？”

原来，在之前的那段时间里，八戒并没有围在人堆里看热闹，反而是和一个负责管理行李舱的船员搭讪上了。对方是河南人，八戒很高兴，非得说自己老家山东和河南是老乡，还说了中原一家亲什么的，握着人家的手就差没挤出两滴眼泪了。对方见八戒一副智力不高的模样，穿戴得也算考究，掏出的烟一包抵自己抽的一条，自然愿意结交这种典型的愚笨土豪，便和八戒开始瞎聊。

聊来聊去，八戒就问：“这货舱里是不是有啥不对劲？”

对方说：“这不明摆着不对劲，摔死了个喝醉酒的，尸体摆在那你看不见吗？”

八戒点头，若有所思，并小声嘀咕了一句：“可能有啥真正稀罕的地方，你也不知道。”

对方就有点气恼，说：“能有啥稀罕是我不知道的呢？这趟海路确实有不对劲的地方，就那大箱子啊！”

八戒表情依然很平淡，甚至压根不拿正眼看对方：“一个大箱子有啥不对劲的呢？难不成大箱子里还装了个恐龙蛋不成。”

八戒给我们说到这里的时候，古大力又插话了：“我就知道，是上古生物吧？”

大伙同时白他，他连忙住嘴，八戒继续。

那船员被八戒激得来了兴头：“得！稀罕事在你看来都不是事总成了吧？我说大兄弟，你见过谁坐个邮轮旅游，运一箱子泥土的吗？”

八戒连忙摇头：“你的意思是有人提了一皮箱土，要带去日本？”

船员见八戒还是没有露出惊讶表情，便急了：“不是小箱子，而是，而是——”

“而是啥?”八戒追问。

对方吞了吞口水：“得，反正我现在要下去货舱里巡视，你自己跟我去看看再说吧。”

八戒自然应允。接着，他跟着那船员去了货舱，之后再跑上来给我们说道这一切，要我们跟着他下去看看。

古大力便不明白了：“你到底是看到了什么呢?”

八戒也不废话：“你们自己下去瞅瞅再说吧，也没啥，但就是透着古怪。”

于是，我们让赵珂和李昊留在了甲板上，毕竟这么多人一起下去太显眼。用李昊的说法，他俩是在上面给大伙放哨，而邵波的说词叫把风。

我没出声，就只是在他们身旁站着，听他们的说道与安排。脑海里再次出现的画面，居然又是那个满头白发的女人的身影，以及她下午用吊车运上船的那口巨大的木箱子。

嗯！不出意外的话，那船员对八戒说起的，应该就是那口箱子吧?

奇怪的木箱

货舱位于甲板下的第三层，门开着，一个穿着船员服装的中年男人站在门口，块头不小，但透着土气，距离人们心中那硬朗冷峻的水手模样比较远。他抬头看到八戒下来便咧嘴乐了，并将手里把玩着的一个金色的打火机连忙往裤兜里塞。

假如我没记错的话，那个打火机是个很奢侈的高端品牌限量版，之前是在八戒手里，他用来频繁在小姑娘面前挥舞。而此刻之所以易主，应该就是对方愿意领我们去看看那奇怪木箱的原因吧?

邵波也留意到了这个细节，他在我耳边小声嘀咕了一句：“那是八戒前几天在网上花了 80 块买来的。”

我没回应他，瞅着走在我前面的八戒白衬衣后领处，有一大片发亮的金色粉末，八成是他戴着的那条假金链子掉色。但也不得不承认，以八戒的气场，外人是看不出啥不对的，尤其是他最近研读了很多本成功学书籍后，时不时甩出两句“心态才是成功关键”之类的警句来，更为他给自己标榜的“煤老板二代”身份加分了不少。

那船员看清八戒身后的我和邵波、古大力三个人后，似乎舒了一口气。他讪讪笑：“牛总，我还真以为你要领五六个保镖一起下来呢。”

“牛总”抬起了他那肥大的蹄子，将西装捋了捋：“棍哥，我这几个兄弟和我一样，每天没啥鸟事做，就喜欢寻个刺激。所以，才领他们一起下来瞅瞅，你不介意那真真是极好的。”

“不介意，不介意的，只是不要让太多人知道。毕竟，这里面都是游客们的一些要拿到日本去的大家伙而已。”这个叫棍哥的船员边说边伸手示意我们进去，另一只手搭在门上面，将门缓缓带拢：“不过呢，我要领你们瞅的那大箱子，也确实大得有点离谱了。”

他话音一落，铁门也被他带拢了。我的心在铁门被带拢的瞬间突然一缩，我知道，这是我当下的神经过敏心思所致。我知道的心理疾病条目太多了，于是，在进入幽闭空间后，我会第一时间多了担忧——不知道自己会不会也已经有了幽闭空间恐惧症？

我偷偷地深呼吸，并开始庆幸，自己并没有感觉到压抑与窒息。

棍哥快步往前面走去，这船舱不小，应该有八九百平吧？长条形状，大小不一的箱子在两边的货架上安静地躺着。暗黄的灯光下，有着一丝丝奇怪的气味，但一时我也想不出是什么味道。

“就是这个大家伙。”棍哥指着角落里横躺着的一个大木箱对我们说道。

我探头过去，果然就是下午看到的那个有着木纹油漆的大箱子。货舱里光线并不亮，那箱子被孤零零地放在靠墙位置，显得格外庞大，庞大到似乎能够装下各种各样让人惊恐的物件，也装得下各种各样的罪与邪恶。

邵波他们几个不会像我一样，第一时间冒出这些胡乱的念头。邵波大步上前，直接伸手将木箱推了几下，并回过头来说道："里面还真有点分量，确定都是土吗？"

"确定，这么一大箱东西，不仔细检查，是不可以上船的。不过话又说回来，再怎么检查，也没人把它弄个底朝天，细砂和石粒一颗颗地瞅个仔细！"棍哥靠在货架上，身上那套水手服在昏暗灯光下有点发黄。

"那托运这大箱子的是什么人呢？他拉这么大箱泥土总要有个说辞吧？他不可能说是看着我们海阳市的土肥，带到日本去种粮食吧？"八戒一本正经地问道。

那叫棍哥的船员又讪讪笑："箱子的主人是个搞学问的。我听同事说，这箱子也不是他自己要的，而是帮什么人整过去搞啥研究。小日本做事严谨，我跑日本也好几年了，见识了他们的各种古怪，所以瞅着用这大箱子拉土的破事虽然荒唐，但也不觉得真有多稀罕了。"

"这箱子是岩田介居医生的吧？"我在后面冷不丁地问了一句。

棍哥愣了一下，朝我望过来："是个医生的，不过名字我不知道。"他边说边低头去看那箱子上贴着的标签，"上面没写，就写了房间号。"

"沈非，你怎么认为这是岩田介居的？"邵波冲我问道。

"沈医生说的应该没错，这箱子是岩田医生的。"说话的是古大力，只见他蹲在箱子旁边，抬头冲我们很认真地说道："我们几个是住在邮轮中部的海景舱，岩田医生刚才回去的时候，我远远瞅着他并没有在中部过道拐进去，而是往船尾走去。船尾的房间都不便宜，但岩田医生充其量算个小康，绝对不是富豪，所以他住的房间不可能是船尾的总统间，而应该是挨着船尾的露台套房。这箱子上的标签显示着房号开头字母——VS，正是我们这艘‘野神丸’上露台套间房号开头的代码。另外，我之前还注意到岩田医生的头发虽然整齐，但竖得有点高，应该是被海风给狠狠折腾了一下的缘故。那么，他住的房间楼层应该不低。而这标签上显示着这个乘客是住在 4 层的，勉强算吻合。”

站在一旁的棍哥点了点头。

古大力缓缓站了起来，表情越发凝重：“确定了箱子主人的身份以后，他的目的就很容易被挖掘出来了。”

他边说边将右手伸进裤兜里摸出了一包鱿鱼丝，语速放缓：“日本太小了，天照大神也并不靠谱，地震海啸频发。所以，像岩田医生这种高级知识分子都有忧患意识，不愿意弹丸之地的日本以后消失。再说早几年就有日本的年轻科学家提出，通过运土这种精卫填海的方式，将我们中国内陆的土地给运回去日本……”

“八戒，大力如果再出声，你就先把他扛上去可以吗？”邵波冲八戒说道。

八戒点头：“好的。”

古大力可能也意识到自己的分析推理放飞得太过高远，便冲我们憨笑了下，翻着白眼闭了嘴，大脑袋左右晃，自顾自朝一旁走去。

邵波再次将大木箱推了推，又拨弄了几下木箱上的铁锁：“棍哥，我想把这箱子打开瞅瞅，你介意吗？”

棍哥瞪眼：“这可不行，乘客的箱子怎么能够随便打开呢？”

邵波掏出了钱包，从里面抽出一张一百的美金来。

棍哥语调缓和了不少：“可是……可是我也没钥匙啊？”

八戒上前：“没事，我有！”说完这话，他也没管棍哥了，径直上前伸手。我们也没看清楚他是怎么折腾的，木箱上那把铁锁一下就被打开了。①

---

① 关于八戒身世，见拙著《黑案私探社》，海南出版社，2014 年版。——作者注

棍哥也没闲着，连忙伸手将邵波手里的那张钞票收走，没再说话。

八戒将木箱盖子缓缓掀开，我往前走了两步，探头过去。只见那木箱里面，居然真的只是满满的一箱土而已，只是……

邵波扭头望向我，我也习惯性地望向他，就像我并没有出现问题之前一样。

同时，棍哥“咦”了一声，接着径直朝着大门口那边望去，嘴里嘀咕道：“难道，难道有人进来过？”

是的，箱子里的土有着很明显的被人挖过的痕迹。土并不很满，但看得出之前被压紧过。可是在正中间位置，有两个很明显的用铁铲之类工具挖过的洞，尽管里面有松松的土散落着。

“有人进来过，并打开了这个木箱，从木箱里面挖了两件事先埋在里面的东西带走。”邵波沉声说道，“时间基本上可以确定是在船开动后。因为，木箱被运上邮轮之前，泥土会被各种摇晃，就算有挖掘痕迹，也不会像现在这样清晰明显。”

邵波又一次扭过头来望向我：“邮轮是下午启航的，挖走箱子里面东西的人，很可能是今晚进来的。而之前我们看到的那具女尸蜷缩的位置，是在通往这货舱的必经之路上。或许……”邵波边说边掏出支烟来叼上，但并没有点：“或许这中间有着某些关联。”

八戒站在一旁胡乱哼哼了一声，自从他和古大力要好了后，对于推理分析这一块，开始变得迷信古大力多过迷信邵波了。只见他那大脑袋左右转了转，最终锁定了站在另外一个角落不知道在干什么的古大力的背影喊道：“大力，你来分析分析呗！”

古大力却好像没有听见我们在说什么，身子似乎僵在了原地。八戒再次喊了句：“喂，大力，怎么了？”

古大力缓缓转过身来，脸色很不好看，伸出手，指向他身后一个货架背面的极其不起眼的角落：“这、这个位置、这个位置里面睡过人。”

第三章

乐瑾瑜归来

迷人的，必也是磨人的。

能让人心醉的，也能让人心碎。

毛毯

我们一起朝那角落望过去，只见在古大力指着的墙壁位置，有一个长宽各 40 公分的通风口。邵波没吱声，大步走了过去。棍哥也被古大力的话给整得有点迷糊，跟在邵波身后。

“只是个普通的通风口吧?”八戒小声嘀咕着。

这时，铝合金做成的通风口盖子被邵波揪住往外猛地一拉，“哗啦”一声就被甩到了一边，一个长宽 30 多公分的管道口出现在我们视线中。棍哥似乎也发现了什么，蹲到地上，将手伸进了那通风口里。

“是、是什么人放在这里面的?”棍哥应该是摸到了什么，但伸进去的手并没有第一时间将里面的东西给拉扯出来。我们几个也意识到有大事发生，各自往前，望向蹲在地上的他。

棍哥脸色变得很难看，手开始往回缩。跟着他的手一起被带出来的，竟然是，一条灰色的毛毯。

“应该是什么人的恶作剧吧?”棍哥小声说道。

古大力上前从他手里将那毛毯抢过，嘴里不知道嘀咕了一句什么，然后，一头扎进揉成了一团的毛毯里深深吸了一口气。

“是男人的汗臭味和酸味。”他抬起头来，“但是没有霉味，说明搂着这条毛毯在里面蜷缩着的人离开得并不久。”

他一边说着，一边将毛毯又捋了捋，鼻子再次发出大口吸气的声响。最终，他好像确定了什么似的，将毛毯的一个边角扯了扯，并伸出舌头在上面舔了下。

“能确定，是亚裔青壮年男性，而且最起码，有 20 天以上没有洗头，口感非常油腻。”古大力一本正经地说道，“这点被确定的话，我们所害怕的便只是一个普通男人而已了。大伙对于外星生物与怪兽的担忧，基本上可以被否定。”

八戒骂道：“你就不能正经一点吗？每次说正事你就总是扯些乱七八糟的。”

古大力愣了下，接着撇嘴：“我，我不是脑子有点小毛病吗？”

“里面好像还有东西。”棍哥的话将我们的注意力吸引了过去。只见他再次将手伸了进去扒拉了几下：“够着了，应该是个小木盒。”

他一边说着，一边努力将手往那通风口深处探。有什么东西被他拨弄得碰撞到墙壁的声音，在这片死一般的寂静中显得特别清晰。

他的手开始缩回，紧接着另一只手跟着探了进去，带出来的竟然是一个黑色的小木盒。他将木盒往旁边一放，从上衣口袋里拿出一只小手电：“里面不太对劲。”

棍哥一边说着，一边用嘴将手电叼着，趴到了地上，作势要将头伸进那通风口里。我忍不住跨前一步说道：“棍哥，小心点。”

棍哥没搭理我，自顾自将头朝里面伸了进去，嘴里嘀咕着的声音从清晰逐渐转换到带着通风管道里微微的回响：“好像有湿湿的气流冲到我手上，就像是人的鼻孔在出……”

棍哥的话并没有说完，他的生命终结在这未完的话上。只见他那留在通风口外面的身体猛地抽动了一下，如同被瞬间放气的气球一样软了下去，还伴随着沉重的闷哼。

邵波低吼道：“完了！”他一把扯住棍哥的衣领往外猛拉，一股子血腥味瞬间弥漫到了空气中。在棍哥的左眼位置，被插入了一支精致的弩箭，血水在弩箭四周往外奔涌。

也就在同时，通风管道深处，传出了“哗啦啦”的急促声响，很明显是有人在里面快速地朝另一个方向爬动。

“赶紧打电话给李昊！”邵波动作很快，边说边要往那通风管里面钻。我和八戒差不多同时扑了上去，将他往回猛力一拉。

“你们干嘛？”邵波吼道，“里面的王八蛋跑了。”他说出这话的时候，通风管里面的声响正在越发变远。

“你疯了，里面那家伙有弩。”八戒骂道。

十几分钟后，闻讯赶下来的李昊、赵珂以及戴维陈等人，将货舱封锁了。通风管道的另外几个出口，也被戴维陈安排船员过去盯紧了，但能否有收获，大家都没抱太多期望。棍哥被一击毙命，夺走他性命的是一支锋利的弩箭，从左眼穿入，沾着红色的血与乳白色的脑部浆液的箭尖，在他后脑勺位置露出，如同冲我们叫嚣的战旗。毛毯与棍哥在通风管道里摸出来的木盒我们都没再动过，交给了李昊他们。

戴维陈的脸色很不好看，如果不是因为李昊的缘故，相信他会将我与邵波等人直接给铐起来。李昊跟在他身后，小声说着话，赵珂拿着那条毛毯自顾自地发愣，不知道她在想什么。

邵波想要靠我近点，但站在我们身前的那几个船员将手伸出来示意我们先别动。古大力便吐舌头，小声嘀咕道：“完了，我们成嫌疑犯了。”

这时，李昊转过身：“野神丸是日本邮轮，我们目前的位置是在公海，那么船上的命案按理说应由日本警方接手，由下一个抵达港口的警方来侦查立案。不过船上本来就都是海阳市的乘客，所以我和戴维先生商量了一下，这案子就归我们海阳市警方了。赵珂会对现场进行勘察、出具报告，并安排船员将尸体放进冷库。”

邵波那不靠谱的微笑又挂到脸上了：“昊哥，你就不怕汪局扒你的皮吗？公海上的案子被你大包大揽到自己手里，换别人碰都不愿碰。”

李昊板着脸，并没有要走过来的意思，他身后的戴维陈反倒转身了，望向我们的眼神里似乎冒着火星。李昊的声音洪亮，明显是想要让包括戴维在内的人都听到：“刑法第六条第三款，犯罪的行为或者结果有一项发生在中华人民共和国领域内的，就认为是在中华人民共和国领域内犯罪。刑法第七条，中华人民共和国公民在中华人民共和国领域外犯本法规定之罪的，适用本法。目前看起来，凶手……哼！因为凶手很可能是潜逃的梯田人魔邱凌，那么，这案子由我们海阳市警方接手，有什么问题吗？”

李昊语气很肯定，作为警方的代表人物，这一刻说出这话来，其实算是对案犯身份的初步确定，甚至很可能他已经有了某些证据采集到手了。于是，邵波耸了耸肩，没再吭声。

或许也是因为他在我心中具备着足够的权威分量吧？也就在他的话传到我耳朵里的同时，我闭上了眼睛。我明白，该来的始终会来，邱凌，终究是来了。

我缓缓睁开眼睛：“李昊，我们现在可以先回房间休息吗？”

李昊愣了，他压根没想到我在这一刻竟然会问出这样一个问题。但他也没有回答我，反而是扭头在戴维陈耳边说了什么。

“原来昊哥也要请示别人啊？”古大力小声说道。

那边的戴维陈似乎在点头，但他还是没有回头望向我们，看来他将今晚船员遇害案件的恼怒发泄在我们身上了。当然，也不能怪他这样，如果不是因为我们，棍哥不会发现通风口后的猫腻，也不会遇害。

李昊转身，朝我们走了过来：“你们几个先上去吧，邵波留下来做个笔录。”

邵波笑：“为什么非得要我留下来做笔录呢？”

李昊压低了声：“人手不够，不用你用谁呢？”

邵波耸肩应允。

我张了张嘴，想要说句什么，但八戒已经搭上了我的肩膀往外走。身后的李昊开始低声和邵波说着话，声音很小，我压根听不清楚。但就在我们快走到门口的时候，我清晰地听到邵波“啊”了一声，并嘟囔了一句：“相片给我看看。”

至于他们说的是什么相片，我自然是没机会看到的。走出货舱，再次踏上甲板的我，深吸了一口气，鼻腔中被灌入的是潮湿的海风，带着一股子属于海洋的微微腥味。接着，我觉得自己很意外地恬静了，心境如同此刻安静的海面。我抬头，望向远处那轮弯得很严重的柳叶月儿，残缺是她今晚的扮相。始终，阴晴与圆缺是属于她的日子的模样，圆满只是朝夕，短短的两夜而已。周而复始，也正如我们的生命。有人说，人生本来就是一趟品尝苦涩的旅程。之所以会有欢乐，是因为不给你甜蜜，你就不会知道苦涩是多么的难忘。

也许是吧？或许我的人生，也正行进在这条品尝苦涩的道路上。我会摔倒，会迷惘，我会在深夜蜷缩，满脑子是文戈与瑾瑜荡漾着的笑颜；我又撕心裂肺，因为她们的身体最终支离破碎的画面，如同烙在心底的印记。我不知道自己应该如何诠释这一段路程，难道我就是一个童话里受到了诅咒的可怜虫，被我惦念过的人儿，都注定最终必须成为肉酱与碎骨片吗？

嗯！那么现在，是否也到了这个诅咒将被打碎的时候了呢？

我抬头，望向远处那之前感觉有人观察我的方向。至此，我依然认为，自己目前的多疑，始于我当下的心理疾病。但我又隐隐地觉得，某些人正在再次靠近我。他的气场那么熟悉，他的罪恶不容救赎。

邱凌，真的是你吗？

解离性迷游症患者

邵波一直到清晨6点才回到房间。他害怕吵醒我，蹑手蹑脚地洗漱，然后上床。可实际上，当房门被他推开的刹那，我就已经醒来了，只是我不想说话，也不想问询他什么。

我不想让他们担心我。

在确认他入睡后，我偷偷起床。我蹑手蹑脚地洗漱、穿戴。我拉开房门，走向走廊。走廊最前方有一块明亮的玻璃，玻璃上映照出这一刻我的模样。

我苦笑着，面对着自己的狼狈。我那并不浓密的胡须用青紫色来诠释着我这一年多的消沉。因为睡眠不好，眼睛失去了本应该有的闪亮光芒，取而代之的是灰暗。如果不是这次上船前李昊领我去理了个发的话，我那乱糟糟的模样会让身边任何一个人都瞅着担忧。

我将衬衣衣领提了提，往楼下走去。现在才 7 点 10 分，距离岩田医生的约会，还有 50 分钟。

我朝着船中部的楼梯走去，那个露天餐厅位于邮轮的最上层。身边走动着的是早起的乘客，年岁都比较大。年轻的乘客们昨晚应该都玩得很晚，毕竟邮轮上的夜生活还算精彩。

看来，并没有多少人知道昨晚发生的事情。罪恶，依旧冷漠地存在于大部分人并不曾知晓的角落。

我是第一个走上露天餐厅的乘客，服务员似乎还有点慌张，看来很少有人这么早上来用餐。我点了一杯咖啡和一份意面，然后将身体尽可能舒展，靠到椅背上。提着小提琴箱的乐手匆匆忙忙从楼梯下方跑上来，看来，他也没有想到这么早就会有人来聆听他的演奏，以至于他的黑色领结都还有点歪。当然，来者也可能并不关心他的小提琴曲目，等待的只是一份早餐而已。

悠扬的小提琴声响起了，拉得还算可以，配合着漫天蔚蓝与轻柔海风，营造着一个赏心悦目的世界。如果不是因为昨晚发生的一切，那这一刻的种种，应该对我当下的心理疾病有着很好的舒缓作用。可惜的是，这趟用来让我解脱的旅程，从一开始就注定了颠沛。

咖啡被端上来了，我照例没加糖和奶，浅浅地抿一口。那晨曦绽开的天际，万道红霞交织处，我似乎看到了文戈绽放着的笑脸。是的，我其实是不喝咖啡的，但我喜欢让咖啡的苦涩刺激我的味蕾，我喜欢这种感觉，这点只有文戈知道。

“沈医生，你也这么早?”岩田的声音在我身后响起。我扭头，只见他已经行进到我坐着的靠近船舷的桌子前，并拉开一张椅子：“我没有打扰到你吧?”

“没有。”我边说边朝着楼梯口方向望去。

“我妻子并没有这么早上来。”岩田似乎看透了我的想法，“女人嘛，总是要磨蹭很久的。况且，今天是要见到我和她都很期待结识的沈非医生。”

“哦，你妻子也是学心理学的吗?”我问道。

“她的专业应该和我一样，也是精神科吧?”岩田耸了耸肩，“谁知道呢? 她自己都不能肯定，有时候她在心理学方面的理解与看法，俨然像是一位该领域的大师。”

“她自己也不能肯定?”我有点迷惑了，“你的意思是说，你妻子学的是什么专业，连她自己也并不知道?”

岩田点头：“我应该怎么回答你呢? 或许我可以给你说说我与我妻子是怎么认识的，这段故事在别人看来，可能有点奇怪诡异，但是在沈医生你看来，应该会觉得很有意思的。”

“给我来一份和这位先生一样的早餐就是了。”岩田对站到了我们桌子前的服务员礼貌地说道。接着，他那用手肘顶在桌面，并展现在我第一视线的手掌开始合拢，十指扣在了一起，并稍微用力搓了几下。这是一个有点模糊的诠释自信的手势，我们习惯称之为祈祷手势，说明施展者对自己有着某种怀疑。

但紧接着，他的手掌搓动了几下后，岩田又摆弄出了体现高度自信的尖塔手势来。这两种手势被一位如他一般的心理学学者结合起来使用，我是不是可以用最为简单的读法来解读呢? 岩田要表达的意思是对他自己的自信有着某些怀疑……

但，唯一可以肯定的是，他即将说起的他与他妻子的认识过程，很可能是交织在他所引以为豪的工作中的。所以，才导致了他的肢体语言呈现出了矛盾却又坚定的状态。

“精卫是我的病人，不过，她是一位最为奇怪，也最为安静的病人。”岩田的眼睛里开始闪光，“我是一年前认识她的。那天，她穿着一套病服，双手抱膝蜷缩在风城市精神病院的病房里。当时是傍晚，窗外有着淡淡的霞光，精卫那银色的发丝被晚霞染红，就好像来自天堂的天使一般。”

岩田笑了：“事实也证明了，她确实是上帝送给我的天使。”

“嗯！你妻子是风城人，你们是在风城市精神病院认识的。你是医生，她是病人。并且，她的头发是银白色的，可能是因为在医院营养不良的缘故吧？”我解读着他要让我知道的信息，用着医生的方式。

岩田摇头：“精卫应该不是风城人，她不会说风城人的本地话，也听不懂。不过，谁又能肯定呢？像她这种失忆症患者所丢失掉的那部分记忆中，哪些是被界定为她所认为的一般资讯呢？唯一让人激动与欣慰的是，她所保留下来的那一部分记忆，在我看来，是巨大的财富，同时，也是她让我为之痴迷癫狂的魅力所在。”

“你遇到了一位精神病人，是解离性失忆症患者，在治疗她的过程中，你们相爱了。”我再次浅浅抿了一口咖啡：“最终，你与你的这位女病人成为夫妻。挺好的！岩田医生，如果我们请个小说家将这一切记录下来，会是一个很精彩的故事。并且，还可以成为一个解离性失忆症患者在新的世界里成就佳话的典型案例。”

“嗯！或者，这同样也会是解离性迷游症病例中的经典案例。”我将嘴里那一点点苦涩的液体吞下，缓缓说道。

失忆症是一种记忆混乱的疾病。简单来说，就是丧失记忆。

导致失忆症的原因有两种：器官性原因是大脑因创伤或者疾病，或者吞食大量镇静剂造成的记忆缺失；功能性原因是心理因素，如心理防卫机制。最为典型的例子，就是歇斯底里症创伤后导致的失忆。

我们平时都以为失忆症患者只是没有了记忆而已。但大部分人并不知道，失忆症的另一个可怕影响是无法设想未来。最近一份发表在美国国家科学院院刊上的研究报告表明：海马体受损的遗忘症患者无法想象未来。这是因为当一个正常人想象未来时，他们会利用其过去的经验，构建一个可能发生的情况。举例来说，当一个人在尝试想象明天晚上一次美好聚会中将要出现的各种甜蜜时，他没有过往对于聚会的经验用来营造幻想。也就是说，他的世界里还没有聚会的概念。

失忆症，按成因又可以分为两种：心因性失忆症和解离性失忆症。

心因性失忆丢失的记忆，只是对于某一段时间的记忆或者某一个时间的记忆。就好像我当日的心理防御机制启动，将文戈的离去这段伤痛往事隔离的情况一样。患者所丧失的那部分记忆，一度不在，过一段时间后，又可能突然恢复。

而解离性失忆症所丢失的那块记忆，便是对病患自己的个人身份的记忆丢失。一般资讯反而会全部保留下来，这里所说的一般资讯包括生活习惯、社会常理、所学与所掌握的技能等。接着，这种失忆症患者的人生经历里，还会出现一种很诡异的连带病状，这种病状便是——解离性迷游症。

于是，当我说出这个病症名时，岩田笑了。他用来反复制造假象的手掌收拢了，插入到敞开的黑色西装里的马甲口袋里，只露出大拇指。这，其实也是一种典型的积极手势，并且相对来说比较内敛，可以归纳为低度自信的映射。

“解离性迷游症的患者，会离开原来的家庭与工作环境，旅行到一个陌生的地方开始生活。她们会在那个新的城市里定居、生活、工作，甚至组建一个新的家庭。沈医生，你为我妻子诊断出来的病症确实存在，但是，之前我已经给你说了，在我理解，她就是上帝赐予我的恩泽。有她成为了我的另一半，是我生命中最伟大的收获。”岩田认真地说道。

我也微笑了，并且，明显感觉到自己这一刻并不刻意呈现出来的微笑，是属于最初那个自信的自己的。意识到这点，我开始欣喜，骨子里真实的自己，似乎正开始萌芽：“岩田先生，我不知道自己应该如何看待你的身份——精神科医生，还是你自诩的犯罪心理学学者？如果你是前者，那么，你治愈了一位病人，并与病人成为了夫妻，这是一段佳话。我想，我应该祝福你们。”

“但如果是后者，”我语气放缓了，“如果是后者，我会觉得你是心理学领域的一个卑劣的小人。你驾驭着所学，知悉对方另一个世界里有恋人、亲人存在的可能性，为了自己的情感需求，让对方成了妻子。嗯！心理师的第一个准则是什么，相信不需要我给你提醒吧？”

“理性、客观地看待与病患的关系。”岩田答道，“但沈医生，我反倒想要问你一个比较宏观的问题了。”

“请说！”我正了正身体，对这个清晨的这次对话越发有了兴趣。

“我们研究心理学是为了让人解脱，还是让人越发陷入痛苦沼泽？”岩田很冷静地说道。

我愣住了，就好像一位暴发户突然被人问到最简单的哲学问题——“你是谁？来自哪里？要去向哪里？”这样的问题时一样。

岩田并没有给我时间思考答案，他继续着：“以前的我，总觉得自己的所学，成就了一个完全不一样的自己。因为对心理学知识的驾驭，于是，我们有着神祇般的自我膨胀。我们敏锐的观察力与强大的知识储备，让我们能够轻而易举地洞悉到病患的潜意识深处。那里有很多她们想要埋葬的，想要忘记的，被我们狠心地揪出来。当然，”岩田顿了顿，那露在外面的大拇指缩回到了马甲口袋里，“当然，我们会给我们这样的所为一个解释，我们会说这是为了找出病患的病灶，让她们学会面对，学会击败。但实际上呢？”

“很多东西，我们的身体与大脑是承受不起的。与其让人去面对，不如让它永远深埋。”岩田说到这摇了摇头，“沈医生，我妻子应该快要上来了，在你第一眼看到她的时候，你就应该能猜到，她所丧失的那段记忆里，一定承受了一个女人所不能承受的极限。”

“是因为她满头银发的缘故吗?”我小声说道。

“嗯!”岩田点头，“我妻子精卫女士是有早发型白发病，可以确定不是先天性的，而是后天极其短的时间内变白的。对了，我记得中国有个小说里面有位女士叫做白发魔女对吧？精卫的白发应该和这位一样——精神上无法承载的极度焦虑与悲伤，加上过度的精神疲劳导致极短时间内白发。至于，是不是和那位小说里的女人一样一夜白发，这……这就都是深埋在她那段痛苦记忆中的小小情节了。沈医生，那么，你觉得作为心理师的你我，是应该残忍地教她去面对，还是放任她的心理防御，放任她享有现在得到了的幸福与快乐呢?”

“哦!”岩田的话如同一柄锋利的尖刀，直击我思想的深处。关于面对创伤还是遗忘创伤，似乎也正让我这几年彷徨。于是，我和他一样开始了苦笑，并淡淡地问出一句：“如果是心理医生自己面对这个两难抉择时，应该如何做呢?”

这时，岩田的咖啡被端过来了，他冲服务员点了点头，并耐心地等服务员走远，才开始回答我的问题：“沈医生，我并不知道你经历过什么，但是我始终觉得，你应该是一个很有故事的人。当然，在我想象中的你，应该是一位具备着很强心理师气质的精致男士，这次有幸认识你后，发现真实的你有点令人失望。之前，安院长将你与那位臭名昭著的梯田人魔的精彩对抗给我说起过，所以，你因为对方有所改变，也很正常……”

“你并没有回答我，当一个心理医生自己遇到这个抉择时，应该怎么做呢?”我再次重复道。

岩田愣了下：“很遗憾，我没有遇到过。或者我也可以自信满满地说我终其一生都不会遇到。作为心理师，强大的内心是我们必备的。沈医生，所以，你的问题在我看来，是一个伪命题。因为，我具备着强大的精神世界，足以面对所有艰难险阻。”

说到这，他放在桌面上的手机亮了下，是有人给他发信息。

“我妻子上来了。”岩田看了下手机，站起来说道，“她叫岩田精卫，我的姓氏，名字是那只《山海经》里执着的鸟。嗯，之前我并没有认真介绍过她曾经所学的专业。这，也是我说她是上帝赐予我的瑰宝的原因。”

他边说边往楼梯边走去，应该是想去迎接他那即将走上露台的妻子：“精卫是位非常优秀的心理学专家，同时，她也是一位有着很多奇特见解与大胆想法的精神科医生。”

说到这时，从那楼梯口下方，一位戴着黑色礼帽的女士缓步走了上来。银色长发，宽大的墨镜，以及一袭深色的套装。

出于礼貌，我也站了起来，但就在我想要冲她点头示意的瞬间，我开始晕眩。因为、因为她、因为她长得很像一个人，一个我熟悉而又陌生的女人。

我开始晕眩，身体不由自主地往后倒去，继而瘫倒在了座椅上。

望向我的她在微笑，并被岩田介居牵着手朝我走来。她的另一只手抬起，将脸上那副宽大的墨镜摘下。

是乐瑾瑜!

我一度以为陷入巨大机械齿轮中，被碾成了肉酱与骨屑的乐瑾瑜。

四百多个日子里，驻足在那个狭小房间里怯生生望着我微笑的女人，在我梦里屡屡出现。她的身后，是一张简单却干净温暖的小床，墙壁上贴满报纸，掩盖着她的拮据与为难。而她的身前，是她从大学开始，就暗恋过的男人。一度，她以为不可能拥有对方，命运却有着各种逆转并给予她期盼。再一度，她以为能够拥有对方，最终却发现，自己不过是一个对方看来愚笨滑稽也可耻可怜的贱货。

迷人的，必也是磨人的。

能让人心醉的，也能让人心碎。

我开始大口呼吸，我甚至没有考虑避开眼前的人们，当着岩田和属于他的这位叫做精卫的妻子的面大口呼吸。我很慌乱，在自己裤兜里摸索，最终抬手，伸进自己的西装口袋，从里面掏出药丸盒。我的手颤抖着，将药丸塞进嘴里，并抓起桌上的玻璃杯，想要喝水，但抖动的手却不争气地将玻璃杯摔到了地上。

杯子被摔碎了，正如赵珂说的，太坚硬的东西，不可能弯曲与迎合，注定了在承受不住时，会要毁灭。

不会是真的，只是我又一次自以为的幻觉而已。我双手撑到椅子上，想要站起，想要看清楚。我觉得，我会在片刻后，发现眼前的女人是陌生的。可能，她只是在某些地方和乐瑾瑜有些许相似罢了。

我无力挣脱，我沉没在此刻乐瑾瑜出现在我世界里的幻象中。

我想我是疯魔了，我的未来，可能真的要在精神病院度过了。

苍耳籽

“沈医生，你好！我叫精卫，岩田精卫。”面前这位和乐瑾瑜一模一样的女人伸出手来，“很高兴认识你，只是，只是沈医生你好像有点不舒服。”

“我、我……”我不知道如何分辨面前是否是幻象了，自然不知道如何面对，于是，我有点笨拙地伸出了手，“你好！我是沈非。”

就在我吐出这两个字时，她握上了我的手。一刹那，我清楚地看到，她的眼神中闪过一丝什么，转瞬而逝。

“岩田，很奇怪!”精卫扭头望向她身旁的丈夫，“沈医生让我有一种似曾相识的感觉，就好像是、就好像是我丢失的记忆中，曾经有过他一样。”

她回过头来：“沈医生，难道在我没有患上失忆症以前，和你认识吗?”

我的泪腺开始隐隐发胀，再次大口地呼气、吐气，呼气、吐气……

“沈医生，你怎么了?”岩田一边招手要服务员过来清理地上的玻璃碴，一边对我问道。

我狠狠地咬向自己的嘴唇，最终，我拼命站起，并很努力，也很大声地说道：“是的，我俩认识，你也不叫精卫。”

“咦！那我叫……”

“你叫乐瑾瑜。”我一字一顿地说道。

“啊！乐瑾瑜?”女人面无表情，并再次扭头对岩田说道，“看来，你那位叫做安院长的朋友在电话里说的没错，沈医生确实是受了点刺激。”说到这她顿了顿，接着，她重新望向我：“乐瑾瑜是不是就是你与梯田人魔交锋时，那位将邱凌带出精神病院的女医生?沈医生，你是说，我就是那位海阳市精神病院的女医生。”

“是!”我强迫自己尽可能地冷静说话，“是的！你是、你是乐瑾瑜。”

她咬了下嘴唇，接着缓缓摇了摇头。站在她身旁的岩田皱眉了，但他并没吱声，身体反倒往后退了一点，似乎想要置身事外，又或者是正用着心理师的职业审视方式，尝试客观冷静地看待当前这一幕。

“你是乐瑾瑜!”我的嘴唇继续在发颤，说辞的逻辑性有点混乱，“你头发白了，你经历了很多……是我不对，都是我的不对。在你想要靠近我的时候，我不在你身边。”

“沈医生!”对方闭上了眼睛，将我的话语打断，几秒后，她再次睁开眼帘，眸子里那之前闪过的迷惑与不解荡然无存，取而代之的是如同我们身后海面在这一刻的恬静，“沈医生，我想你是有点累了。岩田给我说起过你的故事，对于你的遭遇，我们有惋惜，但更多的是觉得不甚认同。而现在你告诉我，我就是你那故事中的角色之一……嗯，很抱歉，我并不这么认为。可能只是长得有点像吧？当然，你也可以将我现在的表现定义为典型的失忆症，那么，作为一位对于精神科与心理学都有着一二了解的我看来，如果我真是那位你的故事中的叫做乐什么的女医生的话。那么，我的过去，不记得也好。”

她扭头，不再望向我：“谁知道在那段记忆中，我受过什么苦呢？或许，那些苦难中满满的都是凌辱与羞耻呢？”

“瑾瑜，你是苏门大学医学院精神科讲师，之后在海阳市精神病院担任医生。”我拿出手机，但手掌依然颤抖，“要不，我打电话叫几位朋友上来可以吗？可能，他们会让你多想起一些什么。”

“没必要了吧？”她耸了耸肩，“沈医生，我丈夫岩田介居先生已经给我开具了足够权威的医学证明，也走完了中国与日本的诸多流程。现在，我是日本公民岩田精卫。这趟行程，我是与我丈夫度蜜月，最后再回国完婚。说实话，我对自己的过去也有着各种好奇，但其中有着的苦难，我也可以揣摩得到。所以，不记得……对我，或许是好事。”

说到这时，她停住了。因为露天餐厅的那位服务员再次走近了，这次的他是给我送上了属于我的那份意面。我们的注意力都集中在对方身上，并没有留意到这位服务员。但就在他放下盘子的时候，不小心将桌上的那包纸巾碰到地上去了。

“不好意思。”他小声嘀咕着，弯腰到桌子下面，将纸巾捡起放回到桌上，然后走开。

“好吧！沈医生，我想，我还是下去吧？”面前这位银发的女人站起身，“希望你们两位聊得愉快。”

“瑾瑜，你真不在乎自己的过去吗？”我也站起来。

“不在乎啊!”她的表情冷漠而刻板，“并且我认为，沈医生你似乎也没必要在乎吧?”说完这话，她转身，朝着楼梯口走去。

“等一下!”站在他身旁的岩田伸手过去，“这是在什么地方沾上的?”说话间，他从他妻子的银色头发上摘下一个绿色的有着倒刺的东西：“是一枚苍耳籽。”

精卫并没有在意，她看了一眼丈夫手里的东西，再次扭头，步履急促地往楼梯口走去，就像一位急着与人私奔的女人，身后是她不再想要的一个失败的世界。

岩田将那颗苍耳籽放到桌面上，似乎这个发现让他找到了岔开话题的契机：“苍耳真是一种极其顽强的植物，真不知道这颗苍耳籽是经历了什么样的历程，最终才得以登上这艘邮轮，将要去到遥远的日本安家。你看看它，全身都是锐利的尖刺，应该是它给自己安排的最好的保护吧？这样，曾经伤害过它的人和事物，都不再敢接近它。你说呢？沈医生。”

而这一刻的我，目光凝固在乐瑾瑜背影消失的方向，大脑几近麻木。是的，我并没有睹见被邱凌碾碎的那可怜女人的颜面，只是通过邱凌的说道与乐瑾瑜穿过的衣服来断定的。之后，赵珂她们想要尝试用那些碎片来确定死者的身份，结果发现乐瑾瑜是没有亲人的，一个都没有。我们国家尚不完善的DNA库里，也没有保留属于她的数据。所以，她的死之所以被认定，很大意义上，是我们的主观断定。就算司法最终的认定，那也是必须等到她失踪两年后才能出具报告的。

只是，让人不敢去联想的是，在孤儿院长大的她，并没有给任何人说起过自己的过去。记忆中那背着双肩包冲我笑着的笑脸，是无邪与灿烂的，仿佛她的人生中，从来没有过悲伤一般。而这一切，之前我从未了解，也没有想过去知悉。

一切，也更加加重了那些日子里我的愧疚。因为有些属于她的苦楚与艰难，尽管她从未提起，但都能想象。她并没有亲人，看似坚强的行进，一路上其实都是孑然的，那么，在她思想中我所拥有的分量究竟几何，不言而喻。而这个拥有着足够分量的男人，对她的伤害，自然也会是最大化的。

岩田伸出手，在桌面上轻轻敲了一下："沈医生，你没有觉得自己刚才的举动很失态吗?"

我这才缓缓将视线平移回来，有点木讷地望向他。岩田端起咖啡浅抿了一口，眼睛却始终死死地盯着我，就像当日的我死死盯着坐在审讯室里的邱凌一样，害怕错过一丝能够捕捉对方细微动作的机会。

"岩田医生，你觉得我是在撒谎吗？抑或，是我受到刺激后得了妄想症?"我缓缓地说着。很奇怪的是，在乐瑾瑜如此进入，接着背影又如此消失后，激动与沸腾如潮汐，来得很快，退却也很快。我在变平静，脑海中并没有出现自己担忧的狂躁与歇斯底里。

"并不会。"岩田放下杯子，他在努力让自己看起来很平静，这也是他紧接着握起了旁边那柄短短的用来搅拌咖啡的金属勺耍玩的原因。

我们的对话出现了短暂的停顿，这一刻头顶正好有着一群不知名的海鸟飞过，鸣叫的声音有点刺耳。

半晌，岩田放下了勺子："我叫你沈非吧，这样，我们的关系可以不用那么见外。"

我点头，身体往后靠去，并单手托起头，用一个还算优雅的聆听姿势，望向岩田。

"那好吧！沈非。"岩田也微笑了，"其实，我很久以前就已经知道了，精卫就是乐瑾瑜。但可惜的是，在我知悉这一真相之前，我已经爱上了她。而我爱上她的主要原因，是她在精神医学与心理学上面那让人想要尖叫与欢呼的天才般的想法。"

第四章

与魔鬼的契约

精神病院病房那昏暗的灯光下，岩田介居蹲在地上给一位病患用指甲钳修剪指甲的画面本来并不可怕。但让人觉得惊悚的是，他那柄指甲钳的每一次深入，应该都是抠进了那位病人的肉里面……

邱凌的来电

精神医学一词源自希腊语的“心灵”和“治疗”。是针对心理疾病的诊断、治疗、预防等，并用以维持精神健康的一门医学。很多年以前，神经医学也在其涵盖之内，得以分解出去后，精神医学与心理学所要面对的患者，逐渐重合。

但事实上，精神医学专业的学生，比心理学专业的学生，在大学本科时候就多了一年的。他们除了学习临床医学以外，还有很多精神病学相关的课程。而心理学专业不学临床治疗，只学习心理学相关知识而已。之后，走出校门就业，精神医学专业的大夫，可以咨询，也可以开药。而心理医生，便只能给人咨询。

那么，投入了更多时间与精力学习的精神科医生，是否本就应该是真正权威的呢？这个问题一直以来有着诸多争议。国家也一直说要重视精神医学，但目前来说并没有太多动作。相反的，心理咨询师却越发成为一个让人羡慕的高薪职业，人们在有了心理问题后，首先考虑的是走进心理诊所，而不是去满是消毒药水气味的医院挂号。

所以，我不得不承认的一点是，在面对精神疾病与心理障碍方面，坐在我面前的岩田介居，确实是要比我具备更多的专业知识与临床经验。

这一刻，他望着我的表情看起来还是很自然，他的眼睛微微眯了一点，似乎是在期待我听到他这段关于早就知悉乐瑾瑜真实身份的说辞后，大惊失色的神情。不过，我可能让他有点失望。因为这一刻我的脑海中反复回荡的，是乐瑾瑜离开之前说的那句话——不记得，对她，可能是好事。

或许是吧？我在暗自琢磨。这时，岩田有点不耐烦了一般，他加重了语气，再次重复道：“沈非，其实我早知道精卫是乐瑾瑜。”

“你做得没错。”我冲他微微笑了，甚至身体放松靠在椅背上。

“是吗？”岩田讨了个没趣。安院长给他说道的那段故事里，会如何描绘我与瑾瑜的关系呢？校友？朋友？也只会局限于此。她与我本就没有发生过什么，也没有逾越过什么。我之所以能够洞悉她对我的情愫，缘由是彼此都有着足够的对于身边人所思所想的观察力。但实际上外人面前，我们不过如此。

岩田不再说话，低头吃他的那份意面。他吃得很认真，也很快，还将碟子上残留着的一点点番茄酱用叉子小心翼翼地刮走，这是他们那个国家人民的美德之一——不浪费，也务实到极致。最后，他抓起桌子上的湿巾擦了擦嘴，站起，冲着表情平静的我耸了耸肩：“沈医生，你比我最初构想中的那位沈非要无趣很多。真不敢相信，梯田人魔在与你对抗时，是如何找到快感的？”

“我本来就是个很无趣的人。”我拿起了叉子，拨弄着我的意面。

“或许，你以前并没有这么闷吧？”说完这话，他转身朝露天餐厅的楼梯口走去，“桌上有张我的卡片，如果你愿意收下的话。”

我依然没有回应，看着他消失在视线中。我如同嚼蜡般吃着我的早餐，脑海里一片空白。但就在这时，我放在桌面上的手机居然响了，来电显示是一个陌生的号码。我苦笑了一下，寻思着应该是推销电话，在这依靠邮轮接收器导致信号很差的海上竟然也还能够遇到，也算是一种有点滑稽可笑的缘分吧？

于是，我按下了免提键，话筒那头并没有出现努力装得悦耳的“您好”声。

我先开口了：“哪位？”

还是没有人回应。这时，我隐隐地感觉到有什么不对，将免提键关掉并将手机拿起放到了耳边。接着，我似乎听到了有海风的沙沙声。

“你好，是哪位？”我再次问道。

“听得出我的声音吗？”话筒那边传来一个熟悉的声音，语速适中，音调平和，但略微有点沙哑。

我猛地站起身：“邱凌！”

“沈非，你能先坐下吗？”对方依旧不急不慢地说道，“你这样一惊一乍地站起，会让我误会你的下一个动作是冲到栏杆前对着下面大声喊你的同伴们的名字。如果，一年多不见，你已经变得那么窝囊了，那就确实让我太失望了。”

他看得到我，他真的在船上。我伸长脖子往身旁左右环视，但紧接着又意识到，以他的狡猾，又怎么可能是我这么容易看到的呢？

最终，我选择了坐下。我的注意力变得高度集中，因为他的这个来电。

似乎，我的那些所谓的病症在这一刻都变得不复存在，全身心只有一个所想，便是投入到与他又一次开始的博弈当中。

“邱凌，昨晚作恶的是你吗？”我开门见山地问道。

“咦？”对方的轻松应该是故作姿态的，“沈非，难道你分辨不出来吗？我记得你是一个很自信也很自以为是的家伙，你应该咄咄逼人地指责我，而不是像现在这样询问我啊。”

我语速平和起来，变得越发的冷静：“你没否认，那就是说蜷缩在货舱里的人确实是你。也就是说昨晚，你手上又新添了两条性命。”

“两条？哦，沈非，既然你是这么认为的，我也没必要反驳。作为一个连环杀人犯，一般都很乐意将某些没人认领的命案大包大揽到自己身上，用来增添自己的另类魅力，不是吗？”邱凌的话里始终没有流露出任何一丝能被捕捉到的信息与线索，相反的，他大量使用问句，其实是在尝试将我的思想带入他用说辞构造的网里面。

“好吧！”我再次站起，朝着栏杆边走去。我知道邱凌看得到我，但我本就无所谓：“邱凌，你我并没有太多时间来玩这些猫捉老鼠的游戏，我也厌烦了你这一套。说吧！打给我有什么事？我希望你在船上的水手们将你逮住以前，能够将你憋了一年多的话早点吐出来。”

“你变得直接了!”邱凌明显在笑，“好吧！沈非，现在是 8 点 47 分，大概一个多小时后，野神丸就将在晨曦岛上停靠。假如我没猜错的话，你们应该也会在晨曦岛下船住几天，等到野神丸返程再接你们。没错吧?”

“是的。”我单手搭在栏杆上，腰背挺得越发直了，我所展现出的自信，让邱凌变得有点被动，于是他这段推理的说辞最后那三个字有着很明显的并不肯定的问询味。

“好吧！那么今晚 10 点，我们在那片小树林里见个面。”邱凌顿了顿，“你应该知道我说的是哪一片小树林吧?”

“观景崖后面的那片小树林。”我没有反问他，直接继续说道，“邱凌，看来那些年你确实很忙，连我与文戈度蜜月的行程，你也参与了。”

邱凌沉默了，没有反驳我。半晌，他用有点失望的语气说道：“沈非，你现在应该问我有什么资格邀请你晚上见面，而不担心你将警察带到我面前。”

“嗯！为什么呢?”我顺着他的意思。

邱凌的语调再一次高了点，他在努力扮演着针对我的强者形象：“好吧！因为今晚我可以回答你一个问题，关于文戈或者关于乐瑾瑜的。”

“好，我也很想知道。”我语调平淡，没有因为他的一惊一乍而激动，我想，邱凌会因此失望。

“沈非，你变得没以前那么好玩了。”邱凌这一刻应该有点郁闷。

“是吗？邱凌，那你觉得什么才是好玩呢?”

“我准备挂线了。”邱凌语调也再次变得平缓下来，可能，他这一年多时间里，也憧憬过给我的这一次通话时的氛围与基调。可能，他想要再次重复他那阴阳怪气的语句，令我恼羞成怒，他进而收获幸灾乐祸。可惜的是，他没能得偿所愿。

“沈非，其实我也想要和你好好谈谈了，毕竟你是我这么多年生命中仅次于文戈的第二重要人物，遗憾的是，我们没有一次心平气和的沟通。”邱凌继续道，“一年多没见了，如果是之前，我相信你是不会领着警察来和我见面。但一年多过去了，你会不会变呢？我没有把握。所以，今天早上我开了一个小小的玩笑，射出了一枚苍耳籽到乐瑾瑜头发上。沈非，希望你相信，我同样也乐意将一枚昨晚你看到过的短弩射进她的心脏位置。”

我并没有大惊失色：“邱凌，你这算是在恐吓我吗？”

“算是吧？但我更希望你将之理解成为我在当下唯一的筹码。当然，如果你觉得还不够的话，你还可以看看你自己的裤子。”

我连忙低头，只见自己左脚的西裤上，不知道什么时候被人用刀片划开了一条口子。

“是你干的？”我终于紧张了起来，“你……邱凌，你刚才到过我身边？”

“是的。”邱凌终于欣喜起来，声调往上。

“之前那个服务员是你？”

“这么容易就被你猜到，还是少了很多快感。”邱凌应着，“那么，晚上见吧！你可以用白天的时间好好想想要问我什么样的问题？关于文戈的，或者关于乐瑾瑜的。好吧！希望你这一趟旅途愉快。”

他率先挂了线，我静止在单手举着手机的动作。因为我的视线前方，已经可以看到朦胧的地平线，并不长，但是洋溢着葱绿。

是晨曦岛。

广播响起了：“各位尊贵的游客们，你们好！一个小时后，我们的邮轮将抵达晨曦岛，大家将拥有一整天属于这个海岛的美好时光。我们的邮轮将在今晚 8 点再次启航，去往我们的下一个目的地。当然，如果是专程为了晨曦岛而来的游客，你们的浪漫旅程，在一个小时后，即将隆重开启。”

广播里的这个声音低沉，有着磁性：“我是本艘邮轮的船长戴维陈，很荣幸能为大家掌舵护航。”他顿了顿，似乎是在享受邮轮上人们的欢呼声，最后，他再次说道：“我也有能力，让你们的行程足够安全与舒适，请大家相信我。”

是的，罪恶，本就与这世界无关。它，始终被人掩盖……

晨曦岛

这个早晨发生的一切，我没有让任何人知道。相反的，本应该因为这一切而波动的情绪，却出奇的平静。我换下被对手割破的长裤，将自己反锁在狭小的洗手间里，在脸上涂着剃须泡沫，接着用那锋利的刀刃将胡须刮掉。我的动作很慢，也很仔细，宛如在拉开一片厚实的帷幕。最终，我用毛巾将脸上的泡沫擦去，并拍了点爽肤水。

挺好的，终于再次开始了。

10 点 20 分，我们排着队走下了邮轮。邵波的眼睛似乎还有点睁不开，嚷嚷着先要进酒店的房间补觉。古大力跟在八戒身后，模仿着八戒那趾高气扬的模样，他们俩就像两只肥胖的鸵鸟，奔赴属于他们的沙漠。我笑了，面前的世界仿佛一下子就变成了我最初熟悉的模样，不再阴霾，也少了之前日子里的那些多疑与抑郁。

“沈非，你今天的气色很好。”李昊和赵珂比我们下船早，在晨曦酒店一楼看到我的时候，他俩这么说道。

我点头，握着门卡跟在邵波他们几个身后往电梯间走去。

“沈非，你一会下一楼咖啡厅来坐一下，戴维陈想和你聊聊。”李昊在我身后说道。

“和我聊聊？”我扭头问。

“是的！”李昊点头，“是关于岩田介居的。”

“哦！”我应着，“那我 10 分钟后就下来吧。”

这时，赵珂快步走到了我身边，在我耳边小声嘀咕了一句：“乐瑾瑜的事你应该已经知道了吧？”

我愣了，望向他俩。

赵珂连忙说道："我们也是今天早上才知道的。"

"嗯！已经知道了。"我说道。

"都能够挽回的。"赵珂小声说着。

我冲她微微笑了笑，转身。

能够挽回的？能够挽回什么呢？她那被伤成了碎片的心几经缝补，缓慢愈合。然后，我们再次去将之撕裂吗？

电梯门合拢了，我苦笑着。岩田那句关于神祇的比喻其实挺有意思的，很可惜的是，我们并不是神祇。

10 分钟后，我一个人独自下楼，朝着酒店一楼的咖啡厅走去。远远就看见戴维陈船长和几个穿着制服的船员在那说着话，看到我后，戴维陈冲他们点了点头，并单手往帽檐位置抬了下，权当一个简易的敬礼，让船员们走开。

野神丸只是在晨曦岛上停 10 个小时，所以戴维陈并不见得会有大段能够放松的美好时光。那么，他挤出时间来想要和我聊聊，所要说的事，应该是比较重要的——我这么想着，走到了他身边。

"李昊他们不在吗？"我往咖啡厅里面望去。

"嗯！就我俩。"戴维陈冲我微笑，"不介意和我单独聊聊吧？"

我回报着微笑，跟着他一起朝咖啡厅里面走去。我们选择了一个相对来说比较幽静的角落，戴维陈径直点了两杯黑咖啡，他并没有问我的意见。接着，他习惯性的将右手伸出，搭到了旁边一张椅子上。

这是一个有着很强的男性气质的人，占领、主见这些词汇套用到他的头上都很恰当。于是，我往后微微靠着，双手自然地搭到属于我自己的椅子上："戴维先生，我对你想要和我聊的话题很好奇。"

"我和岩田君很小就认识。"戴维并没有走入我为我们的谈话构建的缓冲带中，他非常直白，"他父亲是做寺庙管理的，这是一个需要虔诚与严谨的古老工作。所以，岩田遗传了他父亲的严谨，他从小做任何事就很认真，认真到有点极致。”

“能举例吗？”我插嘴道。

“嗯！”对方并没有因为我的打断而面露不悦，说明他的霸道并没有染指到他正常的交际方式中。他想了想，接着说道：“我记得有一年我将我的一个魔方送给了他，那混乱的多色玩具，让他很快就着迷。第二天，他兴高采烈地将完成了的魔方拿给我看，但眼袋很深很黑。我问他这一天怎么了？他的回答是，他没睡觉，用了 17 个小时完成魔方的游戏。”说到这，戴维陈耸了耸肩：“要知道，在没有人教授方法的情况下，将一个魔方还原，是一件很可怕的事情。”

我点头，认可他的这一结论。有很多强迫症患者都会为魔方这样的玩具而疯狂，所以，精神病院从来不会出现这些需要消耗脑汁的玩意。

“在岩田考入医学院开始，我们就都觉得，这是很适合他的一个职业。他那认真到极致的性格，能够让他的病患得到最为专业与细致的治疗。但可惜的是，最终在分科目时，他竟然选择了精神医科。”戴维继续道。

“有什么问题吗？”我顺应着戴维陈的表述，用简单的问句作为与他对话的回应。

戴维笑了笑：“沈医生，有什么问题，似乎应该问你了。精神医科所涵盖的范畴太广，目前能够研究到的深度也不过如此。并且，一旦深入，很大一部分属于心理学的观念便会跳出。”戴维说到这里顿了顿：“沈医生，实际上，心理学是一个有点扯的学科，和哲学差不多。那么，让一个较真的人打开了一扇这样的大门，面对的都是抽象的理念，会是什么样的结果呢？”

“戴维先生，我想，我有点不明白你想要表达的东西了。我是一位心理医生，在我看来，我的职业是神圣的，就正如你护佑着代表你光芒的船长身份一样。我，也会很抗拒你说道我所崇尚的职业。”

“好吧！那我尽可能说得简单一点吧。”戴维耸了耸肩，“岩田是精神科医生，同时，他也是犯罪心理学方面的专家。有点搞笑的是，他这个专家常年被邀请参加各种各样的论坛与讲座，对理论知识挥洒自如。但实际上，他并没有太多机会接触临床病例。精神病院里有着暴力倾向的病人很多，但很遗憾，他们都不是岩田想要深究的对象。”

我点头，示意他继续。这时，戴维的嘴角却往上扬了扬，他在苦笑。接着，他似乎犹豫了一下，最终再次迎上了我的目光：“沈医生，我想给你说说几个发生在日本的至今未破的命案，可以吗？”

“请说。”

“2001 年 3 月 21 日，东京发生了一起骇人听闻的凶案，两位妇女被割喉，尸体被扔在郊外的小树丛里。在尸体附近，人们还发现了一个浴缸，浴缸里承载着那两位女性受害者的鲜血。有痕迹表明，凶徒曾经在浴缸里，用鲜血沐浴。”戴维说到这停了下来，“沈医生，你应该能够在连环杀人犯历史上，找到相同者吧？”

我皱起了眉：“两位死者的胸部应该很丰满吧？”

戴维点头。

“1610 年，伊丽莎白·巴托里伯爵夫人被捕，她所犯下的罪恶是将数百名女子杀害，并用她们的鲜血沐浴。她迷信地认为，少女们的鲜血能够让自己永葆青春。”我顿了顿，“而这位伯爵夫人选择受害者的唯一条件，就是胸部丰满。”

“在这一时期，岩田正在东京大学学习精神医学。”戴维将搭在旁边椅子上的手掌收了回来，接着说道，“2002 年暑假，岩田在一个叫做新修的小地方的精神病院实习了两个月。9 月，新修发生了一起很恐怖的命案，一位少女被杀死在路边的小旅馆里，她的手脚被镣铐锁在床上，被焚烧后的尸体上，能够捕捉到曾经被虐的痕迹。”

我的眉头皱得更紧了：“时代广场开膛手理查德·科廷厄姆，1980 年代被捕，他被指控在纽约的廉价旅馆里谋杀并肢解了数名女性。”

戴维却在自说自话一般的继续："2004 年，岩田即将前往苏门大学留学，在这之前，他在一个滨海小镇与他当时的女友度过了 3 个月美好的时光。可让人觉得惶恐的是，也就在那段时间里，一位没有双脚的少女尸体被人们发现。"

"恋鞋癖杰瑞·布鲁多斯。"我喃喃地说道，"戴维，尽管如此，我们依然可以说这些都是巧合。"

"是的，都是巧合。"戴维叹了口气，"但是还有两起命案，如果说依然是巧合，那么，这巧合的几率就似乎太奇妙了。"

他端起了桌上的咖啡杯抿了一口："2004 年 10 月 2 日，位于东京机场附近的一个山坡上，类似于黑色大丽花惨案的受害者尸体被人发现。这起案件知晓的人不多，因为东京警方不希望人们恐慌，再说死者也不过是一位在机场附近游荡的精神病人而已。我有位同学在东京警视厅，所以我有幸看到了当时凶案现场的相片，与发生在洛杉矶雷麦特公园的伊丽莎白·安·肖特被杀惨案的现场一模一样。很明显，作案者是在效仿大丽花案，甚至可以说是想要向大丽花案的凶手致敬。"

"当时岩田也在东京吗？"我问道。

"嗯！"戴维垂下了头，"他不止是在东京，而且他那天就是住在东京机场附近的酒店里，因为第二天，他便搭上了飞机，飞往了中国，开启他人生的新篇章。"

"戴维陈先生，你刚才说有两起，那么，另外一起呢？"我感觉自己的心在被揪起，对瑾瑜有了某种担忧。

"另外一起……"戴维有点犹豫，"另外一起便是昨晚在我们野神丸上的那女尸案，如果说这一系列案件都有着所致敬的领路人的话，那么，昨晚的凶案，便是致敬你们所说的那个梯田人魔了。"

"我大致明白你的意思了。戴维先生，与其说你是怀疑，不如说你是在用一而再、再而三的事实来想让我顺从你的推断。不过，我也可以猜得到，不知何时起，你对岩田就有着一点成见。之后发生在他身边的一些命案，让你自作主张的将其关联起来，并放大了他具备嫌疑的可能性。”

戴维脸上有了某种不快，他打断了我的话：“一次的巧合可以说是偶然，但是……沈医生，好几次啊！好吧，我只是觉得有必要让你们知道这些而已，我不是刑警，也没兴趣关心什么连环杀人案。况且，这些案件是否应该被串联，也只有你们这些对犯罪心理学有兴趣的人才会关注。好吧！沈医生，我相信在我们野神丸上，知悉每一个连环杀人犯的细节的，可能只有你和他两个人。”

我的心往下沉了沉，脑海中浮现出邱凌那瘦高的身影。我小声嘀咕了一句：“不止。”

戴维陈似乎并没有听见我的话，我的无动于衷，明显让他有点气恼。他站了起来，冲服务员招手，并放下一张钞票到桌上：“沈医生，该要和你说的也都说完了。你如何看待，我也左右不了，甚至你理解成为我的多疑也无所谓。不过，岩田似乎对你很感兴趣，他的行程因为知悉你在船上后改变了。早上他告诉我，他与他妻子决定在晨曦岛上住几天，今晚不跟我们的船走了。所以，”戴维陈朝咖啡厅外面欠身，“所以，希望你们能有个愉快的假期吧！”

说完这些，他将那有着四道横杠的帽子重新戴上，朝外面大步走去。

我面无表情，但并不是说我真的无动于衷。相反的，我感觉得到自己的某些技能在苏醒，思考方式也正在回到从前。我不能因为戴维陈的一面之词而妄下定论，但同时，我也不能因此否定他的怀疑，毕竟他说的没错，一次巧合可以说是偶然，但很多次呢？

指甲钳

我一个人静静地坐在咖啡厅里，品尝着戴维陈给我点的这杯黑咖啡。

我总是浅浅抿上一点点，用舌尖去触碰这滑滑且苦涩的液体。它们在我的口腔中被稀释，最终进入我的身体。我依旧不会让自己养成对咖啡的依赖，但我戒不掉品尝属于它的苦涩体验。

岩田早上放在桌面上的那张卡片，被我从兜里掏了出来。上面有他的电话号码，我犹豫了很久，最终掏出了手机，想要打给他。我也不知道我尝试联系他的真实目的是什么，乐瑾瑜？抑或是戴维陈给我说道的一系列故事？

但我的手指似乎在拒绝我的指令，静止在半空中。我微笑了，因为我想起了我那有点肥胖的朋友——古大力，以及他望向岩田的眼神。要知道，能被他盯上的研究对象，细枝末节都在劫难逃。

我拨通了他的电话，只响了一声，电话就被接通了。那边有点吵，能分辨出是在人群中，还似乎有欢声笑语。但古大力的话语声却并不搭调："沈医生，你怎么知道我今天早上没吃药的？"

我愣了下，继而莞尔："大力，你居然没吃药就跑到公共场合去了。"

古大力的语调明显有点慌张："沈医生，我出院也几年了，都说我康复得很好来着。再说、再说……"他开始吞吞吐吐起来。

"再说什么？"我追问。

"再说我新认识了一个姑娘，心思有点乱，才忘记吃药的。"古大力小声说道。

"嗯！那、那你有空再打给我吧。"我连忙说道，毕竟在古大力的世界里，寻找伴侣是一件很重要但是难度又很高的事，我不能随意将之打断。

"我现在不忙。对了，沈医生，要不你来沙滩吧！我和八戒都在。"古大力建议着。

我应允了，扭头看了看咖啡厅窗外那晴朗的世界。以前，我无数次告诉我的病患们，走出房间，多去参加户外活动。但未曾预料的是，我自己竟也很久没有怀抱着晴朗的心境，朝着阳光奔跑了。

我想，我应该上去酒店房间换套衣服吧？我看了看自己的西裤和皮鞋自顾自地想着。

20分钟后，穿着T恤和短裤的我走到了酒店前方的沙滩上。阳光在墨镜的阻挡下，变得并不刺眼。大自然的手是暖暖的，将我拥到了她柔软的胸前。这一刻，似乎被我深埋在意识世界深处的阴霾们，都在被一一扫光。

我欣喜，为这许久未曾拥有的自信情怀。它让我察觉收获到了最初的自己，尽管这两天发生的事，在证明着又有一张找不到线头的巨网正在朝着我迎头扑来。

“沈医生，这边。”古大力的叫喊声在远处的沙滩上响起。我循声望过去，只见他穿着花衬衣靠坐在一把沙滩椅上，撑开的遮阳伞下还有另外一把椅子，但椅子上没有人。

我大步走了过去，看见那把椅子上放着八戒用来装富二代的手包。

“八戒呢？”我问道。

“他们在玩沙滩排球。”古大力笑着说道，并指向前方。

我扭头望过去，只见八戒和两个长得很一般的姑娘在沙滩上奔跑着，至于在欢腾个什么倒是没看出来。至于古大力说的排球，似乎也没有影。

我笑了，坐到了古大力身边。我正想随口问问他之前在电话里所说的姑娘事宜，权当我即将和他讨论岩田的一切的开场白。可想不到的是，古大力的心事似乎并没有在这片沙滩上，他径直将大脑袋探了过来，眉目间又回复到了昨天晚上他死死盯着甲板上的岩田的神色：“沈医生，你是想问我岩田医生的事吧？”

“是，给我说说他吧！”我这么建议着，对于古大力能够准确地判断出我们很多人所思所想的能力，我们已经变得习以为常。

“我就知道你肯定会对他感兴趣的。”古大力兴奋起来，“话说……对了，沈医生，我当时只是在海阳市精神病院进修，这事你是知道的。”

我应道：“大伙也都是这么认为的。”

“唉！有个秘密我却是一直没有让你们知道。”古大力神情凝重起来，并做出了一个八戒不时喜欢摆出的托腮的手势，“实际上，当时我并不是过去进修，而是在那里接受精神疾病的治疗。”

“是吗？”我故作惊讶地张嘴，“然后呢？”

古大力也越发严肃起来：“然后就会有主治医生来负责我啊！我当时的主治医生姓李，李医生人挺好的，唯一的毛病就是汗腺比较发达。据我观察，他是有每天晚上洗澡的习惯的，但是只要到了中午，他身上那股子汗臭味，便开始散发出来了。我当时就给他提意见来着，建议他将晚上洗澡的习惯改到早上，那样他就不会熏到别人，最多晚上躲被子里面熏熏自己……”

“大力，你不是要给我说岩田介居吗？”我打断了他。

古大力愣了下：“沈医生，你看我，注意力不集中这毛病始终还是在，没事说个啥说着说着就说远了。对了，我们是要说谁来着？”

“岩田介居。”我再次重复道。

“对，岩田医生。说起岩田医生，我就必须先给你说下我的主治大夫李医生，因为是李医生那次请假，我们那个病房的 4 个病友才被岩田照顾了大半个月。这李医生吧，人挺好的，唯一的毛病呢，就是身上那股子汗臭味……”

“大力，你之前已经说过了。”我对他有着的耐心与对我曾经的病患有着的耐心是一样的。

“你看看我！”古大力自己也讪笑了，“直接说岩田医生。”

他咽了口唾沫：“岩田医生在那年 7 月接手我们 12 病房的 4 个病人。他学历很高，又是日本人，所以我当时就留了个心思观察他。怎么说呢？人挺好，身上也没有李医生身上那股子汗臭味。这李医生吧……”说到这他自己顿了顿，似乎意识到自己思想又开始走到岔路上，连忙改口："这岩田医生吧，挺干净的。每天早上走进我们病房时，衬衣领子都一尘不染。性格也很温和，不急不躁。按理说吧，应该算是挑不出毛病的。可是，我偏偏就在那大半个月里，发现他有这么几个与众不同的小习惯。"

"什么习惯？"我忍不住问了句。

"他太完美了，对于次序与规则有着近乎苛刻的要求。他每天早上走进病房的时间的误差可以精确到 10 秒之内，他理发的频率应该是在 6 到 7 天，他与任何人接触时，眼睛一定是第一时间盯向对方眼睛。哪怕是医院那个胸部鼓鼓囊囊的赖护士在他身旁，也不会将他的目光吸引走。"古大力的话语看似无章，但对于岩田的这些细节描绘，却与我之前所看到的反复用肢体语言暗示自己内心世界的岩田，有着某些区别。这些区别，更进一步证实了岩田是想要在我面前呈现一个他想要我认为的他来。

用来麻痹我？那么，他要麻痹我有什么企图呢？

这时，古大力叹了口气："所以我就琢磨了，这岩田介居的世界里，难道真的没有任何不良嗜好吗？沈医生，你知道的，我的观察力挺强的，也懂一些逻辑推理，只是脑子有时候有点轴而已。所以，在我较真来找这岩田医生的茬后，很快，我就捕捉到了几个足以证明真实的他有着某些变态的小事。"

"变态？"我加重了这两个字，并追问道，"你所说的变态只是他的某些行为有悖于常理吧？"

"嗯，只是有悖于常理。"古大力也连忙解释道，"我直接给你举例吧！要知道我们病房是医院的红旗病房，病人的病情也都不是很严重，所以卫生挺好的，不像其他一些病房里面一天到晚脏兮兮的。不过呢，1 号床的张会计有个坏毛病，就是不喜欢剪指甲。岩田医生刚接手我们的时候，张会计指甲还挺干净的。到十几天后，长出了一小截来，张会计自己没在意，谁知道就被岩田医生看到了。岩田当时就要求张会计把指甲给剪了，张会计答应了，说晚点就剪。于是，那一整天，岩田来病房的次数比平日里要多上了4次。并且每次都会偷偷看张会计的指甲。到晚上熄灯前巡房时，岩田似乎终于忍不住了，他语气还是很客气，蹲到了已经躺下准备睡觉的张会计身边，动作却有点粗暴起来。他径直抓起了张会计的手，从自己裤兜里掏出指甲钳来。张会计是个老实人，赶紧说这怎么好意思让岩田医生你帮手呢？可岩田没吱声，用那指甲钳就开始给张会计剪指甲。"

"这事可以解读出他有着一定的强迫症。"我自以为是地解读道。

"可能开始只是强迫症吧？"古大力点着头，"但剪了几下后，我就瞅见张会计的眉头开始抽动了起来。之前我也说了，这张会计是个老实人。可能他认为，岩田医生给自己剪指甲是一番好意，既然已经开始了，太客套了反而不好吧？所以，他眉头抽动的缘由，就应该是岩田剪疼他了。"

古大力撇了撇嘴："岩田给他剪完指甲后，神情和平日里一样。他还是语调正常地要我们早点睡觉，并用职业的微笑环视着我们。但是我捕捉到了他一个很细微的动作——他单手插在裤兜里，似乎在压着自己身体的某些器官。"

古大力说到这里顿了顿，沉声继续道："也就是说，给张会计剪指甲这么个小事，让岩田身体有了反应，他收获到了快感。"

"那张会计呢？"我插嘴道。

"张会计的手我看了，指甲剪得确实很干净。但，"古大力眼神中闪出一丝惊恐来，"但指甲被剪得很秃，秃到可以看得出是被很用力地剪到了极致。"

我倒抽了一口冷气，觉得有点发疹。精神病院病房那昏暗的灯光下，岩田介居蹲在地上给一位病患用指甲钳修剪指甲的画面本来并不可怕。但让人觉得惊悚的是，他那柄指甲钳的每一次深入，应该都是抠进了那位病人的肉里面……

“好吧!”我咬了咬嘴唇，“你不是说有好几个事吗？说说下一个吧。”

古大力点头：“要知道，这精神病院啊，本来就是一个有着很多故事的地方。”

第五章
成　瘾

我有了不可告人的秘密，低着头不再与他们的眼神交汇。这一秘密是惊人的，甚至我将之隐藏，似乎也是另一种方式的沦为罪恶的帮凶。

精神科医生的诊断

1972年，斯坦福大学心理学教授罗森汉（David Rosenhan）做了一个著名的“罗森汉实验”。他安排8位正常人前往各家精神病院就诊。这些正常人被收治、观察、诊断，他们在病院里表现得跟正常人一模一样，最后还会带着一张“轻度精神分裂症”的诊断结果出院。

实验开始之前，教授很担心弄假成真，无法把实验者从精神病院中救出来。为此，实验小组提前雇了一名律师。教授自己还立下遗嘱，以防自己发生意外后没人知道实验的真相。

实验者在病房里每天要写实验日志。一开始，他们还小肚鸡肠偷偷地记录，担心被医护人员发现。但很快，他们发现医护人员压根就不关心这些。甚至还有一位护士在他们的病历上写下这么一句话——病人有写日记的习惯。

反倒是精神病院中的一些病人对实验者的身份产生了怀疑，猜测他们不是病人，而是来病院中进行暗访的记者或教授。

在平均住院3周后，实验者们一一出院。他们不是因为被确诊为没有精神疾病，而是因为病情轻微。

罗森汉把结果写成一篇论文《精神病房里的正常人》，刊登在赫赫有名的《Science》杂志上。教授想要表述的结论是：以现行精神病诊断标准，没有什么绝对的证据可以证明一个人是健康人还是精神病人。

言下之意便是——所以，就别费这个劲儿了。

其中一家被测医院非常愤怒，认为罗森汉的报告让他们蒙羞。这家医院称他们从来没有误诊过。教授便公开建议，在随后3个月里会再派几个假病人去这家医院求诊，看医院能不能把这几个假病人认出来。接下来的3个月，这家医院接待了193位病人。其中19人被院方甄别为可能是罗森汉派来的实验者，并义正辞严地沾沾自喜。

但实际上，罗森汉教授并没有派去任何人。

这个故事古大力给我说起过，他当时说得很是义愤填膺，用这一伟大实验来为自己曾经的黑历史辩护。而实际上我第一次听说这个故事，是在大一的一堂大课上，当时我和文戈认识不久。一干同学们因为这个实验哄堂大笑的瞬间，我和坐在不远处的文戈相视莞尔，那萌芽的情愫在空气中缓缓交汇。

“是的，精神病院里有着很多故事。”我点着头，附和着古大力的意见，“那我们现在开始说说关于岩田医生的第二件小事吧。”

“那是在我临出院的那些日子里，当时我已经拿到了‘病情轻微’的诊断证明，并可以离开病房，在医院的草坪上晒晒太阳。有一个下午，我正坐在一棵大树下思考问题，这时，岩田医生推着一个轮椅，缓缓地走了过来。而轮椅上的人，被人用很宽的胶带一圈一圈缠绕着，手脚都无法动弹。他有只眼睛应该坏了，里面没有黑色的瞳孔，这让他的模样变得更加让人害怕。那颗大脑袋在来回晃悠着，似乎想要吼叫出什么，可嘴上的胶带又让他不能如愿以偿。”

“你认识这个病人吗？”我问道。

“当时并不知道他是谁？”古大力回答道，“之后有次回去医院复诊时，在门口看到了他的相片，才知道他就是曾经轰动海阳市的‘独眼屠夫’张金伟。沈医生，相信他的故事你应该是知道的吧？”

我点头。

古大力端起旁边桌子上的牛奶喝了一口，继续道：“因为之前就对岩田有着好奇，所以那一会我连忙站了起来，躲到了树后面偷偷观察他们。只见岩田医生将那烦躁不安的重度病患推到太阳下后，竟然从挎着的包里拿出了一本书。他一本正经地坐下，挤出微笑。嗯，就是沈医生你以前没事就挂在脸上的那种微笑。虽然有点假，但是还是让人觉得挺受用的那种。接着，他开始给轮椅上的病患朗诵起了那本书来。”

我好奇起来：“是一本什么书?”

“距离太远了，看不清楚。”古大力耸了耸肩，接着露出一个很孩子气的微笑，“不过呢？沈医生，我记性好大伙都知道的，那书的封面被我留意了下来。之后回到图书馆上班后，有一次在整理积压书籍时，我发现了一模一样的封面。想不到的是，岩田医生一本正经读给张金伟听的书是最早引进版的《犯罪心理学》。让人更加觉得不可思议的是，本来烦躁不安的独眼屠夫，在听了十几分钟后，竟然安静了下来。”

我低下了头，脑海中莫名其妙地蹦出了尼采的那句名言——你在凝视深渊的时候，深渊也在凝视着你。那么，在岩田与张金伟这位典型的攻击性病患单独相处时，他可能选择着一种与我们大部分医生大相径庭的方式，在尝试沟通。

或许，他是想要架设一座桥梁，并通过他这座独特的桥梁，走入到杀人者的内心深处。

古大力的话语将我从沉思中拉回来，他叹了口气，表情凝重，一副重任在肩的样子：“沈医生，所以呢，你也不用太多纠结。有着心理疾病的医生不止你一个，还有很多。距离我们最近的，便是这位岩田介居了。”

这时，我猛地想起了前一晚古大力那躲躲闪闪偷看岩田的模样，便连忙正色道：“大力，我记得昨晚在船上你就一直注意着岩田，有什么发现吗?”

“有啊!”古大力将那颗大脑袋上下晃动着，“昨晚他赶到案发现场的时候，据说是在派对上被戴维陈的电话临时叫过来的。但当时他的着装太整洁了，整洁到皮鞋上连一点点尘土都没有……”

“我们当时在海面上，皮鞋上没有尘土是很正常的，再说还有海风。”我反驳着他的意见。

“好吧！那我们不说皮鞋，我们说说他的西裤上的褶子。褶子那条直线明显潮湿，说明是刚用带水蒸气的熨斗烫过的。也就是说，他在说谎。”古大力的眉头皱了起来，“来凶案现场以前，岩田介居并不是在派对上玩，而是、而是穿着一条短裤在房间里，用带蒸汽的电烫斗烫裤子。之后在接到戴维陈的电话后，直接穿着刚烫的热乎乎的裤子就出了门。”

我的眉头也跟着他的推理节奏缓缓皱紧了：“并且，我们还可以推断，他之所以将还没晾干的西裤穿上的原因是，他之前所穿的那条西裤，因为某些原因被换了下来，不方便穿着踏上案发现场的甲板了。”

“是的。”古大力捏了个拳头往下挥舞着，并用很肯定的语气继续道，“很明显，他只有两条裤子，用来换洗。”

我微微笑了笑，因为古大力这与众不同的心思。但有一点可以初步肯定，岩田可能确实只有两条一模一样的西裤。他白天穿着出现在人前的黑色西裤，在昨晚因为某些原因而被换下。有着洁癖并且一丝不苟的他，只得在深夜开始烫他的另一条西裤。而之所以要选择那么晚烫裤子而不是在早上出门前是因为岩田准备好了昨天深夜离开房间，也早早知道了可能会接到戴维陈的电话，并赶到昨晚的案发现场。

我倒抽了一口冷气，并将双手用力搓动了几下。就在这时，从远处沙滩上传来八戒的叫喊声：“沈医生，你也来了啊！”

我扭头，只见满头大汗的他正冲我们奔跑过来。他径直端起了桌子上的玻璃杯，大口灌了几口，然后冲古大力数落道：“你不能拥有积极的心态，就注定了无法改变你目前的困境。”说完这话，他做了一个之前古大力做过的将拳头往下挥舞的动作，但是相比较而言，比古大力做得要自然很多：“大力，相信自己，你一定可以的。”

八戒扭过头来：“沈医生，我说得没错吧？古大力当前的情况就是需要完完全全地放开自己，才能拥有阳光，拥有真正的自己。”

我微笑了，很明显，八戒这段时间看的那些成功学书籍已经彻底改变了他的人生，并渗透到了他的灵魂。连我也似乎无法反驳他，因为他所背诵的这些鸡汤，并没有错误，甚至真理到滴水不漏。于是，我只能应道："没错，大力是有点放不开。"

八戒很高兴，将头上那稀稀拉拉的几缕头发往后抹了抹："大力，我知道你喜欢那个姑娘，但是你要像我一样，敢于去争取才行。"

他再次握拳，往下挥舞了一下。动作幅度太大，导致手腕上戴着的金灿灿的奢侈品牌手表因为质量不过关的缘故，自顾自飞到了地上。八戒面不改色，快速蹲到地上将假表捡了起来，一边戴着一边继续对古大力说道："要想成功，必须具备的最重要几点就是——用你的欲望提升自己的热忱，用你的……"他有点卡壳："那个啥来着，磨平高山。"

手表的表带似乎扣不上了，导致八戒大声传颂的卡耐基经典语录无法连贯起来。最终，他将那金灿灿的假表往桌子上一放，又一次挥舞着手臂，大声吼道："相信自己，大力！"

他的声音震彻云霄："你是最棒的！你一定能成功的！"

古大力表情陶醉地闷哼了一句："哦！"

拉杆箱

最终，古大力还是站了起来。他将桌上剩下的半杯牛奶一口喝下，表情如同一位即将赴死于战场的战士般豪迈。不知道为什么，我心底油然而生的是一种悲悯，为古大力的尴尬状况。他具备着让人叹为观止的智商，却不懂如何与人沟通交往。甚至于我一度在思考——他当年的精神病是否真是严重到了需要入院治疗的程度，抑或只是他不知道如何融入社会而导致的误诊。

古大力扭头冲我笑了，憨憨而又纠结。他再一次做出了那个往下挥舞拳头的动作，这一会我已经知晓，这一动作不过又是他对八戒的模仿而已。

“沈医生，我需要多运动，多与人交际，才能真正地康复。”他故作轻松地对我说道。

“大力。”我叫住了他，并压低声音问道，“你看上的姑娘是那两个里面的哪一位啊？”

古大力的脸竟然红了，扭捏一笑：“就是穿白 T 恤的那位。”说完，他便朝着沙滩上跑去，和他前方那奔跑着的八戒一起，构建出一幅有点滑稽的画面。

我站了起来，冲他大声喊道：“八戒说得没错，你一定能成功的！”

古大力没有回头应我，因为在我话音还没落前，他已经头朝下摔到了地上。接着，那位他所喜欢的穿着白色 T 恤的姑娘竟然将手里的排球朝旁边一扔，满脸关切地朝地上的古大力奔跑了过去。

我有点欣喜，甚至有一点点激动。那姑娘长得并不是很好看，但是有着古铜色的健康肤色与匀称的身形……

“挺好的！”我自言自语道，并朝着椅背靠去，视线由沙滩转向蔚蓝的天空。我又开始了深呼吸，但这次的深呼吸，不再是缓解自己紧张情绪的调节方式，而是真正意义上的舒展开来。一年多了，邱凌终于出现，也就是说我将再一次开始面对一片阴沉的黑色迷雾，那迷雾深处，有着我始终想知道的谜底。它们在之前时日里始终藏头露尾，让我无法释怀。现在，我终于有了机会，将它们一个个翻捡出来，逐一打破。

我开始变得期待今晚与邱凌的约会了。他答应我可以回答我一个问题，关于文戈的，抑或是关于乐瑾瑜的。我想，这似乎没有什么需要思考的理由。

文戈究竟是不是真的在多年前，谋杀了催眠者尚午的未婚妻？

我激动起来，为这一困扰着我许久也即将知晓的答案。但紧接着，脑海中却又闪过了乐瑾瑜那张俏脸与她那满头的银色发丝。我突然间愕然，一个新的问题如同瞬间而至的恶魔，将我整个脑海霸占——乐瑾瑜与邱凌共处的那7天里发生了什么？是什么让她须臾白发？是什么让她记忆缺失？又是什么让她彻底迷失？

我不想辜负……

但我始终在辜负……

中午我和大伙一起，在酒店的餐厅里吃了一份牛排和两块堆得高高的薯泥。邵波认为我气色好了不少，并不时冲李昊与赵珂眨眼。我知道，他是在示意李昊他们不要再说道昨晚发生的一切，最起码不要在我面前说道。

李昊夫妻妥协了，强颜欢笑。我感觉得到他们有事想和我说，但是始终压抑着。但是在我，却不再关心，因为他们所纠结的事里的主角，肯定是昨晚的凶手邱凌。而这一刻表情淡定的我，实际上已经知悉了邱凌就在我们身边某处潜伏着的真相。

我有了不可告人的秘密，低着头不再与他们的眼神交汇。这一秘密是惊人的，甚至我将之隐藏，似乎也是另一种方式的沦为罪恶的帮凶。

我站起来冲大伙微笑，故作轻松地说要上去午睡。接着，我如同逃离般，朝着餐厅外面走去。隐隐约约间，我似乎听到赵珂对李昊说了一句“要不要让他知道盒子里……”之类的话。但，我压根就没有去深究，也没有去细想。

我需要全身心地投入到今晚与邱凌的战争中——我对自己这么说道。于是，我的整个下午都托付给了一次质量很高的睡眠。到睁开眼睛时，发现自己竟然睡了有四五个小时。房间里并没有人，邵波是否回来过，我也并不关心。就算他回来了，见我酣睡，也不会吵醒我。他们在为我的逐步康复而欣喜，并不知晓我是在摩拳擦掌，迎接我那难缠的对手。

我洗了个热水澡，换上干净的内衣裤。我再一次对着镜子涂上泡沫，并找出了剃刀。一下一下刮着胡子的时间里，我觉得自己变成了一位正在挥舞魔杖的萨满，主持着一场浩大的仪式。仪式在继续，我抹去泡沫，接过了服务员从门外送过来的挂烫机，将衬衣烫得一丝不苟。在梳理西裤那两条褶子时，我莫名想起了岩田。但相比较而言，他是否有过作恶，与我即将面对的邱凌而言，又算什么呢？尽管在戴维陈看来，围绕着他，有一个很可怕也很连贯的罪恶之环。

我继续着我自以为的仪式。我打开窗户，让海风掠过我那挂着的带着潮气的西裤与衬衣。窗外的沙滩与夕阳依旧，我的世界在最初是那么美好。无奈人生总有朝有夕，那翻手云、覆手雨，是否是注定，也不是我能够左右的。

7点零5分，邵波打电话叫我下去吃饭。我说我想一个人走走，实际上那一会我已经穿戴整齐，坐在酒店对面的一家小饭店里喝粥。我想着我会一直将这碗热乎乎的粥喝到8点吧，然后起身朝自己与邱凌约好的小树林走去。因为8点，野神丸便将离开晨曦岛。剩下的所有人都无法离开这小小的岛屿，或许某些恩怨，能够在此得以了结。我微笑了，我还想着，我可以在那片小树林前面的观景崖上站一会，与其他游客一起分享下最后那一丝丝属于白昼的阳光。

8点差10分，远处海边的邮轮发出长鸣声，宣告着它与我们短暂的道别。我叫服务员买单，准备离开。可就在这时，我突然发现酒店大门处，一个熟悉的身影出现了。

是乐瑾瑜，她依旧穿戴着以前的她并不喜欢的深色套装与宽檐帽子，并拉着一个不小的拉杆箱，神情淡定地左右看了看，接着也朝观景崖方向走去。她步履不快，并不时低头看看拉杆箱。

我站起来，快步跟上。我正想要喊她，但又发现，她似乎正很小心地护佑着她的皮箱，并尽可能选择着平坦的道路，仿佛，那皮箱里有着易碎的珍宝一般。

我开始好奇，将呼喊她的冲动收起。我加快了步子，默默地跟在她身后。晨曦岛是个旅游景点，路灯并不是太明亮，昏暗的灯光或许是在营造那朦胧的美感。于是，这也成为了我得以遁形于她身后的掩护。

她继续往前，前路有上坡，变得不再平坦。于是，她将拉杆收拢，单手将箱子提了起来。箱子里的东西应该并不重，看她轻盈的步履可以判断出来。这，进一步证明了我箱子里的物品是易碎的这一猜测。

她，在这夜深时刻，用皮箱装着易碎物品，朝着没有人烟的悬崖边行进，是想要去做什么呢？

我自嘲地苦笑，自始至终，乐瑾瑜对于我来说，都始终是那么贴近又那么遥远。她有着普通女人的心思与可爱，却又有着让我琢磨不透的某些另类的偏执思维。或许，这也是她的职业带给她的吧？

想到这，我突然想起了岩田介居好几次都提到在乐瑾瑜身上，有着让他为之惊喜的东西。但他并没有提到过是什么。根据他对乐瑾瑜的描绘可以判断，乐瑾瑜现在脑海中属于她精神科医生的专业知识的记忆，应该是得以保留的。那么，他所说的瑰宝，会不会就是乐瑾瑜在精神医学方面的一些比较个性化也比较另类的独特悟道呢？

我继续保持着足够的距离跟在乐瑾瑜身后，脑子里在继续思考着。能让岩田这种学者痴迷与沉醉的，不会单纯的只是女人的容貌与身材。他们会看重对方的思想。

乐瑾瑜是一个具备自己独特思想的女人，这点是毋庸置疑的。

正想着，我的脚步猛地停下了。因为我清楚地看到，在乐瑾瑜前方即将踏上的台阶上方，出现了一个黑色的身影。尽管路灯并不明亮，但他那白色的衬衣在暗处却很显眼。

是岩田介居，他站在通往观景崖的楼梯上方等着乐瑾瑜。

可能是因为我心虚的缘故吧？我不由自主地往后退了一步。这时，岩田三步两步冲下台阶，一手接过了乐瑾瑜手里的皮箱。

他的另一只手很自然地搭到了乐瑾瑜的腰肢上，这一动作，让我的心被微微揪动，有种酸酸的感觉。

我再次往后退了退，为自己这偷窥别人亲热的行径而感到羞耻。我转身，将目光朝着上方我即将去的那片小树林望去，仿佛是想要给自己这十几分钟的卑劣跟踪，找出一个能让自己觉得不会可耻的理由——我不过是来赴邱凌的约而已。

一道很小的闪光在那片树林中转瞬而逝。

有人在那位置观察我，就如同在邮轮上躲在某处观察我时一样。

是邱凌！肯定是他！他已经到了，并潜伏在那片树林深处默默地看着这个世界，与这个世界里的每一个人。

我再次冷静下来，双腿跨立，目光死死地盯向那个位置。接着，我举起了右手，拇指高高竖立。

所有的代表自信的肢体语言中，竖立的拇指，都是最高度自信的表示，而并不是单纯代表对别人的夸奖。举起它，意味着对对手骄傲的宣战。

香烟

我看了下表，8 点 15 分。这一刻，邮轮在海面上还清晰可见，但很快，它就将暂时与我们这个世界告别。

邱凌，是你吗？我笑了，并转身向另外一边上坡的楼梯走去。台阶蔓延的方位，正是邱凌与我约会的小树林。

15 分钟后，我抵达了台阶的尽头。我有一点点喘气，这在以前，似乎是不可原谅的。看来，这一年多里，身体确实也跟着情绪一起在逐渐堕落。我自顾自地想着。

那片小树林出现在我视线前方，脚下也终于没有了道路。树林中的每一棵树与树之间，有着足够的空间。仿佛这片林，被这些树们分解成为了很多很多个格子，用来储存什么。我左右环顾，寻找的却不是想要看到某一棵树后面，会不会突然钻出邱凌。相反的，我是在寻找自己记忆中与文戈相拥过的位置。或许，在那个由树分解成的格子里，有着我与她的、被储存得很深很深的回忆。

我朝前走去，脚下枯叶发出的咔咔声，清脆却又残忍，似乎在诠释着曾经有着的生命转瞬间变为粉末。文戈，也早已成了粉末，被融入了那棵我们一起埋下了过去岁月的树下。

“邱凌，你在吗?”我边走边说道。我的话语声并不大，因为我知道如果他在的话，这一刻的他肯定是死死盯着我的。我的任何细微，在他的眼耳鼻里，都可能很重要。

没有人回应。我再次看了看表，8 点 42 分，距离邱凌约的时间还差 1 个小时 18 分。这时，我欣喜起来，因为我分辨出了那年我与文戈拥吻的位置。我们曾经靠着的那棵树形状古怪，像个张牙舞爪的劫匪，让人觉得好笑又可怕。

我大步迈过去，任由脚底被碾碎的树叶发出的呻吟声变本加厉。那年，她穿着浅灰色的风衣，想要留长的发丝上，别着一个好看的发卡。她眉飞色舞，举手投足都让我着迷与痴狂。她的手柔软细腻，宛如丝绸在微风中与肌肤掠过。

我有点迷了，伸出了手。我幻想着文戈再次出现在面前，我拥抱着她柔软的腰肢。眼泪，再次将眼眶湿润。

“文戈，我好想你！我真的好想你!”我抽泣着大声说道，尽管天国的她不会听到。

啪！啪！啪！鼓掌声在我身后响起。

“沈非，其实你不应该当心理医生，而应该去学学表演。或许，你在那一方面的天赋，会比你在心理学学科上的拙劣要好上很多。”

是邱凌。和他的鼓掌声、说话声一起同步的，还有着由远处缓缓近了的落叶呻吟声。

我没有急着转身，双手依旧环抱着并不存在的过去，不愿意自拔：“邱凌，你早到了。”

“你也早到了啊！难道，”邱凌的声音比之前沙哑了很多，但并不低沉，依旧悦耳，“难道不是应该这样吗？心理医生对于即将开始的诊疗场地，难道不需要提前看看吗？”

“嗯！”我应着，然后对着面前的虚无小声说了句，“文戈，我还是没有变过。”

这句小声的说道还是被邱凌听到了，他冷笑着，似乎在我背后的某处站定：“沈非，你没变过吗？”

我转过了身：“你觉得呢？”

十几米外，穿着一件黑色带帽夹克的黑影，自然是邱凌无疑。只是，曾经瘦高的他，似乎变得结实了很多。他的帽子套在头上，加上月光昏暗，于是，我看不清楚他的脸。只能隐隐约约窥探到那闪烁着的眼睛，依旧有着狡黠与深邃。

“沈非，这是你自己的问题，怎么来问我呢？”邱凌边说边从裤兜里掏出香烟，并叼上。打火机燃烧的瞬间，我得以看到了他的脸。

是他，和一年多以前没有任何改变。

“你学会抽烟了？”我问道，就像一个老朋友的关心。

“抽了有段时间了。”邱凌回答的口气，也像是对老朋友的语调，“总要有一两个坏习惯，来搭配我现在的身份吧？”他自嘲地说道。

“烟雾燃烧时释放着 3 800 多种化学物质，绝大部分对人体有害。尼古丁只是其中的一种，但是它也是烟雾中最主要的成瘾源。”我娓娓说道，并和他一样，选择了将背靠在树上。

邱凌在点头，烟头的火星忽明忽暗，他补充着我的话语：“吸入烟雾后，尼古丁只需要 7.5 秒就可以到达大脑，使吸烟者感到愉悦与松弛。它可以让中枢神经先兴奋而后将之控制，进而，演变成一种绑架，从而俘获吸烟者的神经。”

“是，尼古丁在血浆中的半衰期只有30分钟。”我如同接力般再次接过了他的话，“也就是说它的绑架时效只能维持这30分钟。当尼古丁低于稳定水平时，吸烟者便会感到烦躁、不适、恶心、头痛并渴望再吸一支烟来补充尼古丁对神经的作用。”

我顿了顿：“邱凌，作为一位具备着足够自制能力，也清楚知道尼古丁危害的心理学学者，你难道不觉得有了烟瘾，是一件很羞耻的事情吗？”

“沈非，我想我先要纠正你的一个错误观点。”邱凌将手里的烟狠狠地吸了一口，并缓缓吐出，“在我的世界里，伦理道德与社会常理，早就不复存在了。之所以选择连环谋杀那么极端的方式来改写我的人生，更多时候，我不过是想要让自己变得彻底的没有退路。那么，在你看来应该觉得羞耻的烟瘾，在我看来，又能算啥呢？并且，”

他又吸了一口烟雾：“并且之前的我，和你一样，将尼古丁对神经的作用，想当然地觉得多么的可怕。我们通过书本知悉的那些所谓的上瘾，宛如洪水猛兽。就像你刚才所说的那些吸烟者没有香烟时候的症状诸如烦躁、不适、恶心、头痛等这些，其实，都只是学者们骇人听闻且不负责任的胡乱撰写罢了。甚至，我还可以认为，那是那些无法自制将这浅浅上瘾恶习给戒除的烟民们，故意编造的理由。”说完这些，他将手里的烟头弹出，那红色的光点在空中飞过。

“邱凌，你让我想起了我的一个病人，她有着一个不可告人的嗜好，并沉迷其中，无法自拔。她告诉我，最初，这一癖好只是她姐姐有，她想要姐姐戒除。但姐姐说无能为力。于是，她让自己也成瘾，并想要身体力行地示范自己强大的自制。最终，她有点苦恼地告诉我，她并不能成为她姐姐的表率。”我冷静地说道。

“是吗？沈非，你的病人能和我相提并论吗？不过，有一点我承认，我确实是没有自制能力的。因为自制能力在我的世界里，是个悖论。嗯！这话可能别人听不明白。但是，你——沈非，是明白的吧？”邱凌应该是在微笑，但那帽子下的他，遁形于黑暗中，无法被我识破。

“古往今来，玩火自焚的确实不在少数，这点……”邱凌耸了耸肩，“这点沈非你倒是没说错。我们也不说太远了的吧。此时此刻，在这晨曦岛上，就有着一位把自己当做普罗米修斯的盗火者，他将自己幻想成为神圣的救世主，冒着随时被火焰焚烧成灰的危险，试探着火焰深处的他想要的真相。”

“咦！你说的是哪位呢？”我顺应着与他对话，并知道这是他一贯使用的伎俩——逐步的引导，并将我带入他想要让我深陷的巨网。所幸，我早已熟悉，并不再为之情绪肆意波动。

“沈非，你不是无所不知吗？”邱凌又开始了对我的嘲讽，“海阳市最权威的心理咨询师，有头脑的犯罪心理学专家，你身边居然还会有你没能看穿的人吗？”

“和你比起来，我太多未知了。就算是现在，诱惑着我走到你面前的原因，实际上也只是你终于答应回答我某一个问题而已啊！”我不再用针尖对抗他的麦芒，而开始了迎合。

“是吗？”邱凌应着，“那么，你想要知晓答案的那个问题，是关于谁呢？”

他语速放缓了，在夜空中飘来，宛如乳燕轻轻地呢喃：“是文戈？还是乐瑾瑜呢？一个是你誓言过一生一世的亡妻，一个是为你一夜白发的红颜知己。”

“嘿嘿！”邱凌的语调瞬间升高，甚至带着一丝哭腔了一般，“你如何取舍呢？沈非，你如何在过去与未来之间取舍呢？你又应该如何面对呢？”

第六章
灯　塔

她万分害怕，却又不敢出声，透过地下室的门，收集到了父亲的嘶吼声与最后的怒吼，也收集到了母亲的喘息声，与慢慢渗入地下室的黏稠血液。

飞花

我曾经反复地做着一个相同的梦。梦里，文戈穿着白色的长裙，在海边缓步向前。她的背影显得那么的单薄，让我揪心。她思想海洋里的无法承受与逐步崩塌，没能被我洞悉，她只能默默应对。

海风吹来了，繁星下，是她飘舞着的衫与发丝。她扭头了，眉目间尘世暗淡，浅笑下忧伤深锁。我想向前狂奔，想要拥她入怀。可惜的是，我的肢体僵硬，我的呼吼无声。

刺眼的光束袭来，伴随着汽笛轰鸣……

文戈，支离破碎在一个没有预兆的夜晚。从此，她的一切在我的世界里被分隔到了回忆的板块。

在乐瑾瑜消失后，我又多了一个会重复且同样奇怪的梦。梦里，依旧穿着白色长裙的女人，是那冲我微笑着的正面的瑾瑜。她眉目间有着一丝丝怯意，对自己的主动并没有太多的自信。但是，她苦心经营着自认为最美丽的绽放，只为呈现给我一个人欣赏。

是的，我欣赏到了，也融化掉了。但我没有为之举动，更别说报以她想要的“恩泽”。于是，瑾瑜的笑容僵硬了，那上扬的嘴角缓缓裂开，这一裂开快速蔓延到无法收拾……

我匆忙地惊醒，满世界都是乐瑾瑜碎了后的肉沫与骨渣，在空气中飘着，不会落下。

我不想辜负。

但我始终在辜负。

“邱凌，能给我说说瑾瑜在被你控制后的 7 天里面，发生了什么吗?”我咬了咬牙，开口问道。我所自以为的，甚至觉得自己会毫不犹豫选择询问的关于文戈的问题，在这瞬间脱口而出的，反而是关于另一个女人的。

邱凌却顿住了，我的这句话让他那亢奋的状态顿时消失得无影无踪。他沉默了，似乎在咀嚼什么。最终，他的叹息声在夜色中响起：“嗯……”悠远而又漫长。

“沈非，你终于背叛了。”邱凌喃喃地说道，“想不到短短的几年后，你还是放弃了文戈，选择了另一个女人。”

我没有反驳他，因为不管我选择如何自圆其说，但摆出的事实如此——我想要知悉尚活着的乐瑾瑜的事多过文戈。

邱凌似乎在冷笑，但他的表情我无法捕捉到：“沈非，你知道吗？其实我在早上和你通完那个电话开始，就猜到你会问起的问题是关于乐瑾瑜的，而不是之前你最记挂的文戈的过去。我总是在窃喜，你最后显现的见异思迁能够让我确定，在对文戈的深爱程度上，我终于超越了任何人，更不会再有对手。可是，”

邱凌再次顿了顿：“可是不知道为什么，到这一切终于真实发生的时刻，我却怎么会感觉难受呢？”

“邱凌，直接回答我的问题吧。实际上，我也不关心你的所谓情绪波动。”我声音不大，原因是我对自己最终的选项感觉羞愧。

“好吧！那让我领着你去看看乐瑾瑜的世界吧。”邱凌说道。

“那晚我上乐瑾瑜的车之前，我就看到了租车公司的标志。当时药效还没有完全将我控制，于是，我看了看驾驶台，油箱里的油很满。于是，我知道，乐瑾瑜想要带我去一个很远的地方，可能是要离开海阳，甚至更远的地方。”邱凌缓缓说道。

“到我逐渐清醒后，我发现自己被固定在一张手术台上。周围漆黑一片，感官唯一能够收获到的，只有一股子老旧家具受潮发霉的味道。我尝试着喊了一声‘乐瑾瑜医生’，半晌后，我本以为没有回应，被对方的一声‘我在’所否定。接着，她划亮了一根火柴，并将她身旁的蜡烛点亮。借着光，我努力环视四周，发现我应该是在一个老旧房子的地下室里，因为四周没有窗户，角落里有着往上的木梯。乐瑾瑜坐在一把与周遭环境并不搭调的高高的金属转椅上，穿着白色的大褂。她头发散落着，微微卷。背光的缘故，我无法看清她的脸，与她脸上的表情。但她下垂着的手里，有个闪着寒光的物件。”

“是一把手术刀。”说出这话时，我非常肯定。

“是的。”邱凌点头，“乐瑾瑜并没有动弹，目光死死盯着自己手里的刀刃。要知道，我并不惧怕死亡，也早早知道自己最终会狼狈地死去，我理应受尽惩戒，尝遍折磨。但在那一刻，我还是有点慌张，甚至心跳加速。”

“始终，不是一台没有情愫的机器。”邱凌自嘲地补充道。

他的语调让我第一次觉得他也不过是个普通人。从他选择了走向异类的那天开始，他作为国土局普通职工的那一面，似乎就已经消亡。但无论他如何决绝，也一定有过属于他的那些日子里的快乐与悲伤。想到这些，我开始为自己的宽容感到羞愧。邱凌是一个可以说没有了人性的恶魔，但我却想当然的在给他涂抹一幅有着人性的画像。

“她并没有用刀伤害你。”我开口说道。

“嗯！她就是那样傻傻坐着，却又散发着随时都会燃烧起来的能量。我被捆绑着，无法做些什么。于是，我借着那微微的烛光，望向了她的身后。整个房间里，也只有她身后，才摆放着一个家具。那是一个与周遭一切并不搭调的书架，书架上空空的，只有第二排摆着几个玻璃瓶。嗯，是那种生物实验室里面用来浸泡动物器官的玻璃瓶。并且，那几个玻璃瓶里，透明的液体倒映着光。液体中，似乎也还有几块固体，在倔强地漂浮着。”邱凌继续着，“距离太远了，我看不清楚里面是什么。面前的乐瑾瑜依旧一动不动，她任由时间流逝着，如同没有了灵魂的躯壳。最终，被她点亮的蜡烛灭了。”

“也就是在黑暗再次袭来后，她开始和我说话。她给我讲了一个属于她的童话。童话里，她是一位有着漂亮裙子的公主，住在郊区的城堡里。有一天，几个醉酒的邻居踹开了城堡的大门，公主被母亲塞进了地下室里。她万分害怕，却又不敢出声，透过地下室的门，收集到了父亲的嘶吼声与最后的怒吼，也收集到了母亲的喘息声，与慢慢渗入地下室的黏稠血液。之后，她被送入了孤儿院。接下来的每天里，她坐在孤儿院的楼梯上，看孤儿们被领养者们牵着手，那么去去来，那么来来去。她始终没被人带走，因为她 9 岁了。并且，她清晰地记得父母离去那晚的一切。这些，都会让兴高采烈的领养者莫名害怕。孤儿院的老师对她说，瑾瑜啊，你要学会宽容，你要学会感恩。上天给予你苦难，是为了让你在品尝到欣喜时，才能咀嚼出欣喜的滋味会是多么的美妙与宝贵。”邱凌说到这叹了口气，“老师挺喜欢骗人的。”

“继续吧。”我冲他说道，心却因为他的话语一点一点地往下沉没。

“她最快乐的时光是从高中开始，她终于可以离开孤儿院跑回自己的家。家很荒凉，甚至周遭的人们将之说成凶宅鬼屋。但这位公主反倒为之欣喜，并奢望着已成为魂魄的父母真的在某个夜晚来到自己身边，抚摸自己的脸庞。她学会了宽容，也懂得了感恩。但她想要去了解，想要知悉为什么看起来善良憨厚的邻居，最后会犯下那么大的罪恶。于是，她选择了精神医科，并走进了苏门大学。沈非，乐瑾瑜和我是一届的。她看到你的那个上午，也是我走进校园的那个上午。不同的是，我看你是因为你身边有幸福着的文戈。而她看到的你，在车站一把接过了让她苦恼不堪的沉重行李。她在你身上看到了阳光与温暖，并咀嚼到了欣喜。”

“那年我是被派去接新生，但我并不记得每一个我接回来的新同学的模样。”我照实说着。

“你自然不会记得，因为你身边有文戈。”邱凌的语调再次冰冷，“我和乐瑾瑜在当时其实算得上是朋友的。她喜欢心理学，那些枯燥的大课从不曾缺席。她也进了诗社，在很多个诗社的朗读活动中，我和她都有接触。不过说实话，她的诗很一般，每一首都大同小异，描绘的都是情窦初开的少女暗恋上了某位师兄的故事。沈非，那位师兄是谁，你应该知道吧。”

“但我并不知道她是从那个时候就开始对我有了好感。”我摇着头说道。

“就算你知道了又会如何呢？你眼里只有文戈，还有别人吗？”邱凌再次冷笑了，“最终，你毕业离开，乐瑾瑜却留校成了讲师，驻守在一个你曾经待过的地方，每天都能捕捉到你曾经有过的痕迹。对精神医学与心理学的知识越发了解，也让她越是透彻地知道情爱不过是自己作为雌性生物肉体的需求。于是，她很难对人动情，也没有人能够走入她的世界。于是，她想着换个环境吧，调个工作，换个城市。结果，本不该再次出现的你，又一次闯入了她的世界。唉！她在说到这里时，便开始了抽泣，她说你是她的劫数，她在劫难逃。她曾经一度激动，以为再次单身的你，会是老师所说的苦难后的欣喜。但最终，你对她做的，都是些什么，我并没机会细致知晓。但以我对你的了解，你一定将之拒绝得太过淋漓尽致。”邱凌顿了顿，“沈非，是这样吗？”

我不知道如何回答，实际上我与乐瑾瑜的这一切，也没有多余的人知道，始终深埋在我心底。让人觉得无比荒唐的是，最终，像个好友一样和我谈论她的人，竟然会是邱凌这个无法被救赎的混蛋。

我苦笑着，觉得一切的一切，都似乎太过滑稽。

“邱凌，然后呢？”我问道。

他点点头：“然后她如同一位老妇，絮叨了很久。她的话语变得越发的凌乱，语调也时不时在变化。我知道，她可能经受不起那些天所经受的打击。或者，打击只是简略的一次，可怕的是连带了她所有憋着委屈着的情愫……就那么说了很久后，她似乎开始变得虚弱了，词不达意了。这时，我尝试着问她，能不能点亮蜡烛？她照做了，微光再临的刹那，我看到了她满头飞花……”

说到这，他停顿了很久，仿佛在回味那一幕。最终，他掏出了香烟点上，好像要用香烟来缓解情绪。他深吸，吐出，再次深吸，再次吐出。

我静静地看他把那支烟吸完，烟头在月色中飞舞出去，落入尘埃。

“乐瑾瑜一夜白头，记忆全无。她的目光变得呆滞，动作变得迟缓。我要求她将手术台上的我解开，她如同木偶一般照做了。然后，我爬上那个木梯，掀开了上方的木板。嗯！沈非，你应该也能够猜到，她把我带回了她的老家，进到了多年前她躲开伤害并失去所有的地下室。”

“说完了。”邱凌长舒了一口气，“我承认我被她打动了，这也是我没有伤害她，并将她扔在了回海阳市半路上的风城市区的原因。其实，我已经杀了太多人，不在乎多上她的。只是……”

邱凌耸了耸肩：“没啥了，说完了。”他并不希望我看到他有着太多感性的一面。

“哦！”我点头，“我知道了。”

向日葵

向日葵又名朝阳花，因为它总是随太阳转动而得名。但英文称之为Sunflower，却不单纯只是因为它的特性，而是因为它的黄花绽放如同太阳的缘故。

向日葵的最初产地是南美洲，由西班牙人于1510年带到欧洲，进而逐渐扩散到全球各地。它的花季主要集中在夏、冬。花期为两周左右。在这两周里，它绽放得很彻底。那向上扬起微笑着的俏丽脸庞，始终如一的面对着太阳。但太阳固执己见，万万千千年重复不变的晨起与昼落，向日葵的所有举动，太阳都尽收眼底。但没有人知道，太阳会否有心思留意。

两周后，向日葵枯萎在某一个黄昏。她那曾经金黄的花瓣，终于失去了鲜艳。扬起的脸庞，黯淡无光。只是，

只是她最后面对的方向，依旧是太阳在她的世界里失去的方向。

是的，她的花期只有两周。她的美丽，也只想要给一个人看到。但她未曾料到的是，她用在等待上的时间，延续到了她的终点。

彼此沉默着，在于我，是对乐瑾瑜越发重了的负疚感。而在于邱凌……

他在我的世界里，本来就是个谜。

“好了！我们回到正题吧。”我挺胸重新站直，冲邱凌大声说道，“我和李昊都在邮轮上，而你，选择了和我们一起出行，应该不是巧合吧？”

邱凌笑了：“嘿嘿！沈非，我只答应回答你一个问题而已，你有点得寸进尺了。看来，你的自以为是从来就没有戒除过，只是这一年多时间里，你学会了收敛。”

“那我换种方式和你沟通吧。”我也将嘴角往上扬起，尽管心里因为知悉了瑾瑜的故事而在持续隐隐作痛：“邱凌先生，你把我约到这里来，不会只是想要和我叙叙旧而已吧？你想要什么，或者说，你又有了什么新的漂亮的计划，需要将我网罗进去成为棋子的，开口吧。”

“我想要你陪我去看个奇妙屋，你愿意吗？”邱凌问道。

我愣住了。邱凌伸出手指了指观景崖的方向：“那边，有个距离沙滩只有几百米的灯塔。说是灯塔，实际上真正的作用是让沙滩显得美观。要知道，晨曦岛属于冲绳群岛，几年前为了发展旅游业，晨曦岛与附近岛屿上的 20 个小型灯塔，被政府送给了日本国内 20 位在各个科学领域里比较优秀的青年学者。这个所谓的‘天才塔计划’旨在让这些青年学者们知道自己肩负的重任有多重大。并且，冲绳的官员们也奢望在多年后，这些学者真正有成就时，会给人说起属于他们的这些灯塔。”

我打断了他的话说道：“实际上日本人有时候做的一些事情，也并不是一定希望得到回报。或许，他们只是觉得这些年轻学者们值得拥有这些。”

“也许是吧？而不远处的观景崖下的灯塔的名字叫做岩田介居。”说到这里他停顿了一下，似乎在观察我的反应。最终，没有收获的他继续道：“就是瑾瑜现在身边的岩田介居。”

“我今天早上就是和他一起吃的早餐。”我应着，“你也知道的。”

“嗯！属于岩田介居的这个灯塔距离海滩很近，灯塔下面本来就有礁石。所以，灯塔一旁建有一个小小的房子。以前这小房子是用来做气候勘察的，后来用不上了，当地人就联系上了岩田，让岩田支付了极少的钱，拥有了那小小的房间。过去的年月里，岩田都没怎么来过。但是从去年开始，他差不多每两三个月都要来一次，甚至在几个月前，还找了工人将那小房子装修与加固了一次。”

“可能岩田只是偶尔来到这休息放松下而已。”我说道。

邱凌：“沈非，看来，你还没明白重点在哪儿。”

乐瑾瑜拉着拉杆箱的身影在我脑海中一闪而逝，我正色道：“直接说开吧。”

邱凌：“岩田和乐瑾瑜是从去年开始在一起的。也就是说，在他俩好了以后，岩田便开始时不时一个人来回于晨曦岛。并且，有个小小的事件你应该也洞悉到了一二，那就是每一次他都会有托运的大件行李——所谓的为他那退休后爱上种植的父亲运回的内陆的肥沃土壤。”

“就是用木箱装着的那些泥土吧？而当时那箱泥土就放在有人居住的通风管道旁。”我望向邱凌的眼睛，希望能够捕捉到他眼神中的闪烁，但夜色中我徒劳无功，“至于那位可悲的管道寄居者是谁，你我都心知肚明了。你昨晚又添上的两条人命，可能在你自己认为不过如此。那么，拿走了木箱子泥土里的东西这种小小的罪恶，在你看来，自然是更加不值一提的？”

邱凌闷哼着：“沈非，我做过一些什么样的恶，没必要对你一一交代。或者又有哪些恶不是我所做的，但自以为是的你强加在我头上，我也不会费事解释。因为、因为我压根不在乎这些。”

我点头，不再吱声，并将右手手掌朝前伸出，示意他继续。

这时的邱凌却将手伸进了那件黑色外套后面的腰部位置摸索了几下，紧接着从那里面掏出一把并不很大的银色物件来。他单手将之拿着垂下，自言自语般说了句：“塞在后面也挺不舒服的。”说完这话，他将这物件用两只手托起，对准了我。

是一把精致的短弩，就算是在月色中，也闪烁出寒光。我明白，这是他对昨晚射杀船员棍哥的回复。

“沈非，我现在觉得，你的注意力不够集中了。所以我必须让你明白，你的插嘴与不配合，换来的可能是我不开心后将你射杀。”邱凌的语调平淡。

“邱凌，我反倒觉得注意力不够集中的人是你。”我也尽可能地平和，冷静地对他说道。

“好吧！跟我去属于岩田的灯塔看看，让我们一起瞅瞅这家伙在那灯塔下的房间里，收藏了什么样的宝贝。”邱凌终于说出了他的最终目的。

“你为什么对他这么感兴趣？”我没动弹，“况且，我对他没有一丝丝想要进一步了解的念头。”

“他是乐瑾瑜的未婚夫，而且，这一次是他和乐瑾瑜好了之后，两人第一次一起来到晨曦岛。”邱凌答道，“沈非，我还可以很肯定地告诉你，这一趟，同样也是他俩第一次一起送他们所迷恋的东西去他们的库房。而那样东西叫做、叫做脑子。”

“脑子？”我重复了这两个字。

“是的，脑子。”邱凌肯定道，“人的脑子。”

我不想接着追问下去，脑海中浮现出乐瑾瑜那双不时放出怪异眼神的眸。

器官标本

我并没有因为邱凌所说出的这些话语而感觉震惊，实际上，他出现在我生活中的同时，也是许多骇人听闻事件到来的时刻。值得庆幸的是，我已经不会因此而激动澎湃，学会了冷静面对。

邱凌要求我走在他身前，他的那一柄短弩是否收起了，我并不知晓。但想想，他应该不会举着一把这样的利器，和我一起走向尚有游人散步的沙滩。

很快，我们从另外一边走下了观景崖。沙滩安详，海水的来回奔跑如同对这个世界的应付，轻柔写意。

“邱凌，你有没有怀念过之前的生活？”我朝着远处的灯塔走着，并开始尝试打破沉默，与邱凌进行沟通。

“有过。”邱凌很反常地没有拒绝，在我身后小声说道。

“如果一切都没有开始，陈黛西应该已经为你生了个儿子，现在也有1岁多了吧？”我尝试刺激他意识世界里最为柔软的部分。

“1岁4个月了吧？”邱凌在我身后，所以我看不到他的表情，无法判断他会否有沮丧与失落。接着，他喃喃如同自语般补了一句：“她是我一切计划中最大的败笔。”

我没有停下脚步：“并不是吧？她当日可是想要给你顶罪，用自己的死来换回你的自由。”

“沈非，我所说的败笔并不是这一点，而是……”他的语气生硬起来，“我当时第一个要杀死的人，应该是她。那样，我才会了无牵挂，一丝丝、一毫毫都不会有。”

“哦！”我应着。

这时，我率先踏上了通往灯塔的那一排搭建在浅海上的木板小道，不远处，灯塔在浅海的海面闪烁着，灯塔下确实有一个小小的平房，房间里没有光亮。

“岩田他们应该已经离开了吧？”邱凌小声说道。

我点头：“晨曦岛的夜晚很美，岩田对瑾瑜挺痴迷的。那么，这么个夜晚，他自然会希望与妻子将时间放在海边的漫步上。”

“漫步？”邱凌对这个词似乎很吃惊，“就好像当日你和文戈在这岛上整晚行走那样吗？”

我站住了，意识到多年前的那个深夜，如幽灵般悄悄跟在我们身后的他。我不敢去想象那一个夜晚里他的所思所想。

半晌，我回答道：“是的，就像那样。”

我们的对话至此结束。

几分钟后，我俩翻过了通往灯塔的铁门，就如同两个结伴夜归，宿舍已经锁门后嬉笑着的同学。这时，邱凌走快了几步到我身边。我注意到他的那把短弩依旧握在手里，但并没有平端着对准我，反而是对着前方，仿佛是害怕前方出现的某些危险伤害到和他并肩的我。这一发现让我有了一种需要自责的欣喜——认为自己成了他的伙伴一般的得意。

邱凌另一只手伸进了裤兜，摸出了两片银色的钥匙朝我递过来：“开门。”他的语气像是命令。

我没吱声，接过钥匙。其中一柄长一点的，明显是平房外面那道防盗门的，开得很顺利。第二扇门是很普通的木门，用那片小点的钥匙也很快打开了。邱凌在后面小声说了句：“进去吧。”

我照做着，跨步入内。邱凌在我身后将门快速带拢，木门合拢的瞬间，我突然害怕起来，周遭的环境正是如邱凌一般的连环杀人犯最喜欢的场所，封闭，狭窄，还有着一丝丝潮湿的气味，夹杂着属于海洋的微腥。

想到这些，我不自觉地转身面向邱凌，并往后退了两步，靠到了门口的墙壁上。

但黑暗中的邱凌似乎并没有在意我的举动，他又叼上了一根烟，并按亮了打火机。那微弱的火光下，我看清楚他的脸，和以往似乎并无区别。那双闪烁着精光的眼睛依旧如故，只是此时正向上翻着，一边点着烟，一边借着火光向四周张望。

紧接着，他似乎看到了什么，转身往一旁走去，甚至不惜将自己的后背呈现在我面前。他抬手，伸向了门另一边的墙壁上的开关。

房间中间的灯亮了，邱凌扭头，望向房间。在对于邱凌会否伤害我这个问题上，少了担忧的我，也和他一样，往房间深处望去。

这是一个大概 60 平方不到的空间，房间的最中间有着一张崭新的手术台，旁边的金属架上，整齐地摆着各种尺寸的解剖刀。刀片应该都是换上不久，颜色很浅。但外面将之包裹的保鲜膜，努力让它们本应耀眼的锋利光辉被深埋。

正对着门的另外一堵墙壁前，有一个很高的木架。木架一共有 5 层，只有第二层和第三层上，各放着两个玻璃罐，是生物实验室里面浸泡动物器官的器皿。

“里面浸泡的应该是脑部组织吧？”我想起了之前邱凌的话语，并缓步向前。

“是吧。”邱凌似乎也不能很肯定，他和我同步向前，“走私器官是违法行为，这点岩田自然是知道的。不过每一个精神科医生，他们同时也都是心理学领域里神经科学取向的研究者，关注的本就是我们的身体器官如何对心理和行为发挥功效。那么，作为一位精神科医生，岩田有着对于脑部组织研究的狂热兴趣，似乎也能够被人理解。但是，”邱凌在手术台前站住，把短弩收到后腰位置，“但是据我目前所知，收藏脑子，并不是岩田的喜好。有着这一奇怪癖好，并且一直有着足够条件的，是曾经在苏门大学医学院任教的乐瑾瑜。沈非，假如我没记错的话，她入学不久，就是医学院标本协会的会员，之后一度还是人体器官标本室的管理老师。”

我没有出声，和他一样站在那张手术台前，盯着被保鲜膜包着的精致的刀具。其实很多时候，每每念起乐瑾瑜的同时，她随身携带的那柄解剖刀，也总是在我脑海中闪过。解剖刀是锋利的，作为一个单身女性，在城市中无亲无故，身上有件防身工具并不奇怪。只是，相比较而言，解剖刀这么一件防身工具也太过另类了，如同装备在她身上的一根足够尖利的刺。

她有刺吗？

实际上，她的刺对于身边的任何人有竖起过吗？如果说她无刺，那么，她将罪不可赦的凶徒带出精神病院，又是想要做什么呢？

“这里的布置和乐瑾瑜老家的地下室一模一样，不同的是，地下室里的手术台很旧，还有黄色锈迹，一看就知道是某个医院淘汰下来的设备。她把我带回去后，就是捆绑在那张破旧的手术台上，空气中也是现在这股味道。沈非，你可能并不知道，其实乐瑾瑜将我带出精神病院的真正目的，并不是要给我自由，用来刺激你，而是，”邱凌深吸了一口气，“她想要杀死我，用她手里的利刃解决掉我这个对于你来说的大麻烦。并且，我的脑子，也会成为她的收藏品中的一个。实际上，在她那地下室里面摆放着的玻璃罐里面，浸泡的本来也是人的脑部标本。”

“邱凌，别说了。”我打断了他。

我将手抬起，手掌微微发颤，朝着手术台旁铁架上的刀具伸去。邱凌并没有阻止我，他往后退了退，自顾自地吸着他手里的香烟。

我的手在那一排刀具上游走着，并想象着乐瑾瑜挟持了邱凌离开精神病院后的日子里，一个如她一般的女人的思想。她的童年是与众不同的，所以注定了她有着与众不同的坚强，也有着与众不同的偏执，以及本应该存在着的刻骨铭心的对于人性的仇恨。但她在成长，尽管满目疮痍，却努力地学会了感恩与善念。于是乎，她就是天使与恶魔两个极端的混合体，能够展现最大的善，也收拢着最大的恶。世事本就没有绝对，纯粹的黑白之间，日落只是分界线而已。

瑾瑜……

我不想辜负。

但我始终在辜负。

第七章
脑　子

是的，他是邱凌，一个从来到这个世界就带着嗜血基因的凶徒的儿子，一个永远没有真正得到过他所想要的，可悲而又可耻的男人。

生物心理学家

1924年1月21日，无产阶级革命领袖列宁与世长辞。之后，他的遗体一直安放在莫斯科红场的水晶棺里，供人瞻仰。但，很少有人知道，列宁的脑子在他逝世后不久就被取走进行研究，并且为之专门成立了一个实验室。到1928年，更是发展成为一个叫做“人脑研究所”的机构。该机构里的科学家们不仅对列宁的脑子进行了研究，还摘取了其他多位苏联著名政治家、科学家及文学家的脑子。至于这个人脑研究所所收获的研究结果，至今没有解密过。它始终如同埋藏在迷雾中的幽灵，神秘而又诡异。

历史学家莫尼卡·斯皮瓦克对这个研究所进行过调查，初步揭开了这个研究所的某些面纱。当时，人脑研究所集中了苏联各个领域“天才”的脑子，除列宁外，还有基洛夫、列宁夫人克鲁普斯卡娅、巴甫洛夫等，这种收集“天才”脑子的工作一直延续到第二次世界大战之后。

斯大林逝世后，他的脑子也送到了这个研究所。后来，诺贝尔物理奖获得者朗道的脑子也被收集进来。

人脑研究所除了收集、保存、研究可以称得上“天才”的这些人的脑子外，还收集整理了每个脑子的主人人生的完整经历，以便在日后研究时参考。至于科学家们是如何进行研究的，斯皮瓦克介绍说，科学家先将脑子进行仔细拍照，然后根据照片制成完全一致的模型保存。接着，他们会将脑子分成若干部分，同样拍照和制作模型。只有在此之后，才开始用德国生产的显微镜检查切片机将脑子切割成只有微米厚的切片，制成可供显微镜检查的标本。这个过程既花费昂贵，又需要大量的时间，只有那些有重大研究价值的脑子才会进行这种处理。至于其他人的脑子，经过甲醛冲洗后，就被保存在石蜡内，小心地摆在木架上，等待日后研究。

1936年，苏联科学与教育委员会主席曾向党中央和斯大林报告，经过十多年的艰苦研究，对列宁脑子的研究已经结束。报告中说，对列宁脑组织细致研究后证明，他的脑结构非常完美。尤其上额叶部分的盘旋程度比绝大部分人的要多，这也许就是列宁为何那么聪明的原因。

所以说，我们的身体在行为神经学家眼里，也不过是一台机器而已。机器之所以能够爆发出惊人力量，不过是和其中某个零件——脑部结构的完美程度与运转速度有关。

当然，行为神经学家还有另外一个名称，是他们在心理学领域里的称谓。

他们也叫做——生物心理学家。

邱凌手里的香烟终于燃到了尽头，他从裤兜里拿出个小盒子，将烟头掐灭在里面。他这一细微动作被我捕捉到了，我不以为然。但紧接着，他之前在树林将烟头弹向远处的画面，在我脑海中快速回放。我屏住了呼吸，努力让自己不会因为某一质疑在我脑海中的浮现而表现异常。但，邱凌在当日作为梯田人魔作案的时日里，是没有在城市中留下过任何一丝丝痕迹和线索的。那么，一个如他这般心思缜密的人，又怎么会愚笨到在晨曦岛的公共区域，留下有着自己DNA的烟头呢？又或者，现在的他已经原形毕露，不再需要遮遮掩掩了，那么，他在这有着垃圾桶与窗户的小屋里，又为何要将自己的烟头收起呢？

结论是——他不介意人们捕捉到他在晨曦岛出现了这一线索，但他不希望让人知道他走进过岩田与乐瑾瑜收藏脑部组织标本的这个小屋。

我一边想着，一边转身，将目光望向前方不远处木架上的玻璃罐。玻璃罐里面的液体浑浊，海螺状的团块上布满褶皱，暗灰如泥土烧制后的颜色，拳头般大小，内衬物与表面和海绵很像。下面连着一团粉白色的线，像是发胀的牙线。

我缓步向前，将邱凌目前呈现出的异常收入心底。我伸出手，在上面一排最中间的玻璃罐罐体上抚摸，好像能够透过玻璃与液体，与里面居住着的脑部连接起来一般。我开始有一种很奇怪的妄想，毫无理由地觉得一定有着某种方法，能够将自己与这个脑部之前的主人相连。那么，我便能通入到这位主人的整个世界里，以他的视觉与思维方式，迎接他的一切。

我苦笑了，觉得自己这个想法很幼稚。身后的邱凌似乎能够看穿我的想法一般，他小声说道："西方的神经学家总是好奇，他们希望如同拆解电脑一般，将人的脑子研究透彻。美国有一个很有意思的治疗肥胖的疗法，便是通过在脑部插入电极来传递微电流，刺激大脑部位的下丘脑……"

我接着他的话题往后延续，就像之前和他一起阐述尼古丁危害时一样："被刺激的下丘脑区是控制食欲的，接受治疗的患者会因为微电流而体验到饱腹感和饥饿感，从而不再暴饮暴食。"

"是的。"邱凌也再次将话题接了回去，我们如同两位站在实验室里的同事一般交谈着，"大脑是神奇的，这个只有半个面包大小的器官，控制着我们清醒和睡眠状态下的所有行为。我们的动作、思想、欲望、意愿甚至梦想，所有我们作为人类在这个真实世界上的存在感觉，全部依仗我们的大脑以及贯穿全身组成神经系统的神经而得以发生。"

我的目光从一个玻璃罐转移向另一个玻璃罐，里面盛着的标本在我看来大同小异，并不能读取出他们的主人曾经的容貌与身形，更加无法洞悉他们过往岁月中有过的故事。

"是的，我们人类本质上始终只是个生物体而已。"我的手继续在玻璃罐上滑过。

这时，邱凌也走到了我身边。他身上有着一股淡淡的沐浴液的香味，这让我不由得想起了之前一晚古大力推断的通风管中躲藏着的人儿，有很多天没有洗澡的结论。这一联想令我皱了皱眉，宛如这股子沐浴液的气味下，还有着汗臭潜伏。

这时，邱凌和我一样，伸出了手，在玻璃罐上来回摩挲着："沈非，那天我被失忆后的乐瑾瑜松开后，并没有认真观察那地下室里面的脑部标本。在我看来，乐瑾瑜偷偷收集了几个脑子很正常，因为她纤弱的外表下，有着一个医生对于所学近似于疯狂的钻研需求，并不奇怪。”

我打断了他：“邱凌，那你现在又为什么关心这些了呢？”问出这句话后，我有点后悔，因为纵使这一刻的我和他在侃侃而谈，实际上并不意味着我和他真的是朋友或者同事。他没有义务也没有责任回答我的问题，相反的，我的问话更是他取笑我的优质话柄。

果然，他冷笑了：“沈医生，你不是无所不知吗？”

“和你比较起来，我一无所知。”我照实说着。事实也证明了，我这几年想要知悉的答案，谜底都在邱凌的脑子里。关于文戈的疑问我还没有一一解开，新的围绕着乐瑾瑜的疑团，又被我身旁的这个男人在一天天地编织布局，最终将我完全缠绕，令我无法挣扎。

我的示弱令邱凌沉默了几秒，他的手停顿在其中一个玻璃罐上，似乎在想着什么。半晌，他的语调变了，变得就好像一个真正的朋友或者同事闲聊时的平和：“我之所以知晓得比你多，是因为我始终站在暗处，而你站在明处。站在阳光下的人们是看不到阴暗角落里的一切的，因为光并不是无孔不入，光也有明亮微弱。相反的，站在暗处的人，他习惯了蜷缩在自己的世界里，习惯了不走到人前与人大声说话。所以，他的时间全部用在观察站在明处的人，以及被观察者身边的其他人的身上。”

“所以，你在这一年多时间里，其实始终潜伏在我的身旁，观察着我。或者，你又是潜伏在乐瑾瑜身旁，观察着她？”

“沈非，你多心了。这一年多里，我只是想让自己彻底消失而已。你应该知道，我所要做的事情，其实已经全部做完了。文戈离开这个世界的那一天，我本来应该一并走的。但我想要知悉她离世的真相，也不相信她会是那么脆弱。终于，我抽丝剥茧，知道了真凶是尚午。我想要为文戈做些什么，但我还没有动作，尚午居然入狱了。我想这也是天谴吧，他的罪孽足够让他被枪毙好几次。可最终呢？”

邱凌叹了口气：“尚午是不是精神病人，答案我并不想知道。犯罪心理学的案例里面，本就有着好多个凶徒，最终逍遥法外。法律与道德，曾经也是我天真信仰着的。之后在我决定要改写这个世界的时候，我却发现它们都脆弱得那么可笑，可以轻易地被人驾驭。”

“邱凌，你不能总是以个案来否定全部。”我边说边将手掌滑向了另一个玻璃罐，而也就是在这时，我似乎看到那一个玻璃罐底部贴着一张小小的卡片。这一发现令我停住了与邱凌的争论，并将另一只手探出，把玻璃罐微微掀开，弯腰望向了罐底。

确实是一张紧紧贴着的白色标签纸，上面还写着密密麻麻的字。邱凌也注意到了我的发现，他用手帮我将玻璃罐扶好，保证底部最大程度地呈现在我视线里，又不至于让罐子里的液体溢出来。

我小声读着那白色标签纸上面写着的小字：“乐清明，2008 年死于省第一监狱。他的罪孽只用 16 年的牢狱不足以偿还；他的脑子散发出的低等生物才有的腥臭味令人作呕。”

“乐清明。”邱凌小声地嘀咕着这个名字。

我抬头望向他：“你认识这个人？”

邱凌摇头，但紧接着他缓缓说道：“乐瑾瑜老家的附近住着的都是这个姓氏的人，乐瑾瑜也说过，当年冲进她家的凶徒本就是醉酒的邻居们。那么……”

“2008 年，乐瑾瑜应该是 25 岁，刚毕业。反推 16 年回去，那么，这个叫做乐清明的人，正好是在乐瑾瑜 9 岁的时候开始了这标签纸上写的牢狱之灾。”我又一次衔接着邱凌的思维逻辑，并用和他一样的语速缓缓说道。

沉默，我俩一起开始了沉默。

最终，邱凌打破了沉默：“这是杀死了乐瑾瑜父母的那几个凶手中没有被枪毙的家伙，他的脑子，成为了乐瑾瑜收藏的标本。”

文戈留下的

邱凌一边说着，一边放下了那个玻璃罐，并将旁边的另一个罐子掀开。我会意，再次探头过去，只见那下面果然也有着同样的标签纸，只是之前我们并没有留意而已。

“沈木仁，2009 年死于苏门市人民医院。他的睿智如同黑色天幕上最为耀眼的星子；他的脑子是完美的城堡，住满了聪明的精灵。”

“苏门大学医学院的一位系主任，具体哪一个专业的我没什么印象了。我们诗社有个同学最后读研究生时候就是这位沈木仁教授带的。”邱凌一边说着，一边再次掀开了第三个玻璃罐。

他的解读让我开始意识到，面前这一颗颗脑子的主人，似乎都与乐瑾瑜有着某种联系。于是，我变得更加关注之后玻璃罐下面写着的人的名字了。

“马波，2007 年死于车祸。我不可能放弃初衷而选择成为你的新娘，但我可以守护着你的思想直到我终于的陨灭。”我小声读着，揣摩这可能是某位曾经追求过乐瑾瑜的男孩吧？不得而知。

邱凌似乎并不关心这些，他快速将最后一个玻璃罐掀开。里面的标签纸有点泛黄，上面的字比其他几张的都要密上不少。于是，我移动了一下脚步，让自己能够更清楚地审视上面的文字。而紧接着，我的身体僵住了，从鼻孔与嘴唇处进出的气流，似乎在那瞬间永恒地停住了。

“文戈，2011 年自杀……”我缓慢地读着，并在心里告诫自己要坚强。只是这一刻，我清晰地看到邱凌搬着玻璃罐的手指抖动了一下，并用着极其低沉的声音说道：“继续。”

“文戈，2011 年自杀。你的世界里繁花似锦，你的发丝后蜂蝶欢欣。

那么，你的脑子里面又到底居住着什么呢？你的脑干那么的完美，小脑多么的饱满，让人窒息……文戈姐，爱过的变幻莫测，迷过的峥嵘与蹉跎。羡慕你。”

邱凌将玻璃罐猛地放下，身子朝前，双手快速将它抱起，并紧紧护到了胸前。他似乎变得害怕我了，朝后快速退了几步，但在看到直起身后，并没有显得过于激动的我的表情后，他舒了一口气。

“这是我的，沈非，你不能和我抢。”他冲我说道。

“文戈已经离开你我的世界几年了。”我小声说道，但跟着我的话语一起来到的，是眼眶里瞬间溢出的泪水。

“我知道。”邱凌应着，“但这不是你将她夺走的理由。我已经退让过一次了，那次的结果是让文戈一个人面对了让她支离破碎的世界。所以，我不会再退让第二次。”邱凌抽泣了起来，今晚的他在我面前，越发像是一个普通的男人，而不再是那如同谜一般的梯田人魔，“沈非，你已经占有了她太多太多了，你理应知足。你不能那么贪婪，企图将属于文戈的一切全部霸占。况且，你还有乐瑾瑜，她对你的痴情，让我都为之感动。好吧，我承认我软弱了。我用了几百个日夜在暗处思考，觉得你是文戈最宝贝的宝贝，让你痛苦不堪，冥冥中的她会心碎心伤。于是，我来补偿总可以吧？我来将应该属于你的乐瑾瑜还给你总可以了吧？哪怕她身边现在有着岩田介居这种外表斯文、内心深处蜷缩着恶魔的家伙也无妨，我愿意以身殉难，还你一个完整的世界。那么、那么我想要守护着文戈最后的身体的要求，算过分吗？”

我闭上了眼睛：“你是在守护吗？文戈的骨灰被你洒落在雨夜中，永远收不回了。”

“沈非，你觉得我真的会舍得让你轻易得到她吗？我不知道你是否挖出了那一盒骨灰，也不知道你将那些粉末最终如何处理了。但我现在可以告诉你，那不是属于文戈的。真正的文戈，始终和我在一起，被我收藏在安全的地方。直到昨晚，她被你们给收走……”邱凌再次退后了一步，紧紧抱着那一个玻璃罐。

我猛地想起了昨晚被棍哥从通风管道里最先拿出来的盒子，紧接着李昊与赵珂，包括邵波三番两次对我欲言又止的神情。

“昨晚那个盒子里是文戈?”我大声问道。

“是！并且，里面还有我与她唯一的一张合影。”邱凌声音也大了，“沈非，这也是我再次出现在你的世界的原因。本来，我有信心可以将岩田从乐瑾瑜的世界里除掉的，但是昨晚、昨晚我蜷缩在通风管道里，看到乐瑾瑜偷偷走进货舱，将木箱子里的两个小罐子拿走的同时，我还清晰地听到了门外面有女人的惨叫声。乐瑾瑜应该也听到了，但是她只是回头瞟了一眼，便继续自己的工作。紧接着，你们来了，并企图进入我躲藏的地方。沈非，我要做的事情已经完成了，我不想继续伤害别人，是你们逼我的。况且，你们还夺走了文戈的骨灰盒。现在，能帮我拿回文戈的骨灰盒的，也只有你才可以。”

“他也不可以了!”一个粗犷的声音在门口的方向响起。紧接着，那扇木门被人一脚踹开，两个穿着警服的日本警察率先冲了进来，他们手里端着枪，对准了我和邱凌。跟在他们身后的，是李昊和赵珂，还有岩田与邵波。

“邱凌，你被捕了。如果你想要反抗，我会要求日本的同行将你马上射杀，因为我已经给他们说了你犯下的不可饶恕的罪行。我想，他们会很乐意将你击毙的。”李昊板着脸冲着邱凌说道。

邵波却双手伸出，往前跨步：“邱凌，你冷静点。”他的目光死死地盯着邱凌的双手，并在移前了几步后，一把抓住了我的胳膊，将我往回一甩，并第一时间用他的身体拦在了我的前面。

邱凌笑了：“真像一场滑稽的闹剧啊！本应该站在一起的人，却站在了别人身边。”

他动了，朝着木架走去。

“李昊，别让他们开枪。”我大声说道。

李昊没有理我，他单手举起，往下挥舞瞬间，应该就会有枪声响起。我记得他们那几个刑警在当日邱凌即将拿到司法鉴定报告之前的夜晚，想要将邱凌直接击毙的计划，不由得汗毛倒立。但，邱凌并没有止步，相反的，他在自顾自地走动。那么，李昊完全可以要求他的日本同行们开枪了。

我的心悬在他那举起的右手上，最终，李昊并没有冒失地往下挥手，但眉头似乎皱得更紧了。邱凌继续着，他走得不紧不慢，最终驻足在木架前。他将手里盛着文戈脑部标本的玻璃罐小心翼翼地放了上去，背对着我们的后背，似乎还有着微微的抖动，像是一个在角落里抽泣着的小孩。

他转身了，眼神中有过的那丝普通男人的气质消失殆尽，换上了专属于他的梯田人魔的画皮。他用藐视的眼光望向我，大声说道：“回答我，是不是你将他们领来的?”

我摇头。

“嗯!”邱凌将双手缓缓举起，身子往下跪去，“我只想要拥有文戈最后的东西，哪怕是粉末……”他边说边扭头看了一眼身后的木架：“和她的思想世界。”

他被李昊等人按倒在地，那黑色的帽子被拉扯了下来。依旧是短短的发渣，依旧是发狠的眼神。

是的，他是邱凌，一个从来到这个世界就带着嗜血基因的凶徒的儿子，一个永远没有真正得到过他所想要的，可悲而又可耻的男人。

我深吸了一口气，将目光从地上的邱凌身上移开。我转身，朝着站在门口位置的岩田看了过去。他依旧穿着那套黑色的西装，白色衬衣在夜晚显得越发鲜艳。

“是我最早发现你们的。”他冲我耸了耸肩，“沈医生，想不到有幸结识了你以后，还能够有机会看到传说中最为嚣张的连环杀人犯——你的对手——梯田人魔邱凌。”他挤出虚伪的微笑：“是啊！真让人激动。”

我朝他走去，并感觉得到身后被制服了的邱凌的目光在死死地盯着我的后背。

我站到了岩田的面前，稍稍停顿后，我猛地用额头朝着他的鼻梁砸去，对方应声而倒，黏稠的鼻血似乎还沾到了我的头发。

“沈非！好样的！”邱凌大声吼道，“哈哈！好样的！哈哈……”

他的声音戛然而止，就像被突然斩断了脖子的雄鸡。出手的人不用多想，肯定是李昊。

这时，我看到门外的夜色中，站着那位一袭黑衣的女人，她银发披肩，夺目而又悲凉。

她并没有去看倒在地上的岩田，相反的，她死死地盯着我，眼神中，是决绝的冷漠。

不知怎么的，我突然想起了乐瑾瑜在当日说要送给我的那个礼物。我清晰地记得，她说礼物在她的宿舍，她不太好拿，要我跟她一起上去。那一会，她眉飞色舞，空气中有着精油的芬芳。之后，我在很长一段时间里都以为那件礼物是她想要将自己整个交给我，但……但……

她站在那小小房间里的画面再次定格，墙壁上贴着报纸，床上铺着干净而又整洁的床单。我在那一刻的注意力全部在其间站着的她身上，有素色长裙，有微卷秀发，甚至微观到了粉嫩的脖子。但……但……

那画面中还有着一个小小的床头柜，床头柜上摆着一个用来盛载标本的玻璃罐。只是在那个夜晚，我压根就没有留意而已。

我的心在颤着，颤着……

或许，她想要送给我的，就是她在之前不知道用什么方法得到的属于文戈身体的脑子。她见识过我在那个雨夜无法收回文戈骨灰时的撕心裂肺，自然明白我如果收获到文戈身体最后留下的部位时的欣喜若狂。

我的心在颤着，颤着……

我不想辜负。

但我始终在辜负。

幸福，曾经触手可及。

而我，选择了绕道而行。

又一个邱凌

邱凌被那两个日本警察用镣铐拴上。金属伴随着脚步碰撞到一起发出的声音，在空旷的沙滩上传得很远。李昊并没有数落我，只是狠狠地瞪了我几眼，便和他的日本同行走远了。邵波始终站在我身旁，微笑着望向用手帕给自己鼻子止血的岩田。赵珂蹲在他身边简单检查了一下，说没有大碍。

岩田抬起头："沈非，这是因为我帮助你的朋友们抓获到了邱凌的惩罚吗？"

我没回答他，转身望向乐瑾瑜："我是应该称呼你精卫还是瑾瑜呢？"

"我现在的身份是精卫，岩田精卫。"她面无表情，目光也并没有放在岩田身上。

"好吧！精卫女士，你不会介意我将亡妻的脑部标本从你的库房里拿走吧？"我淡淡地说道。

"里面有你死去的妻子的脑部标本？"她耸了耸肩，"对不起，我并不知道。我唯一剩下的记忆中，只有那么一幢被人称为鬼屋的破旧房子，以及房子地下室里面的这几个标本而已。玻璃罐底部的标签纸我也都看了，是些什么人我没有太多兴趣去一一了解。想不到的是，其中竟然还有你的妻子的，嗯！是那个叫文戈的吗？"

"是她。"我突然变得很不耐烦起来，因为我发现自己接受不了她对我的冷漠。我再次看了她一眼，距离当日那素色长裙的乐瑾瑜已经判若两人。接着，我转过身了，大步朝着房子里面走去，抱起了本应在火葬场的火焰中消失的文戈的脑子。

我朝着外面走去，脚步在木质通道上发出轻微的声响。我没有再多看乐瑾瑜和岩田一眼，大步往前。那一瞬间，我感觉自己在蜕变，但最终变成什么，又并不知晓。

邵波始终在我身旁，远处那闪着警灯的警车开始朝前行驶了，但似乎已经与我无关吧？我只知道，自己怀抱着文戈，再一次走在了和她曾经用整晚漫步的沙子上，身边有海风拂过，头顶有繁星苍穹。日子过着，人事最终也沧海桑田。

“沈非，你今晚变了，变得好像不是你一样了。”邵波在我身边小声说道。

“是吗？”我小声应着，自己也明白，因为邱凌的再次出现，内心中本强大的那个自己终于回来了。而之前困扰着我的心理方面的病灶，其实本就是因为邱凌不再出现，一干死结纠缠在意识深处，想要解开，但是完全找不到端倪。而邱凌，本就是线头。

我继续说道：“不是很好吗？你们这些日子都挺担心我的，我也知道，现在我终于释怀了，你们不是应该高兴吗？”

邵波：“但你变得有点不像最初的你了。”

我笑了：“那我变得像谁了啊？像你？像李昊？或者，变得像邱凌了？”

“是的，你变得像邱凌了。”邵波站住了，侧身望向了海，“知道吗？在你转身朝着岩田走过去的那个瞬间，我正好就在你面前。你当时的表情镇定冷漠，却又透着一股子桀骜与不屑。我和你们不同，我并没有接触过几次邱凌，所以，我不可能像你们一样，对他有着足够的了解。但是就在那一刻，我觉得，你俨然就是我认知世界里的邱凌。紧接着，你所做的事情，将岩田撞倒的作为，难道不是也和邱凌一样吗？无视外人如何看待，随着自己性情做自己觉得应该做的事情。”

我没有反驳，实际上无论他的推断有着如何的个人主观，但最后那句确实是对的。在他所描述的那一刻，我变得不再拘泥于旁人如何看待，也无视道德与法律以及社会常理。

我想要攻击岩田，因为他占有了乐瑾瑜。这一想法冲动而又直接。并且，我因为戴维陈所说的话语与邱凌反复抹黑岩田的词句，而对岩田有了先入为主的仇恨与鄙视，这些，都迷蒙了我的眼睛。

“但是邵波，在我撞倒岩田的瞬间，我很开心。”我小声说道。

“你心里憋着一团积压着的苦闷，始终得不到释怀。你所遵循的社会常理让你告诫自己不能肆意妄为，这些，又继续让那团苦闷变得越发的复杂与危险。沈非，可能你觉得我今天有点啰嗦……”邵波边说边转过身来，“但不管怎么样，我希望你必须记得自己最初的模样，而不能因为生活中的各种狗血剧情而没有了自己的原则。”

我停步，他的话如同迎头而来的撞击，让我警觉。我转身望向邵波，只见他还是挂着那一丝浅浅的微笑，嘴角也还是叼着一根燃着的香烟。属于他的故事，在我脑海中开始如同幻灯片般放映——他对最初理想无法实现的耿耿于怀，他对那金色盾牌的念念不忘。他一度曾经迷失与沮丧，但最终还是保留着正直的灵魂。似乎玩世不恭，又始终坚持原则。

我也冲他微微笑了。在我低谷的日子里，有着这些好友自始至终的陪伴。或许，我所经历的扯淡的人生，不过是我自己小家子气的自以为的跌宕起伏。实际上，每一个人都有着自己的悲伤与困惑，有着各自不同的泥泞险途。古大力始终不屈地追求与普通人一样的工作与生活时那憨笑的脸庞，也在我脑海中浮现出来。

“邵波，我明白你的意思。我想我会很快恢复过来的。”

我刚说到这，面前的邵波却突然将右手食指竖在嘴唇上，示意我噤声。我一愣，紧接着发现他的目光似乎锁定在我身后沙滩的某处，眉目间满满的顽童神色，并小声说道：“嘿！大力还真不错呢。”

我不明就里，朝那边望去，所看到的画面也瞬间让我心中涌出一丝丝欣喜——古大力与白天我看到的那个姑娘的背影，正在远处的沙滩上越发靠近……

我深深吸了一口气，但这次吸气早就不是为了自己情绪得到稳定，而是想要咀嚼空气中的味道。湿漉漉的，又咸咸的。我仰头，夜色笼罩，但繁星始终闪烁。

是的，生活中，始终还是美好的多过让人心碎心伤的。我将怀抱中的文戈举起，将自己的嘴唇贴到冰冷的玻璃罐上，过去的，终究要过去，未来的路，还是需要往前。

“沈非，你觉得那个姑娘是看上了大力什么？”邵波问道。

“他很真诚，也很实在。”我答道。

“嗯！在这个尔虞我诈的社会里，很少有大力这么简单诚恳的人了。”邵波点着头说道。

我再次看了一眼远处与姑娘漫步的大力一眼：“邵波，这个社会并没有那么灰暗吧！最起码，在我身边，就还有着不少不懂得假面的人儿。”

邵波笑了：“确实挺多的，其中也包括我对吧？”

他话刚落音，就听见我们身后某处响起了男人的大吼声，而且有点耳熟。我俩朝着声音发出的方向望去，只见在一两百米外的一块巨大石头上，八戒正双手张开对着面前的大海，而他身旁也坐着一个姑娘。

“啊！”八戒似乎很激动，俨然夜色中的海燕，“要学就学最好的，要做就做第一名。”

他越发亢奋起来，肺活量本就不小的他，制造起噪音来也是一把好手：“我信！我能！”

“沈非，我们回酒店去吧。”邵波小声说道。

“嗯！”我加快了脚步。

第八章

一个实验

他很像一头雄狮，面前任何的艰难险阻，在他看来都微不足道。并且，任何人只要对他露出了一丝丝试图挑衅他的威严的举动，面对的都会是他那气场强大的迎战。

岩田的实验

人类的大脑从解剖上可以分为两个大脑半球——左脑和右脑。对大多数人来说，左脑通常以一种分析性的、序列性的方式处理信息。例如语言的组织，就需要序列性的认知并进行符合逻辑的排列。而右脑是以一种全面的、整体的方式来处理信息。例如，右脑涉及的脸孔识别，就是需要同时处理很多信息的复杂过程。

1848 年，一个叫菲尼斯·盖奇的黑发年轻男子在佛蒙特州的拉特兰伯灵顿铁路担任工地领班。有天他和下属们清理岩石区域的时候，一个意外的爆炸炸飞了他的铁钎。这根铁钎超过 3 英尺长，是一根很重的金属杆。铁钎从他的左脸穿入，从头顶部穿出。这样严重的伤害按理说应该会导致死亡，至少是瘫痪。但是据主治医师回忆，虽然有半茶匙容量的脑组织漏到了地上，盖奇的意识却始终都很清醒，并且康复也相当顺利。然而，在之后的日子里，他的同事却发现了他的变化——一个比无法运用四肢更令人不安的变化。从前聪慧的、性情平和的、有责任感的盖奇，现在变得粗暴、难以琢磨并且非常情绪化。

盖奇的故事成为神经科学中的经典案例，因为它揭示出，人类的行为虽然看起来是由于个人意愿左右，究其根本却是生物性的原因。

盖奇失去了腹内侧前额叶皮层的功能。这个部分在眼睛后面，其结构与旁边的眶额皮层非常相似。很多科学家相信冷血精神病患者都会有眶额皮层的机能障碍。眶额皮层牵涉到对风险的敏感性。大脑这部分受损的人在冲动抑制和理解力方面存在问题，并且对感知到的侵犯有强烈的反应——就像盖奇一样。事实上，这样的病人通常被认为患有“获得性精神病”。

于是，在神经科学家们的眼里，人的脑子就如同一个装满了各种零件的机器。添加某个零件，或者是摘除某个零件，便能够改变机器的运行数据。

我将属于文戈的部分，小心翼翼地放到了书桌上，并将这标本的正面朝着自己，仿佛她的知觉尚存，有眼与鼻、口与耳。我觉得温暖，她的目光沐浴在我身上，依旧浓情，无法化开。邵波自顾自地冲了凉，走出来时看到我还在发呆，便走到阳台，点上香烟。

“沈非，其实你和邱凌确实有很多共同点。”他张口说道。

“例如哪些?”

邵波：“你们都一根筋，死死地守着一个已经不存在的女人的过去不放。嘿！你还别说，邱凌挺像个孩子的，他收藏着文戈的骨灰，小心翼翼地保存着。当他知道文戈的脑子还在后，这股子孩子气与倔劲更是显露无遗，恨不得马上就把这玻璃罐抱走。难不成，收集齐了文戈的一切，还能够变回一个她不成。”

我朝他望了过去：“邵波，昨晚那个从通风管里面拿出来的盒子，里面确定是骨灰吗?”

“确定，只是我们一直在犹豫要不要告诉你，毕竟你的状态始终让我们担心。”邵波边说边点着头，“而且那骨灰盒下面还写着一行字——我心爱的文戈。嗯！肯定是邱凌写的。”

这时，我突然想起了邱凌否认自己昨晚连续杀了两个人的事来。我一把站起：“邵波，我们去找李昊，有个事之前忘记给他说了，需要和他聊下。”

“非得今晚吗?”邵波边说边拿起手机，口头上对我询问着，实际上却直接按下了手机的按键。

15 分钟后，我们在酒店一楼等到了李昊。他身后那两个结实的日本警察还在，左右搀扶押解着的人自然是邱凌，他已经被上了脚镣与手铐，头上还套着一个黑色的布袋，眼睛位置没有开洞。于是，他只能像个傀儡般，很小步很小步地往前，方向也只能依赖他身边抓着他手臂的人。

“已经换成套房了，你先领着他们上去吧。”李昊走到了我身边，扭头对身后的赵珂说道。

赵珂点头：“人手会不会不够。”

李昊又回头看了我和邵波一眼：“今晚有这两位日本同行帮手，之后有沈非、邵波和八戒、大力在，没什么问题的。”

赵珂点头，追上走到前面押解着邱凌的日本警察，往电梯去了。而邱凌在这过程中始终没有停下，我相信，他的耳朵与嘴巴应该是都被堵住了。一个如他般极度危险的凶犯，任何的松懈，面对的可能都是他反败为胜的瞬间。

“大堂不能抽烟，我们去外面说吧。”李昊朝酒店门口大步走去。

“你不是戒烟了吗？”邵波大步跟上打趣道。

李昊回答得冠冕堂皇：“我这是考虑到你小子的烟瘾会忍不住。”

“得！还是你考虑得周全。”邵波冲我做了个鬼脸，快步跟上。

我们仨站在酒店门口，李昊接过了邵波递给他的烟，并再次朝着电梯门望了一眼，仿佛赵珂随时会杀个回马枪回来似的。

他吐出烟雾冲我说道：“说吧！什么事？”

“你们审过邱凌了没有？”我问道。

李昊摇头：“你真以为我是狄仁杰啊？逮了个人犯半小时不到就给研究个透彻。之前我在岛上警局给汪局打了个电话，老爷子说也不用急着审，邱凌手里的命案够枪毙好几次了，这次也不会再有个这样那样的专家敢蹦出来叽歪什么的。所以，老爷子的意见是啥都不说，也啥都不问，直接等野神丸回来，将邱凌带上船领回海阳市再说。”

“为什么不将他关在岛上的警局里？带到酒店来干吗？”邵波问道。

李昊瞪了他一眼：“人家这只是个小岛而已，那所谓的警局还不够一个游泳池大。小日本同行们也说了，晨曦岛上警力有限。甚至还不如酒店。现在，日方让酒店安排两个保安盯着我们楼层的监控，再说楼下也有保安 24 小时值班。今晚他们那俩警察会给我们盯一晚上，让我们先养个精神。之后便是我们自己 24 小时瞅着，邱凌被脚镣手铐了，口耳鼻眼都被我给堵了，如果这都能给跑了，那还真是新闻了。”

“他的每一次动作，又有哪一次不是上新闻头条呢？”我小声说道。

“我还没来得及说你，你倒自己开始讨骂了对吧？”李昊不瞪邵波了，改瞪上了我，“你有没有想过你单独去与邱凌会面意味着什么？他身上可是带着家伙的，犯下了那么多的杀孽，一条命总是要用来偿掉的，多弄死你一个，他赚一个，你觉得他会皱个眉吗？”

我不想反驳他，再说他所说的也是事实。李昊似乎并不解气，继续道：“真是看着你这一年多里状态不好，才不想说太狠的话来刺激你。昨晚他就弄死了俩，今晚如果真把你结果了，那这场戏还越来越精彩了。”

我打断了他：“我叫你过来就是想告诉你，昨晚楼梯下的女尸不是他杀的。”

李昊一愣，接着追问一句：“邱凌自己说的？”

我点头，迎上了他的目光。

“邱凌说的话能信吗？”李昊反问道。

还没等到我说话，邵波就吱声了：“我觉得邱凌没必要在这个时候说谎，来否定点什么。况且，连环杀人犯在落网后，通常都喜欢大包大揽，将一些没有破获的命案给认了。在他们看来，反正已经有足够多的命案在身了，更多的罪恶，反而会让他们激动与兴奋。”

李昊不说话了，他手里那剩下的半截香烟在自顾自燃着，他似乎忘了深吸。半晌，他再次望向我：“邱凌还对你说了什么？”

我犹豫了一下，接着将邱凌之前说的，给他俩讲了个大概。当然，对于我与乐瑾瑜之间那些微妙的关系，我都是淡淡带过。他俩都知悉一二，但也一直局限在那一二。

最终，李昊的眉头又开始皱得如同麻花了。他沉默了一会，手里的烟燃到尽头，烫得他将手甩了几下。接着，他一脸焦急地盯着自己之前夹着烟的那两个手指："完了，赵珂会看出来我抽了烟的。"

邵波站旁边乐："赵珂这么有空，还会专门来盯你的手指。"

李昊叹气："别忘了她是个法医。"

邵波笑得更得意了。但这时，我却想起了一个事来，对着李昊问道："你和赵珂懂日语吗？"

李昊："不懂。不过赵珂的英语还可以，和日本同行对个话问题不大。"

"那你之前所说的将邱凌带回到酒店羁押，是赵珂和日本人沟通后决定的吗？"我追问道。

李昊摇头："今晚将邱凌抓获，对我们来说太意外了。之前最早将你与邱凌的行踪汇报过来的，本就是岩田医生。接着，也是他说服了晨曦岛上的警方出动，将邱凌成功抓获。我们先一步将邱凌押到警局，也没有想太多如何羁押的问题。这时，岩田和乐瑾瑜赶过来了，岩田最先提出了害怕邱凌再次逃跑的问题，并给日方同行描述了邱凌曾经的可怕。最终，也是他的建议，让我们自己在酒店羁押人犯。"

我的心在往下沉，我并不知道岩田这样做有着什么样的目的。但是，他在最初提到邱凌时闪烁着期待与憧憬的眼神，与他在邱凌被捕后那微笑着的表情，在我脑海中来回切换。

"李昊，日方警局里的羁押条件到底怎么样？你自己有没有进去看，还是岩田自说自话地告诉你的？"我又问道。

李昊答道："我自己进去看了，条件确实比较简陋。不过，"他说到这里也顿了顿："不过该有的都有，铁栏杆还挺粗的。"

我冲他摇了摇头，示意他不要继续说了，接着，我看了一眼一旁的邵波，然后说道："李昊，你是典型的力量型人格，具备比较强烈的控制欲。

当然，我们这里说的控制欲并不是简单的对某个人的控制，而是你习惯了对于发生在你周遭，并且是你所需要完成的事情的全盘控制。”

“打断下，”邵波插嘴道，“我记得我看过一本书，说有控制欲的人，内心世界是有很强的不安全感来着。我们昊哥，”他扭头又看了李昊一眼，“我们昊哥不像没有安全感的人吧？”

“安全感不是说单纯的对于自己安全的强烈需求。”我解释道，“岩田是位优秀的心理师，他一早就洞悉到了李昊的弱点。于是，他只要放大一点点对于李昊当下最关心的邱凌越狱的可能性，我们的李大队骨子里对于‘除了自己以外的人都是办事不力的废物’的自大幻想便会像火焰一样，瞬间被点燃。并开始产生不安全感，担心邱凌真的再次越狱。然后，岩田还提了一个让李大队觉得很有建设性的建议，让我们的李大队将对于看守邱凌一事的掌控，看上去更加的牢固。”

“沈非，直接说你推断的结果吧！”李昊似乎也意识到了什么。

我却没这么着急，反倒是向他问道：“戴维和你说过岩田的事没有？”

“他没有说太多，只是说岩田是个对于所学比较钻研，也比较执着的人。”李昊回答道。

“那么，你有没有感觉他想要表达什么，但是最终还是没有对你说呢？”我再次问道。

李昊应着：“他是想要我对岩田留个心。”

我点了点头，知悉了戴维并没有将发生在岩田周遭的其他奇怪事件告诉他这位好友。于是，我犹豫了一会，最终，我咬了咬牙：“岩田并不是一个简单的人，甚至，他可能还有着不为人知的一面。”

“比如呢？”李昊看着我。

“比如，他具有在昨晚杀死那位楼梯下的女人的嫌疑。”我说完这句闭上了眼睛。因为我明白自己这句话意味着什么。如果、如果岩田并没有犯下罪孽，那我的武断，便是在迈向万劫不复。

“我突然好像明白了一些什么。”李昊伸手从邵波手里抢过了半截燃着的香烟，“戴维陈给我说过一个故事，是发生在他一个朋友身边的。不过之前，他并没有说过是谁，我也只是当一个半真半假的故事给听了。现在看来，”

他将烟头狠狠地吸了一口：“现在看来，他所说的是谁，我大概有个数了。况且、况且昨晚岩田在和你聊起梯田人魔案时候的表情，羡慕与期待毫不遮掩地溢出了眼眶。那么，他又怎么会放过自己能够参与进去的一场与连环杀人犯面对面对抗的战争呢？”

“不对吧！”邵波否定了李昊的判定，“我却觉得在岩田看来，这不是一场血淋淋的战争，反倒像是……一场游戏。嗯！或者说，是一次试验。”

第七个看守

第二天早上，我们几个聚集在李昊他们新换的套房里开了个小会。那两位日方的警官倚在里面房间的门边，不时看看里间被锁着的邱凌，又不时看看外面说着话的我们。半个小时后，他俩要离开酒店，将看守邱凌的工作留给我们与酒店监控设备前坐着的保安们。

八戒昨晚没怎么睡，本就小的眼睛更是成了一条门缝，为这早起耿耿于怀。但他的克星是邵波，言听计从，所以也没有造次，一双门缝般的眼睛眨巴眨巴着，精神头并不咋的。大力倒还是亘古不变的表情，眼神游离。

我靠在墙边站着，墙壁的另外一边，是里间坐在一张靠背椅上的邱凌。于是，墙壁变成了连接我与他的导体。不得不承认，对他这个凶徒的钻研，让我上瘾。我就是那个玩蛇的艺人，因为他，我又几近崩溃。每每他在我生命中荡起波澜时，接下来的几个日子，也总会掀起惊涛骇浪。

但有一点却又是我比较欢喜的——因为他，我会饱满热情，迎难而上。

李昊表情很严肃，他将我们几个人分了三个小组：他自己与古大力一组，值早上 8 点到下午 4 点；接下来是邵波和八戒一组；我和赵珂在晚上 12 点接班，守到凌晨。每一组负责看邱凌 8 个小时。李昊还要求，每一组值班的那 8 小时里，不能让邱凌离开视线。并且，他自己在不当班的时候，还是会睡在套房外面这个房间里，不会随意离开。

八戒苦笑："昊哥，我们这次是过来度假的。怎么到最后变成了协助你办案了呢？"

李昊今儿个心情似乎不差，所以没冲八戒瞪眼，反倒是和颜悦色地说道："得！我知道你和大力在这岛上结识了两姑娘。所以，我没有安排你们值夜班。大力和我现在当班，下午 4 点后就有空了。你稍微晚一点，到晚上 12 点也可以出去约个会什么的了，没太多影响。"

八戒翻白眼："只是……只是……昊哥，到晚上 12 点人家姑娘也要睡觉。"

李昊装作没听见。

就在这时，房门却被人敲响了。李昊和邵波两个人差不多同时站了起来，并对视了一眼，一前一后朝门走去。

接着赵珂也站了起来，并大声对门外说道："Who is it?"

"你好！我是岩田介居，请问我方便进来吗？"门外传来岩田那悦耳的声音。

所有人的目光全部朝我望了过来，好像都在想要询问我的意见一般。我愣了一下，接着冲他们耸耸肩："我无所谓。"

李昊往房间里面又走了几步，并压低了声音："如果他真想搞什么幺蛾子，我反倒想见识见识，还不定是谁将谁的尾巴给揪住。"

我没出声，对李昊我有着足够的了解。他很像一头雄狮，面前任何的艰难险阻，在他看来都微不足道。并且，任何人只要对他露出了一丝丝试图挑衅他的威严的举动，面对的都会是他那气场强大的迎战。

邵波往后退着，赵珂往前走着。他俩如同默契般为岩田即将的走入而搭建了一个场景，这一场景中的每个人都并没有将岩田当成敌手，也并没有因为岩田的到来而有所动作。

嗯！我可能会有点例外。这也是之前他们都朝我望过来的原因。

门被赵珂打开了，门外只有岩田一个人。他依旧穿着那套黑色的西装，白色的衬衣也依旧无瑕。他冲赵珂抱歉地笑笑，并朝着房间里看了一眼，目光在我身上很自然地掠过，并没有停顿："嘿！大伙都在啊。我就是想过来问问有什么需要我和精卫帮忙的。"

赵珂笑着答道："岩田先生费心了，李昊给分了个班，我们大伙会轮流盯好邱凌的。再说，邱凌再怎么能耐，也始终只是个普通人，不可能上天入地的。"

岩田点头："是！是！"

接着，他便朝我望了过来："沈医生可能和我有点误会，我这趟过来，也想找他聊几句。毕竟、毕竟我之前对他就很仰慕，期待与他成为好朋友。自然不希望因为某些坏人可能对他说了什么，而令他对我有不好的看法。"

我扭过头，没再看他。

这时，岩田在我身后再次说道："沈医生，不介意的话，我俩可以去下面走走吗？可能有些事在你知晓了之后，会对自己昨晚所做的令人不愉快的事有了懊悔呢？"

他用的正是邵波最不喜欢听的那种拐弯抹角的说话方式。果然，邵波微笑着开口了："岩田先生，我们这几个朋友做事，一向都不经过大脑。有啥冒冒失失的举动，做了也就做了，不存在懊悔这个说法的。"

八戒和邵波一个鼻孔出气，这一会自然开口帮腔："没错，要不就不做，做了就不后悔。不走到最后，谁知道到底是对是错呢？"

他俩这么一唱一和，自然让岩田颜面上不太好看。尽管他一直和颜悦色，有着足够的礼貌。

我转过身来："岩田先生，其实我也想和你多聊几句。只是，我们可能不能聊太久。"我边说边朝着门口走去。

"沈非，"赵珂望向我的眼睛，"不想下去就算了。"

我冲她微笑，她的所想我自然明白——她害怕我继续直面无法承受。但……

"鼻子没啥事了吧?"我故作轻松地冲岩田笑笑，并走出了房门。

岩田在我身后对着房间里的人客套了一句："那么，各位失陪。"说完这话，他快步追上了我，在我身后小声说了句："鼻子没什么。况且，你撞得也并不是很重。"

我们一起走进了电梯，电梯间里的墙上挂着一幅油画。我自顾自地抬头看着，用来掩饰与岩田独处时或许有的尴尬。岩田也没出声，静静地站在我的身后。

很快，电梯门开了。我和岩田差不多同时伸出一只手到电梯门边，并礼貌地示意对方先出去。

接着，岩田笑了："晨曦岛属于日本，沈医生你在这里算是客人。"

我也微笑了，没有退却，朝门外走去。

接着，我就看到了瑾瑜，

一头白发的瑾瑜。

身后的岩田小声说道："沈非，尽管我并不乐意，但我还是想要留这么个时间给你和她。"

电梯门合拢了，身后是岩田消失的一面世界。

情爱

人类寻求爱情，不单纯只是为了性欲的满足。特殊亲密、温馨的男女关系才是情爱的本质，这也是人的爱情与动物的性冲动的本质区别。

于是，便有了柏拉图式情爱这么个词。

柏拉图情爱，是一种纯粹的精神上的恋爱，其追求心灵沟通，排斥肉欲。柏拉图认为：当心灵拒绝肉体而向往真理的时候，这时的思想才是最好的。而当灵魂被肉体的罪恶所感染时，人们追求真理的愿望就不会得到满足。只有在对肉欲没有强烈的需求时，心境才是平和的。因为肉欲是人性中兽性的表现，但它又是每个生物体的本性。

有时候，我会想，邱凌对待文戈的情爱，是不是典型的柏拉图情爱的一种体现呢？他始终认为爱只是他一个人的事情，不去苛求对方回报，甚至不计较对方是否知道。那么这算不算典型的精神恋爱呢？

我想不明白，正如我始终想不明白太多太多人与人之间的故事一样。

很遗憾，一些时日后，我开始疯魔般眷顾对于乐瑾瑜的情愫。属于她的每一个片段，都素雅，也高贵，没有一丝丝世俗的杂念杂糅其间。

是否，这也是理想国里面的爱意呢？

我想不明白。

瑾瑜站在电梯门的正对面。她没戴帽子，那银色的发丝随意地扎在脑后。周围走过的人不时朝她偷看，并小声说道。

“沈医生，我们以前很熟吗？”瑾瑜开口问道，但言语里没有一丝情感，冷若冰霜。

我点头，接着又摇头：“我们认识了很多年，但真正打交道的时间极其有限。”

“哦，那就是说，你我只算是一个旧识而已。”她边说边伸手向外，转身示意我跟她一起朝酒店外走。

我心里泛起一丝丝酸楚，诚然，我只算她的一个旧识。我们并没有真正一起相处过，就算是作为朋友，都没有过太多联系。她始终压抑着对我的种种，也从来不会主动打扰我的生活。

我们并肩，走出了酒店大门。前方林荫成行，仰头蓝天无瑕。

“沈医生，其实我在几个月之前，听岩田第一次说起你和邱凌的故事时，就感觉似曾相识。但岩田说的没错，能够让我焦虑成现在这个模样的经历，可能深锁至记忆深处也是好事。”乐瑾瑜在我身旁边走边说着，语气依旧平淡，“所以，我也希望您可以尊重我的选择，不要拿我曾经的那段过去来试图唤醒我什么，我并不想知道。这，也是我今天要岩田将你叫下来聊聊的原因。”

我没有选择点头，而是小声说了句：“但选择逃避，似乎也不是办法。”

“嗯！沈医生，之前你也说了，你我并不是很熟很亲密的朋友。”她继续说道，“以前本就不是，现在更加不是。对吗？”

我不知道如何回答，只能沉默。

“其实，有时候我也会苦恼，自己的记忆中有个断层。起点那么清晰，是跟随一个男人的背影走出一栋乡下的小房子。接着，我的意识便模糊了一会，再次睁开眼，是白色的病房。”她说到这里打住了：“沈医生，你不介意听我现在给你说我的故事吧？”

“不介意。”我应着，胸腔里压抑得胀痛，但又无法释放。

“嗯！谢谢你。能够与一位旧识说说我现在的故事，似乎也是一件让人很舒坦的事吧！”乐瑾瑜长吁了一口气，语气较之前温和了不少。

“岩田是我的主治大夫，在我第一眼看到他的时候，我就感觉得到他看待我的眼神，不过是如同看待一只用来做实验的小白鼠。他有欣喜，因为解离性迷游症在现实生活中能被遇到的案例太少太少。况且，作为小白鼠，我还保持着正常人的心智，明白社会常理，甚至还保留着之前所学到的专业知识。”

我安静，就好像坐在诊疗室里聆听某一位病人时那样。

而她，经历沧海桑田变化后的她，继续喃喃："说实话，我很反感他的那种眼神，尽管他始终不肯承认。但，他又偏偏是在我记忆开始的时候，第一个走进我世界里的男人。所以，我对他有了情愫是很正常的，因为我正当年，身体与情感两方面的需求上，都需要男人。"她顿了顿，"沈医生，你也是心理学家，应该明白的对吧？"

我的心在持续地下沉，坠向的是无底的深渊。

"是的。"我没有否认。

"然后，就像你们现在所看到的，我成了他治愈的病人，并且也成了他的未婚妻。但是，在我和他一起走出了精神病院后，对他的依赖与眷恋便开始锐减。所有心思，开始倾向了另一片天地。"说到这里时，她的语气变得有点兴奋。

"哪一个方面的天地呢？"我用着心理师惯用的引导语句，实际上自己已隐隐猜到将她心思转移走的是什么。她那柄随身携带着的解剖刀，在我脑海中一晃而过。

她驻足，转身望向我："我是一位精神科医生，这点就算我对过去的记忆全部遗失，也可以完全肯定。况且，我对脑部组织的痴迷程度，令自诩在精神医科与心理学领域都有着一定造诣的岩田介居汗颜。"

"你以前不单单只是一位精神科医生，你还在医学院担任了几年该专业的讲师。"我回避着她的眼神。

"沈非，不是说好了不要给我说我的过去吗？"她将我打断。

我没勉强："瑾瑜，之前岩田就给我说过，在你身上有令他痴迷的东西。我想，可能就是你们在同一个专业上有着共同的爱好吧？"

"对不起，请称呼我为精卫。并且，我和他也是不同的。"她又一次将我打断，"岩田介居的骨子里是一个很贪婪的人，他总是想要让自己面面俱到。但是，做学问似乎应该是极度专注才行。沈非，相信你也听说过岩田的头衔——精神科医生与犯罪心理学专家。实际上，精神科医学与心理学大同吗？如果能够混为一谈，那么，这两门学科当时就不会被拆解开来。”

我点头，心思却无法与她共鸣，自然也无法进入这个话题的探讨上去。于是，我只能继续回避与她目光的交汇，转向沙滩的方向。美景在前，我却心乱如麻。

“我怎么能称呼你为精卫呢？你分明就是乐瑾瑜才对。”我的声音越发微弱。

我清晰地听到她在我身后叹了口气，话语声轻柔：“有什么重要呢？就算是乐瑾瑜又能怎么样呢？继续被你伤害吗？”

我猛地转身：“你……”

这一刻的我激动万分，她的话语让我以为我在这一次转身后，看到的会是最初的她的模样。但没有想到的是，

面前的她神情冷漠，望向我的眼神陌生而又刻薄。

“你……”我惊愕。

“沈非，看来我的猜测没错！将我伤成现在这个模样的人，就是你。”她冷冷地说道。

我嘴唇抖动着，想要反驳，但是没有字眼吐出。

就在这时，我余光睹见，远处那两名日方的警察突然快步从酒店里奔跑了出来。只见他俩神色紧张，左顾右盼。紧接着，从道路的另一边，一台警车快速开了过来，停到了他们面前。他们快步上车。汽车再次发动时，车顶的警笛也被拉响了。

警笛声让我和乐瑾瑜都转过了身去，似乎这刺耳的声响，令我与她在这一刻的尴尬得以找到一个出路。

接着我的电话便响了，是李昊打过来的，我按下了接听键。

“沈非，你在楼下看到那两个日方警官没？”李昊语速很快。

“看到了，他们上了警车。”我答道。

“赶紧跟上，跑步也得给我跟上，岛就这么点大，他们的车开不快的。”李昊顿了下，“邵波他们几个马上也会下去，你到了案发现场后，用手机发个位置共享给我们。”

“案发现场。”我边说边朝着警车消失的方向跑动起来。

“是！又有人在岛上被杀了，而且，而且又是虐杀。”李昊说道。

第九章

偏执对抗偏执

终究只是普通人，恶意比善念能够激发起来的能量大了太多太多。那么，邱凌之所以能够将我一次次打败的原因，是不是就是因为他意识深处的原动力，是恶意，是偏执呢？

先入为主的凶手

晨曦岛很小，只有一条环岛马路，加上游客很多，所以警车也开不了太快。我朝前快步奔跑了有五六分钟后，便看到停靠在路边的警车。从车里钻出了包括之前我见过的那两位日方警官在内的 4 名警察，朝着一旁通往观景崖的楼梯上跑去。

我身后的脚步声近了，是乐瑾瑜。她追上我后便开口问道："沈非，是不是又出了命案?"

我点头，脚步没有停下，并仰头往上看去。只见在楼梯尽头的小树林里，隐隐约约能看到拉在树与树之间的警戒条幅。

"沈非。"身后再次响起了熟悉的喊话声，只见赵珂和邵波两个人一前一后奔跑了过来。我抬手指向上方："凶案现场在上面。"

"上去吧!"邵波率先朝着楼梯上迈步。

我们 4 个很快就到了楼梯尽头，朝我们迎面而来的是一位之前没有见过的穿着警服的日方警察。他冲我们摆手，用日语喊着话，示意我们不要再往前走。

赵珂迎了上去，用英文向对方介绍自己的身份，表示可以帮忙做些什么。但这位警察似乎心情并不很好，动作有点粗鲁地对我们再次挥舞着手臂，并指着楼梯叫嚣着。

所幸树林深处有之前见过赵珂的警察，他们在那大声喊了两句，这名阻拦我们的粗暴男子才安静下来，并退后了一步，用英语和赵珂小声说了点什么。

赵珂点头，从挎着的包里拿出一副手套戴上，并对我们 3 个说道："我进去看看。之前和他们聊天时就听说了，晨曦岛的警局里没有法医。所以，他们应该会让我帮手，在他们自己的法医过来以前，进行简单的现场查勘。"

她说完便掀起了警戒条幅，朝里面走去。而那位表情死板的日方警察，再次对我们摆手，并指着楼梯下方要我们先下去。

“你们知道多少情况？”走到楼梯下方后，我对邵波问道。

邵波正点上一支烟，冲我白了一眼：“我们能知道个啥？就是那两个小日本接了电话，据说有凶案发生，然后死劲往下跑，接着我和赵珂便追了下来而已啊。”

“李昊自己为什么没下来。”我有点纳闷，要知道，以李昊那性子能忍住不下来参和，是很难的。

“你真当昊哥是一只块头大智商低的大猩猩吗？越是这种时候，越不能放松对邱凌的看守。再说，现在是几点，正是他当班的时间段，他能离开房间吗？”邵波难得的一本正经起来。

这时，我注意到站在我们身旁的乐瑾瑜表情很凝重，眉头紧锁，似乎在思考什么。于是，我对她小声说道：“瑾瑜，哦，精卫小姐，你有什么发现吗？”

我突然的问话似乎让她吓了一跳，她愣了一下，接着答道：“没什么。”

这时，她的眼神中闪过了一丝丝什么，转瞬而逝。站在我身旁的邵波也敏锐地捕捉到了她的这一异常，他冲乐瑾瑜跨前一步，并微笑着问道：“乐瑾瑜小姐，你不会知道些什么不愿意透露吧？”

乐瑾瑜的脸色一变，冲邵波瞪眼说道：“这位先生，我和你并不认识。并且，我也不叫乐瑾瑜，请叫我精卫，岩田精卫。”

说完这话，她便转身朝着酒店的方向大步而去。

邵波讨了个没趣，冲我说道：“沈非，你觉得她是真没有了之前的记忆呢？还是在装傻不想和我们相认？”

我不想回答他这么一个没有太多意义的问题，反倒是再次朝着观景崖的方向看了一眼。紧接着，我突然想起了昨晚在我跟踪乐瑾瑜到这楼梯下面时，岩田当时正是站在这个台阶位置等她。他们要去的灯塔是要翻过这个小小的山坡，但……

我又朝着我与邱凌昨晚碰面的方向看了一眼，那片小树林要高过这边。况且，当时我有过一个猜测——邱凌很可能是提前到了那片树林，并且用了某些类似于望远镜一般的东西观察过我。这也是我当时捕捉到了某个光点一闪而逝的原因，那么，那么……

更多的碎片被我归拢到一起。岩田昨晚曾经独自在这个没有游客会走近的僻静案发地点待过；邱凌在能够捕捉到岩田一举一动的位置蛰伏过；而之后拉着拉杆箱过来与岩田汇合的乐瑾瑜，自然就很有可能发现了什么，所以才会在刚才知悉了有命案发生后，露出若有所思的表情。

邱凌、邱凌肯定看到了什么。并且，他在我进入小树林前就应该已经到了，但是在我抵达约会位置后，他却不见了。那么、那么那个时间段，他是去了哪里呢？抑或是，有什么将他吸引，让他会不管我，甚至选择暂时离开了一会？

“邵波，邱凌可能知道一些什么。”我说道，并率先朝酒店方向走去。

“你的意思是这个凶案又是邱凌做的？”邵波跟在我身后问道。

他的这一个问句却让我猛然惊醒，紧接着我意识到自己的思考方式进入了一个奇怪的圈子。这个圈子因为瑾瑜以未婚妻的身份出现在了岩田身边而形成，又因为戴维陈给我说道的那些案件而被加固。紧接着，一位罪大恶极的连环杀人犯冷冷的一番说道，让这个圈子变得密不透风。而这圈子的作用，竟然是让我将这两天里面发生在我身边的几起凶案，都往一个正常到再正常不过的精神科医生岩田介居身上去嫁祸。

我必须承认，我在犯着一个心理医生最大的忌讳，那就是变得无法真正理性客观地看待问题。其实，我如果换一种思维方式，将满手血腥的邱凌作为首要的嫌疑人来看待这连续的几起案件的话……

邱凌潜伏在邮轮的通风管道里，静候邮轮出海。接着，他从蛰伏着的狭小空间里钻出来，兽性大发的他，故伎重演地杀害了一位女性游客，并摆出他引以为傲的现场模样。在之后我们找到他的藏身空间后，他用弩箭杀死了棍哥，并离开了躲藏的管道。次日，他开始与我联系，约我晚上在文戈与我曾经约会的小树林见面。因为害怕被抓捕，所以他早早地躲进树林里，用望远镜四处窥探，并捕捉到了某一位游客落单，于是，他将他的黑手，再次伸向了无辜的人儿……

我感觉自己的后背上冷汗密布，因为一旦我将所有矛头指向邱凌，所有的指引项再次变得明确：邱凌抑制不住内心中那杀戮的兽性，在另一片小树林里再次谋杀了一位游客，并回到了与我约会的小树林。他继续用望远镜观察到了尾随乐瑾瑜走来的我，但又不想让我知道他早就深藏在树林里。于是，他潜伏起来，密切注视着我，并选择好时机才现身。

之后的，我已经不敢继续想下去了。因为邱凌在与我会面后，展现的模样与之前判若两人，伪装得和正常人没有两样，甚至让我一度觉得他好像是一位和我有着同样爱好与目的的好友。但昨晚他的每一句说道，阐述出来的精彩故事，又都只是他的一面之词，没有证据来落实，也没有人知晓真实的情况。

不，有人知道他昨晚的故事是真是假，而那个人就是，岩田介居。只是，对于岩田介居这个人，我到底应该如何看待呢？

我继续朝前走着，邵波也没再吭声，我们太过熟悉，他能够感觉得到我在琢磨着什么，不愿打扰。

我发现，我开始了莫名的沮丧，因为我选择理性看待目前的一切后，我就必须理性地看待岩田介居。但……

终究只是一个普通人。因为他现在是瑾瑜的未婚夫，所以，我无法让自己对他有好感，尽管他一丝不苟，甚至像是当日的我的翻版。这也是我将他认定成比邱凌更加可怕的阴谋者后，我会兴奋、会激动的原因。就是说，我在之前自以为的因为邱凌的出现，而爆发出来的巨大能量，实际上并不是熊熊燃起的斗志，而是内心深处那些负面的包括嫉妒、仇视、先入为主的偏见所致。也就是说，我为自己冠以一个卫道者的身份，引导自己将所有罪恶栽赃到岩田介居身上后，真正目的不过是这一切被坐实后，我可能会再次收获到一个没有了异性伴侣的瑾瑜。

终究只是普通人，恶意比善念能够激发起来的能量大了太多太多。那么，邱凌之所以能够将我一次次打败的原因，是不是就是因为他意识深处的原动力，是恶意，是偏执呢？

又或者，偏执才是能够使人的潜能最大化的真正催化剂呢？

我不敢继续想下去，周遭的晴朗美景背后，罪恶始终还在。

偏执

1802 年，一位叫做斯塔宾斯·弗斯的年轻人，为了证明黄热病不能在人与人之间传播，他决定做一些比较大胆的实验。

在此之前，黄热病这一疾病在热带地区首发，而后也出现在了美国南部。它的症状类似流感，有三到五天的高烧、寒战、头疼以及持续的呕吐。呕吐物是黑色的，患者肤色开始变黄。在很多病例中，疾病持续 7—10 天即引发死亡。因为黄热病经常出现类似传染病的分布，很多人认为，接触病人碰过的衣物、被褥或者其他物品都可能使自己染病。弗斯起初也相信这种说法，不过后来改变了自己的观点。因为他发现，并没有迹象显示护士、医生、病人家属以及挖墓者比其他人感染疾病的几率更高。

弗斯希望通过实验来证明与黄热病人的接触完全没有危险。首先，他给一只小狗喂了用黄热病人的呕吐物充分浸泡过的面包。3 天后小狗竟然爱上了这个，即使没有面包也会吃掉呕吐物。

狗健康如初。

第二个用于实验的动物是猫，喂食的结果也是一样，猫也没有得病。

这回又轮到狗了。弗斯从它的背部切下一块皮，把呕吐物敷在伤口上，然后缝合好，狗依旧没有感染。直到弗斯将病人的呕吐物直接注射到狗的颈部静脉，狗死了。弗斯认为，狗的死亡与黄热病无关，因为他做了另外一个实验，给狗的静脉注射水，狗也死了。

看到这里，大家应该会发现，这是一位为了实验有点冷血的学者，但他的疯狂并不局限于此。

1802 年 10 月 4 日，他开始使用了一种新的实验动物 ——他自己。他在自己的前臂上切开一个创口，在伤口处敷上了黄热病人的呕吐物，几天后，他发现自己并没有患病。为了证实实验结果，他又切开了自己身体的其他 20 个部位，重复这一实验，结果一样。而后弗斯又把呕吐物滴人眼睛；把呕吐物放在火上烤，大口吸入蒸汽；吞食由烘干并压缩后的呕吐物制成的药片；吞下稀释的呕吐物……

“摄入量从半盎司（14 克）提高到 2 盎司（56 克），我最终都给喝了下去。”他在博士论文中写道。

在证明了呕吐物并不能传染疾病后，他又转向病人的血液、唾液、汗液和尿液。他吞咽了“相当大量”的病人血液，在切开的创口处尝试了不同的身体排泄物。他很幸运：这一疾病本是可以通过血液传染的。或许，弗斯已经有了免疫力，或者在他使用病人的血液时，血液中的病毒已经不再活跃了。不管怎么说，他没有生病，并确信，黄热病不会传染。然而，他的英雄之举对医学影响甚微。实验主要揭示了黄热病无法通过一些方式传染，然而人们想知道的却是：黄热病是怎么传播的？

100 年后。真相大白，这种疾病是通过蚊子传播的。

我们人类历史上，有过很多伟大的、为我们人类进步作出巨大贡献的学者们，他们之所以辉煌，最大的共性，便是他们的偏执。甚至，他们的偏执狂症状会让人觉得罔顾伦理道德。但，他们自己觉得很好，觉得自己做的所有事情都是正确的，并一路坚持。

偏执到底是好是坏呢？作为一位心理医生，我应该给予的定义——偏执是一种心理疾病。但作为一位学者，我又必须承认，是偏执，引领了我们文明的快步向前。

那么，要战胜一个偏执的对手，又需要用什么样的方式方法呢？抑或，真的只能用偏执，来对抗偏执吗？

“还是去李昊的房间吧，反正你也不可能真的去睡觉养精神。”邵波站在电梯门口对我说道。

我点头，并挤出微笑，为这一路上他留给我独自沉思的时间而致谢。接着，我张口问道：“邵波，你觉得什么样的人格才是最为强大的呢？”

邵波愣了，接着咧嘴笑：“沈非，这问题应该是我们问你才对。在你们心理学领域里，大师那么多，将人的人格分成各种体系。现在你用这种问题来请教我，难不成你自己也被那些林林总总的学说搞迷糊了，混乱起来了。”

“算是吧！”我和他一起走进电梯，所幸电梯里没别的人，让我能够有机会和他继续这个话题，“这样吧，你将目前岛上你所认识的这群人剖析一下，哪一个人的人格在你看来，是强大且无坚不摧的。”

“还用问吗？肯定是李昊了。昊哥文能提笔，武能征战，可惜生错了年代，如果生在战争时代，说不定能做个将军。”邵波笑着答道。

“哦！”我点头，心里暗暗分析着，李昊之所以强大，因为他的精力充沛，典型的力量型人格使然。

“还有谁呢？”我继续问道。

“还有……嗯！其实大力挺不错的。沈非，我们现在说的只是人格对吧？不去计较情商智商这些。”邵波反问道。

我点头。

邵波继续：“大力始终想要融入正常社交中，他经营我们这群朋友所用掉的精力，是比别人都要多的。也是他的努力，所以我们现在都不会计较他时不时的天真与犯傻，并将这么一个有点二的胖子当成一位真正的朋友看待。同时，他在继续努力着，甚至还有了点贪婪，盯上了人家小姑娘。但是，又有哪一个姑娘会看上他呢？形象气质，包括言行举止。”说到这，邵波笑了笑，“但是话又说回来，如果对方一旦给予大力一定的时间，最终也一定会被他的真诚所感动。”

“嗯！真诚的人，也是强大的。”我小声嘀咕道，“那其他人呢？”

邵波看了我一眼，接着点头：“沈非，我突然明白你想要听我说谁了！岛上我们认识的人也就这么几个，你真正想要听我以一个旁观者身份说道的人，是邱凌吧？”

我愣了下，接着也意识到自己不经意地与邵波的讨论，真实目的也确实如此，便讪笑了：“行吧！那你就说说他吧！”

这时，电梯停了，我俩一前一后走出电梯门，电梯间正对面有一个露天的阳台，是让住在每一个楼层的游客远眺大海的。邵波掏出烟来，率先朝阳台走去，并就着话题说道：“其实，我对邱凌并不了解。我所知道的他的故事，都是来自市局公布的案情卷宗，以及你和李昊的描述。不过这样也好，让我不会先入为主地看待他，反倒能够客观公正地评价这个人。”

“我想要听的也就是客观公正的评价。”我认真说道。

“好吧，是你自己想要听的。”邵波点上烟，转过身来，“沈非，其实事实摆在所有人面前，每一个人都看得到，也都看得明明白白。反倒是看得最透彻的你，在一个扭曲的漩涡里越陷越深。你先回答我，邱凌是个什么人？”

“连环杀人犯，梯田人魔。”我回答道。

“看来你还是记得。那么，一个十恶不赦的罪犯，给你打电话约你，你竟然毫不犹豫地答应下来。”邵波很少动怒，但他说到这里时，很明显有了点愤怒的情绪了，“结果是你没出事，但是如果你出事了呢？你考虑过你身边关心你的人的感受吗？邱凌是一个凶徒，一个罪不可赦的恶魔。这是事实，你不要总是被一些自以为的东西蒙蔽了自己的眼睛。沈非，我和李昊之所以这么多年来打打闹闹，但始终是兄弟，就是因为我们对于对错黑白的看法完全一致。而你呢？沈非，你的世界里，满满的都是灰色。什么是黑，什么是白，你现在有概念吗？”

我低下了头，并尝试小声打断他：“邵波，我想我们跑题了，我是想要听你说说对邱凌的看法。”

“我刚才不是已经回答你了吗？他是个罪犯，十恶不赦，罪不可赦的罪犯。”邵波将语气加重了，“黑就是黑，白就是白，他的谎言一而再，再而三，也就你还会上当。醒醒吧！沈医生，你真该醒醒了。你今天的这个问题在我看来，就是一个王八蛋的提问。”邵波狠狠地说道。

我闭上了眼睛，仿佛这样就能将自己的世界封锁，满满的都是混沌的没有外界事物与人的世界。邵波说的话，狠狠打击在我心坎上——邱凌是杀人不眨眼的凶徒，他的杀戮，从未停止过。

“邵波，我们进去吧！我想和邱凌谈谈，因为我觉得观景崖后的凶案，很可能也与他有关系。”我再次睁开眼对邵波说道。

邵波耸了耸肩：“你也太容易被说服了吧？”

我冲他微笑，没再说话。

与恶魔的午餐

当我提出想要审邱凌时，李昊那双大眼瞪得像铜铃一样：“沈非，你是警察还是我是警察？”

我并没有想到他会拒绝，甚至还以为他会因此而兴奋。于是，我尝试着和他沟通道：“我有充分的理由相信，邱凌与今天晨曦岛上新的凶案有关联。”

“是吗？警察都是刚过去不久，你沈非是有千里眼了还是顺风耳？”李昊坐在通往套房里间的门口，一条腿伸到另一边的门槛上，门里面是被控制得严严实实的邱凌。

我有点尴尬，也明白自己在对于邱凌案的立场上，是李昊等人所不齿的。实际上，这也是我之所以被安排与赵珂一班看守邱凌的原因，因为在那一班里，不当班的李昊实际上也还是在这房间里坚守着。

我顿了顿，暗地里组织了一下语言，想要说出有逻辑的理由来征服李昊。但李昊却抢先说道：“沈非，死者是男是女？是昨晚遇害还是今晨遇害？是自杀还是他杀等等这些信息，目前我们都还一无所知。我们假设一下吧，如果死者被鉴定出是今晨遇害的，那么，整个案子与邱凌就不可能有半毛钱关系。那么，你现在拎着一个自以为是的怀疑来要求我手里被羁押着的重案犯回答你一些压根没意义的问题，你觉得我会答应吗？”

“况且，”李昊加重了语气，“况且这几天时间里，我不希望有任何的变数影响到对邱凌的羁押，这家伙太狡猾了，也太多先手和后手，什么都安排得那么周密。面对这种罪犯，只有一招好用，那就是，”李昊故意拉长了话音。

这时，古大力冷不丁插嘴，憨憨地抢着说了一句：“以不变应万变。”

李昊很是郁闷，冲古大力白了一眼，但随即又乐了：“大力，你怎么猜到我会说这句话的？”

古大力咧嘴笑：“小说里的台词都是这么说的。”

他们的嬉笑，让气氛一下变了，我上楼时沸腾的思想如同被泼了一碗凉水，瞬间熄灭。于是，我有点尴尬地站到了阳台边，朝远处望去。李昊他们几个便开始讨论这个上午发现的晨曦岛上的命案来，但他们什么信息都没，也只能是随便说道几句而已。

大概就这样听他们闲聊了十几分钟吧，李昊打电话点了鱼片寿司和炒饭，要餐厅给送到房间里。我看了看表，寻思着吃完东西也要下去午睡一会，害怕晚上自己精力不足。可就在这时，李昊的手机响了。

“是赵珂！”李昊冲邵波咧着大嘴笑了，“估计是现场被她掌握得七七八八了，打电话过来给我们解密来着。”

“解密什么？”古大力始终比人慢半拍。

李昊没搭理他，按下接听键，寒暄了一句后，便开始一本正经地对着手机说谎：“我怎么会又抽烟呢？邵波就在我旁边，不过我都已经戒了大半个月了，他小子再怎么引诱我，我也不会再抽上一口的。”

坐在他旁边的邵波笑了，从李昊手里将烟灰都要掉了的半截烟接了过来，帮他弹掉烟灰，又重新塞到李昊手上。

接着，从李昊的表情便可以看出来，手机那头的赵珂应该开始说道现场的案情了，他那两道浓眉又快要拧到一起了。半晌，他“嗯”了一声：“行，那你早点回来，如果真需要我过去协助的话，你再打给我就是了。”

放下手机，邵波满脸期待地问道：“昊哥，什么个情况啊？”

李昊冲着里间戴着头套的邱凌看了一眼：“又是梯田人魔的作案现场，死者年轻女性，尸体赤裸，摆放在小树林里面的一张长椅上。赵珂说死者远远望过去好像是很安静地坐在椅子上，走近后才发现，她的整个躯干都是被折断的，用着正常人坐姿完全相反的一面诠释着‘坐’这么个动作。”

“邱凌这王八蛋。”邵波边说边朝里间走去，但李昊一把拉住，冲他说道，“怎么？你又想干嘛？”

邵波意识到自己有点冒失，便叹了口气：“如果我们早一天在货舱里将他抓捕的话，就可以多挽救一条人命。”说到这，他还瞪了我一眼。我只能低头，避开他的犀利眼神。

“邵波，你等我说完。”李昊打断了他，“赵珂刚才在电话里面还说了，她个人觉得现场模仿的痕迹太明显了。要知道，之前邱凌的每一次行凶，赵珂都参与过现场的查勘。再说，赵珂是否严谨你也知道的，她说出这样的看法，那么，就很有可能确实是有人模仿邱凌的手法进行作案。”

“发生在邮轮楼梯上的那起命案，邱凌昨晚就否认过。”我忍不住说道。

“邱凌否认的事情多了去了，就只有你，每一句都相信得那么彻底。”邵波终于冲我大声抢白起来，“沈非，你醒醒吧！客观点看待问题不行吗？”

“说得好像自己就很客观似的。”坐在角落双手抓着手机，紧盯着屏幕的古大力小声嘀咕道。

“我哪里不客观了？”邵波恼了，冲古大力大声质问道。

那边的古大力被邵波的喊话声惊到，将耳机扯下来，一脸无辜地说道：“邵波哥，怎么了？”

邵波瞪眼：“你刚才说啥？”

古大力指着手机：“我在看日剧，里面自圆其说的推理论调，实际上扯淡得很，所以我自言自语吐槽了一句而已啊。”

邵波哭笑不得，他身旁的李昊补了句：“实际上，你确实有点主观，你和沈非相反，他现在是总觉得邱凌不会再莫名其妙的作恶，而你现在是总觉得邱凌逮着机会就要多杀一个。你俩啊……”

李昊故意拖着尾音，想要抖出一句很老江湖的话语，谁知道扯下了耳机的古大力再次憨憨地抢着说了一句：“你俩半斤对八两。”

李昊恼了：“这又是小说里面惯用的台词吗？”

古大力点头：“嗯！我前些天看了一个叫做中雨的作者写的推理小说，里面的对白来来去去就这么几句，和昊哥你的画风很搭。”

李昊和邵波一样，变得哭笑不得。

这时，门便被敲响了，是餐厅推了餐车送餐上来。邵波没让服务员进来，掏出一张钞票出去，也没要人家找，便自己将餐车推了进来。

“李昊，邱凌那家伙怎么办？让他继续饿着得了，免得他吃了东西有力气使坏。”邵波冲李昊说道。

李昊表情严肃：“我们是警队，不是土匪。再说，”他扭头看了一眼里间：“再说从昨晚抓到他到现在，他连一口水也没喝，再这样下去，拉回去也是具死尸。”

“哦！”邵波一边点头，一边自顾自地将餐车上的铁盖揭开，并拿了个寿司塞进嘴里：“大力，你得多吃点生鱼片，高蛋白，对你脑子好。”

古大力也笑了：“知道的，昨晚我和八戒就干了差不多一斤，刘曼丽也挺喜欢吃的。”

邵波打趣道：“大力，刘曼丽就是昨晚和你约会的小女生吧？”

古大力点点头：“她人挺好的，刚毕业才三年，社会阅历浅，很多东西都不懂。磕磕碰碰，一个人在海阳市也挺不容易的。”

“嘿！你还了解得挺多了，人家是一个人你都已经给摸清楚了。”邵波笑道。

“等等，大力，你刚才这话里面有点逻辑问题。”李昊却有异议了，“什么叫‘毕业才三年’？人家毕业才一年还可以装嫩，你家的刘曼丽这句‘毕业才三年’也有点太假了吧？也就是说那姑娘二十六七了，对吧？”

古大力讪笑道：“反正比我小。”

他们继续说笑着，围在餐车前，用手直接抓着那几盘堆得满满的寿司与鱼虾大快朵颐。我却在餐车下拿出一个碟子，夹了不少吃食。

“昊哥，我进去喂邱凌吃点。”我说出这句用以告知的话语后，却没有动弹。因为我知道，与其说我在知会，不如说我是在请示。

李昊看了我一眼，摇了摇头：“去吧！邱凌的耳朵里有海绵耳塞，日本货，质量好得很，塞进去后整个世界都清净着。沈非，我希望你不要给取下来。”“但，”他又用手抓了一片生鱼片，“唉！你随便吧！少和他说话，邱凌太贼了，你不是他的菜。”

我没吱声，端着那一碟食物朝里面走去。身后是邵波小声的嘀咕声：“李昊，不太好吧？”

李昊没有出声。

邱凌被固定在一把木质的靠背椅上。他腰部位置扣着两根皮带，让他只能用90度的标准坐姿坐着，无法动弹。他的双手和双脚上都有镣铐，也都被固定在椅子的扶手和椅腿上，也就是说，他现在不过是一个被固定在没有生命的木椅上的一个有生命的寄生虫。

很不应该的，我有恻隐。但紧接着邵波之前的话语在我耳边回荡，让我惊醒。是的，邱凌是袭向了人群的洪荒猛兽，犯下的杀孽永世不可能被饶恕。相比较而言，他现在承受的痛苦，又算什么呢？

房间里的窗帘合拢着，光线很暗。我将灯按亮，这样，靠墙坐着的他便不会只像一个黑色的雕像。这时，他应该是透过深色布套感应到了有光，所以，他的头微微偏了下，但并没有偏向我的方向。李昊说过，他的耳朵里塞着耳塞，所以，他自然不可能透过我的脚步声来辨别出什么。

我拉动另一把椅子，在他面前坐下，并将碟子放到旁边的圆茶几上。接着，我抬起手，要掀开他的头套。但，我的手莫名地停留在半空，犹豫着是将头套拉动一半露出他的嘴，抑或是全部摘下，看到他的眼睛。

“是、是沈非？”他的声音很小，小到如同蚊蝇的哼唱。

“嗯！”我应着，但紧接着便想起他可能听不到我的说话。

我抓住了他的头套，整个摘了下来。是他，白净清秀却透着一股子鹰隼气质的脸。

他的眼睛眯了几下，似乎是适应不了灯光。然后，他冲我笑了笑，再次小声说道：“我听不见，一点都听不见。”

这时，门口位置出现了李昊那魁梧的身影，接着是邵波。但他俩都没有阻止我什么，只是那么静静地看着我而已。

我犹豫着。

最终，我将他的耳塞从耳朵里面拔了出来。是那种特制海绵做成的耳塞，以前我在针对失眠患者时，建议他们购买过。这种耳塞可以揉成细细的长条，完全地塞进耳朵深处。接下来的一两分钟里，海绵会吸收空气慢慢膨胀，最终充斥在整个耳道，将使用者与外界的喧闹完全隔绝开。

“嗯！现在舒服多了。”邱凌话语声较之前大了点，“不过，那样也好，失明失聪，也算是进入完全忘我沉思的一种捷径。”

“那么，这些时间里，你沉思了一些什么呢？”我边说边将碟子拿起，并夹起一块寿司塞进他嘴里。

邱凌将寿司快速嚼动并咽下，看得出，他确实很饿了。末了，他冲我微微笑笑：“琢磨在与你的这两年里面，到底是谁始终占领着主动，谁又始终被动。”

“答案不是很明显吗？你始终掌控与玩弄着我，如同玩偶。”我又塞了块寿司到他嘴里。

“是吗？”他再次嚼动，咽下，“但这只是你的看法而已，包括我也一度自以为是的这样认为。实际上，自始至终，我在你面前，都是一只困兽，卑微又可怜，永远无法挺直腰背站在你的面前。”

“邱凌，这都是你自找的。”站在门口的邵波大声说道。

邱凌却连头也没动下，权当没有听见并继续着：“只有昨晚，我还勉强像个人，行走在你身边，和你讨论，和你聊天。在我看来，只有昨晚，你我才是真正平等的。”

“嗯，昨晚观景崖位置的凶案是不是你做的？”我单刀直入地问道，并夹起一片鱼片喂到他嘴里。

“长椅上那位吗？”邱凌咽下鱼片，面无表情淡淡地问道。

我夹着寿司伸出的手微微抖动了一下，果然，他是知道那起凶案的。那么，他也很可能知道谁是凶手。抑或，凶手也真的就是他自己。

李昊的脚步声响起，他在走近，并选择了一个邱凌能够看到自己的位置靠墙站着。

“是。”我回答着邱凌的提问，并补上一句，“是你做的吗?”

邱凌朝着李昊看了一眼，目光柔和，眼神宁静。他将我喂到他嘴里的寿司慢慢咀嚼，并不急着回答。

半晌，他冲我摇头：“沈非，我否认，你会相信吗？嗯，”他如同自言自语一般小声说道：“我觉得你会相信我，但，别人会信吗?”

“那凶手是谁?”李昊的话语声响起。

邱凌再次抬头，看了李昊一眼。接着，他冲李昊微笑了：“李队，你真想知道凶手是谁吗？好吧，现在，你帮我去倒杯水过来，并喂我喝点。”

李昊是如何表情我无法看到，因为我的所有注意力都在邱凌此刻表情的细节上，我在尝试通过他的微表情捕捉到答案。但，我始终琢磨不透他，以前，现在，甚至以后。

第十章

暴风雨来临前的夜晚

她的笑容里终于有了记忆中熟悉的模样，繁花似锦，如兰、如荷。

裂缝

很久很久以前，有一位国王，他拥有一颗王族世代相传的大钻石。国王把钻石放在博物馆里，珍惜如同自己的生命。一天，看守钻石的士兵紧急报告国王说，在没有任何人触碰钻石的情况下，钻石自己裂开了。国王当时就跟随着士兵去查看，所见到的确实和士兵说的一样，钻石的中央莫名其妙地出现了一道明显的裂纹。

于是，它的完美被毁于一旦。

国王召集了全国所有的珠宝商，珠宝商们检查完钻石后，告诉了国王一个坏消息——钻石已经变得没有任何价值了，因为它的裂缝无法修复。

国王很痛心，感觉失去了一切。

这时，一位年长的珠宝匠人听说了这事，他来到王宫，主动要求查看碎裂的钻石，并对国王说："尊敬的国王陛下，请你不要伤心，我能修复它，甚至能让它变得比以前更好。"

国王欣喜，但又怀疑。老匠人自信地保证，一周后，他将交出一颗修复完好的钻石。

一周后，老匠人手捧钻石出现了，他将扭曲的裂纹作为茎干，在钻石里面雕刻了一朵盛开的玫瑰花，精致、璀璨到了极致。

国王欣喜若狂，询问老匠人有什么要求，他甚至愿意将自己的王国分一半给这位睿智的老者。但老匠人微笑了，他什么都没有要，并对国王说道："尊敬的国王，我只不过是把内心中有裂痕的东西改造成了艺术品而已。实际上，裂缝还在。"

我们不可否认，过往经历的种种，总有着那么一道道深深的裂纹，像是国王那颗完美钻石中间的瑕疵一般，被遗留在我们内心深处。有些人会将之不时裸露出来，让伤口成为消极的借口。有些人会将之深埋，只有在夜深人静时，才默默抚摸，心碎心伤。

还有一小部分人，将这裂纹加工着、打造着，让它成为自己之后人生路途的指引灯火。可惜的是，同样有着裂缝的邱凌，他心头的裂纹被加工后，所诠释的不是灿烂和夺目，而是罪恶与黑暗。

裂开的过程是漫长的，再疼再难熬，但他也并没有选择毁灭。

将裂纹雕琢后，他成了恶魔。

我以为邱凌的提议会换来李昊的愤怒，没想到的是，李昊却一反常态地微微一笑，大步朝外面走去，并倒了一杯水过来。

他没有如邱凌要求的亲手将水喂到他嘴里，而是将水递给了我，并冲邱凌说道：“你觉得你这次还能躲得过挨枪子吗？既然走到了最后，那还扯这么多有意义或者没意义的东西干什么呢？邱凌，”李昊顿了顿，“在我眼里，你现在只是个死囚而已。所以，你想要如何的展示自己个性的一面，在我看来，都不过是落幕前反面人物努力营造的最后一点点光亮而已。”

“是吗？李大队，但我很享受这所有所有与你们对抗的过程。甚至在这没有见到你们的一年多里，我还时不时在揣测你们每天都在做些什么？会不会想起我？对了，李大队，有一次我梦见你了，梦里面你和我在一个球场上单挑篮球。你胜了，但你并不高兴，反倒对我说，输赢是用我们社会常理下的制度衡量的。那么，真正的输赢呢？”邱凌抬起头，看着李昊的眼睛继续道：“真正的输赢又到底是如何，相信你心里是清楚的吧？对于我来说，从一开始我就选择了给自己画上生命的句号。那么，又有什么是我会输掉的呢？”

李昊的声音在我身后再次响起：“邱凌，将你绳之以法，是我的职责，也是我的工作。所以，在你自以为是的博弈中，完全没必要将我放进去。况且，凭你想要成为我的对手，本就不配。我与沈非，以及我们身后的一干伙伴们，始终是站在人前。我们的肩膀上沐浴着阳光，身后是重如山的人们的依赖。而你呢?”

“并且还有一点,”李昊加重了语气,“就你这单薄的身体想和我单挑一场篮球,你觉得我会同意与你一起进场吗?”

邱凌再次笑了:“李大队,没想到你也有不那么死板与严肃的一面。”

“我还有着很多很多的面,可惜的是你没可能看到。”

我在这过程中并没有吭声,甚至身体往后退了退,保证自己能够端详到的邱凌的面部画面足够全。他有情绪的波动,而且是真实意识里的情绪波动。之所以这么说,是因为之前他所呈现的各种,实际上都是假面,有着各种各样的目的。但这一刻的他,字句之间,在寻求一种平等。一种就算是对手,也能够得以进行自我安慰的平等。

一个新的想法在我心底深处萌芽出来,我突然间意识到,之所以自己会一而再,再而三地成为他的玩偶,其实是因为我在看待他的定位上出现了问题。他占据了文戈曾经的一些年月,于是,我便将他放在了一个和我对等的位置上。这,也就是他能够用各种伎俩对付我的核心原因。

我似乎明白了什么,邱凌所提到的主动与被动,在我脑海中开始被重新定义。

我端起水杯,往邱凌的唇边递了过去:“邱凌,李大队所表述的意思,我想你应该已经明白了吧?关于观景崖上命案的问题,你回答或者不回答,在我们看来也都无所谓。所以,你没必要用此来当做你的本钱。”

邱凌愣了一下,目光移到我脸上:“沈非,难道你们不想知道真相吗?”

“想知道。”我冲他点头,“但由你说出来的真相,本就不一定是真正的真相。”

说完这话,我瞟了一眼碟子里的食物,似乎邱凌也已经吃了不少,这顿午饭继续下去,反倒会越来越如邱凌的意愿,进入心理博弈的战场。

我将杯子再次往前送了送:“喝口水吧!”

邱凌将头歪了歪，看我的表情变得陌生起来："嗯！沈医生，我如果不喝呢？"

"哦！"我应着，将手往回收了收。接着，我将杯子抬高到了和他眼睛平齐的位置，再将杯子缓缓倾斜，让液体开始往下流淌。

我没有去观察他在这一刻所呈现的表情，因为我在与他的整个对抗过程中之所以始终被动，就是因为我始终一厢情愿地想要了解与琢磨他。但实际上，我如果不去尝试了解他的话，那，是不是他便需要想尽办法让我注意他留意他呢？就好像我与他的对抗最初，是缘于他所做出的那么那么多骇人听闻的罪恶。

我站起，将那黑布套一把抓起。海绵耳塞在我另一只手的食指和拇指间被快速搓成长条，并被我熟练地塞入了邱凌耳朵里。

邱凌闭上了眼睛，放任着我的行为。最终，布套被我套到了他头上，整个世界再次变得与他无关了。

我大步走出里间，面前是冲我微微笑着的邵波以及瞪大着眼睛的古大力。我拉了一把椅子，坐到餐车前吃着食物，我缓缓地咀嚼，感受着其间的滋味。

李昊从里间缓步走出，他倚靠在门边，对我开口说道："沈非，你变了。"

我"嗯"了一声，接着抬头看他："变得好了，还是坏了呢？"

"我也不知道。"李昊耸了耸肩，"但是肯定比你登上野神丸时好了。只是，这种好所呈现出来的举动里面，却又让我觉得有点像……"

后面的话他没有说出口，硬生生地缩了回去。

我端起餐车上的那杯椰汁，一口喝光。然后站了起来："有点像邱凌吧？"

我扭头看了邵波一眼，冲他笑了笑："邵总之前也这样说过。"我边说边朝门口走去，伸手握住了拉手："我回房间睡觉去，晚上 11 点我再上来。”

我跨出了门外，扭头对他们 3 个继续说道：“盯好邱凌，这家伙贼得很。”

我拿了床毯子，将阳台上的睡椅放开坐了上去。阳台的前方可以看到远处的沙滩，人们在沙滩上奔跑，打闹。本来蔚蓝的天空，此刻变得有点发灰。我有一种预感——即将发生什么，但我又捕捉不出端倪。

但，我是一名心理咨询师，我不可以被太多灰暗的东西浸染。尽管思想本就是一块海绵，它在不断地吸收。我想，我需要安静下来，不去细究关于邱凌、关于乐瑾瑜、关于岩田，也关于文戈的一切一切了。因为我需要放空自己，任由一些思绪画面在意识世界里，以正常的方式行进。那么，它们便会缓缓地流淌向一扇门，并从那扇门里滑向深渊。而那个深渊，便是潜意识的世界。

我微笑着，因为我放眼所见到的，是晴朗天空下晴朗的人们在我眼前愉快地生活着。亚热带的年初有着一丝丝凉意，我将毛毯拉到自己的胸膛位置，缓缓地闭上了眼睛。

独自面对的战场

因为之前两晚都没睡好的缘故，这个午后的松弛，让我一直睡到了 6 点。再次睁开眼睛后，第一时间映入眼帘的是天空中不知道何时弥漫上的厚厚的乌云，但还没有雨点落下。我看了下旁边放着的调成震动的手机，上面有一个陌生的手机来电。我没有急着回电话过去，不急不躁地走进卫生间，洗了个热水澡。

我一边用毛巾擦着头发，一边拿起手机回拨过去。这是一个属于海阳市的手机号码，尾数是“520”。或许，这是某位多情的丈夫送给妻子的礼物吧？

铃响三声后，电话被接通。

“你好！请问刚才是谁找我？”我客套着，并补上一句，“我是沈非。”

“冒昧给你打电话，希望你不要介意。”话筒那边是一个熟悉的声音，却又冷得隔着话筒都能感觉得到。

“瑾瑜？”我小声说道。

“沈医生，我想再次跟你重申一次，请称呼我精卫。”话筒那头的她纠正道。

“嗯！精卫小姐。有什么事吗？”我将毛巾放下，再次坐到阳台的躺椅上。

“也没什么，就是……”她似乎有什么事情，在犹豫着是不是要告诉我。

“有什么不方便说的吗？”我语气平和，语速适中，用着心理咨询师常用的沟通语句继续道，“如果介意的话，你也可以选择不让我知道。”

“岩田、岩田上午去了湖畔礁。”她快速说道。

“你没有同他一起去吗？”我问道。要知道来到晨曦岛上的情侣，都会选择其中一天跟着小船到湖畔礁上去翻翻卵石，抓捕一两只横行霸道的螃蟹。并在那个只有十几平方公里的岛上，将脚泡在海水里，感受海浪的来来去去。

“上午我们一起回来，我回到房间时，他已经跟随游船走了。”

“哦！”我支吾着，并尝试着问道，“那，你和我一起晚餐，可以吗？”

“我想、我想也可以吧？我问了酒店的人，去湖畔礁的游客一般都要到 8 点多才会回来。现在天气变得好像有点恶劣，所以我便担心起来。并且、并且我也……”她的语气没有之前那么冷漠了，“确实有点饿了。”

我们约在一楼的餐厅见。挂了线，我再次走进卫生间，对着镜子发呆起来。接着，我笑了，将剃须泡沫涂到了自己脸上，并握起了剃须刀。这时，手机又响了起来，我探头过去看屏幕，是李昊打过来的。

“沈非，睡醒了没?”他开门见山地问道。

“刚起床，怎么了?”

李昊声音很大，就算在电话里也能感受到他强大的气场：“那你赶紧去吃点东西吧，半个小时后，我和邵波要离开晨曦岛帮警方做点什么。这岛上的派出所警力不足，日本警方交番制度的缺点在这种节骨眼上马上就显露出来了。所以，你必须赶紧上来接班看着邱凌。”

“发生了什么事?你们要去哪?”我有点摸不着头脑。

“好像是一个叫乌龟叫的地方，刚才赵珂打电话过来时，她那边海风声音太大，听得有点含糊。”李昊答道。

“不会是湖畔礁吧?”我问道。

“好像是，反正是附近的一个游览的小岛，距离晨曦岛也就半小时。”李昊应着。

“我上来再说吧。”我听得越发的迷糊，抓起了旁边的毛巾，将下巴上的泡沫抹掉，朝房间里面走去。有一点我可以猜到，肯定是发生了不小的事故，否则李昊不会在这节骨眼上急急忙忙地要离开晨曦岛。

“行！你赶紧上来吧。”李昊应着，并说了句，“又有命案发生，在乌龟叫上。”说完这句，他也没管我如何反应，径直挂了线。

我愣了一下，紧接着扭头朝窗外望去。那乌云越发浓密，层层重叠。海风也变得不再柔和，开始放肆起来。我清楚，一场大雨即将到来。同时，我还有着预感，某些事情，该来的总要来了，躲不过去。

我快步将窗关上，并套上衣裤。我变得有点婆妈，因为我在犹豫着要怎么给乐瑾瑜解释自己无法陪她晚餐的事。琢磨的时间里，人却已经走出了房间，按下了电梯往楼上的按钮。

几分钟后，我敲响了羁押着邱凌的套房的房门，开门的是邵波。我快步进屋，发现只有他俩在房间里。

“八戒呢?”我问道，要知道这个时间段，应该是邵波和八戒两个人在看守着邱凌才对。

“别提那扯淡犊子了。”李昊愤愤说道，“之前他瞅着我没睡，便说想要和古大力还有那两个姑娘去吃个饭晚上再上来。现在倒好，他们前脚走，后脚赵珂的电话就上来了。然后我打给他，他小子和古大力已经到了晨曦岛另一头的海景餐厅里，那边信号差得让人想死，估计我给他说了些什么，他一句都没听见。最后回了个信息过来——尽量8点钟以前赶回来。”

“行了，也别说道他俩了。你自己精力充沛睡不着，冒充‘中国好人’赶着他们去约个会什么的。结果，有了个什么事，就在这里责怪人家，有意思吗?”邵波一边说着一边点了支烟塞到李昊嘴里。

李昊狠狠吸了一口，然后冲我继续道：“沈非，我们一会就要下去。八戒和古大力他俩8点以前回来。那么，现在开始的，”他边说边看了下表：“现在开始的一个多小时里，你必须要一个人盯着邱凌，问题大不大?”

邵波抢白一句：“你真当沈非是儿童吗?再说邱凌又没有同伙，难道还怕有人跟电视剧里面一样跑来劫狱不成?”

“沈非，这一个多小时里，不要和他说话。”李昊朝前跨出一步，望着我沉声说道，“请答应我这个要求。因为、因为你真的斗不过他的。”

我有点懵，最终回报了他一个微笑，并尽量装得和平日里一样，对他笑着说道：“看来昊哥成了家后，确实变得啰嗦了不少。”

“昊哥说得很对，你确实斗不过邱凌，所以，你也不要在这一个多小时里，去尝试和他沟通什么。”邵波也站了起来说道。

“行吧！我答应你们就是了。”我边说边往里间的房门前走出几步，朝里面的邱凌望了一眼。他头上的头套被摘下来了，坐着的椅子也被换了个方向，朝向了窗户。窗帘拉开了，甚至还开了一条缝，窗外的乌云开始了翻滚，一场大雨即将来袭。

“别看了，是邵波和八戒值班时给他松开的。邵波说我们不是土匪，是人民警察，不应该将犯人当猪狗一般地对待。说得好像他是个警察，我反倒是个蛮汉了似的。”李昊在我身后说道。

邵波也说话了：“本来就是，上午我就想说的。邱凌再怎么能耐，始终不是个有着飞檐走壁能耐的奇人异士，也没有同伙会要里应外合。充其量，他就是挺能蛊惑人的，不鸟他不就可以了吗？”

“他吃东西了吗？”我小声问道。

邵波：“才 5 点出头，八戒就给他喂了一碗泡面，还领去拉了泡屎尿。你坐这门口盯着就可以了，好好地等到八戒和古大力回来。”

“哦！”我点头，手里的手机却响了。李昊和邵波一起朝我望过来。我看了下屏幕：“是乐瑾瑜。”

“对了，其实你可以让她和岩田上来帮忙看守一下邱凌的。”邵波建议道，但眼珠又一翻，补了一句：“叫岩田上来就够了，乐瑾瑜和邱凌到底是什么个来往，目前还不能明确，哪怕是她昨晚帮忙逮住了邱凌。”

我却望向李昊：“岩田不在岛上。”我想要询问他的意见，而他似乎是在思考邵波的这一建议，并对我伸手示意我先接电话。

她的声音再次变得冷冷的：“沈非，你不是说要来一楼餐厅吗？”

我犹豫了一下，接着说道：“瑾瑜，不，精卫小姐，我临时有点事，正想要给你打电话说抱歉。”

“你不下来了，对吧？”她没等我说完便抢白道。

这时，站在我面前的李昊开始冲我点头，并小声说了句：“让她上来吧。”

“精卫小姐，你介不介意到我们楼上的房间里来。我想，我们可能需要你的帮助。”我对着电话说道。

“抱歉，我对于帮助你并没有什么兴趣。”说完这句话，她径直将电话挂断了。

“岩田去哪里了?”李昊在我放下电话第一时间问道。

他的这一问话让我也猛然想起什么：“他、他去了湖畔礁。”

“怎么又能扯上这家伙呢?”李昊皱起了眉头，接着说道，“瑾瑜不肯上来帮忙看着邱凌也好，毕竟之前她就有嫌疑协助邱凌逃出精神病院。”

“行了，李大队，我俩要下去了。赵珂领着小日本警察应该快到楼下了。”邵波拍了拍李昊的肩膀。

李昊冲他点头，并抓起旁边桌子上的口香糖，倒了两颗到嘴里。他率先往外面走去，并冲邵波哈气：“没有烟味吧?”

邵波乐了：“放心吧！专门给你抽的薄荷味的，本来就没啥烟味。”

他们边说边到了门边，这时，李昊回过头来：“沈非，记得你答应了我什么。”

我冲他点头。

李昊往外走去，邵波将门合拢的刹那，冲我做了个鬼脸。

锁舌的响声差不多是与我手机的震动声同时响起。我低头看屏幕，打过来的竟然又是乐瑾瑜。

我吸了口气，将电话接通：“喂!”

“你是要我帮你什么?”她问道。

我再次犹豫了，缓缓转过身。邱凌还是端坐在椅子上望向窗外，他耳朵里的海绵应该还在，所以他的世界依旧宁静。

电话那头的她再次问了一句：“沈非，你是想要我帮你做什么?”

“你，”我咬了咬牙，“你能上来帮我一起看守邱凌吗?”

“就你一个人吗?”她问道。

“是的。”我应着。

话筒那边出现了几秒的沉默，最终，她那冰冷的语调又一次柔和下来：“沈非，你在哪个房间？我现在就上来。”

鳗鱼饭

乐瑾瑜和我通电话时应该是在一楼，甚至很可能就在电梯前。因为我听到电话里有行李生用蹩脚的中文说着："电梯间的，请这边。"

于是，我站在套房外间，等着门铃响起。但，这等待足足有十来分钟。

她并没有按门铃，而是敲了几下，并小声喊了句："开门，是我。"

我应声开门，银发披肩的她冲我客套地微笑，并走进房间。这时，我发现她手里还提着一个饭盒，身后多了个黑色的很大的双肩包，包里不知道是塞了什么东西？还是材质本来就很有型，鼓鼓囊囊的。

她径直走到了外面房间摆在角落里的那个沙发前，将包摘下，放到了沙发上。我留意到，她将背包的正面对着沙发那一面，呈现在人视线中的是背包的背面。这，有点有悖常理，但也可能是她的习惯吧？

"邱凌在里面吧？"她小声问询着，并指了指里间的门。

我点头。

她坐了下来，将那饭盒打开，里面是两份精致的鳗鱼饭。

"你在楼下打了饭再上来的？"我寻找着话题，并且一厢情愿地以为，这两个饭盒也就是她之所以迟了十多分钟才上来的缘由。

"给你打第二个电话的时候其实就已经叫好了。"她边说边递给我一双筷子，"是岩田昨晚领我去酒店外面的一家饭店，尝过这个鳗鱼饭，挺好吃的。然后下午约你吃饭，就有着一种冲动，特别想要让你也尝尝这美味。"说到这，她笑了笑："其实昨天就挺奇怪的，按理说，在我现在的记忆里，与你就一面之缘。但吃到好吃的东西，第一时间却不自觉地想要给你分享。你刚才就算按时到了一楼，实际上我也只是和你一起在酒店外面的长凳上，吃完这鳗鱼饭而已。"

她的笑容里终于有了记忆中熟悉的模样，繁花似锦，如兰、如荷。她的眉目间多了些真实，之前的那份冷漠开始被淡化。她继续着，将其中一份饭盒放到茶几靠我的这一头，喃喃地说道："可能以前，可能以前我和你关系确实挺不错的吧？所以我才会这样。"

我心里泛起一种混杂着的滋味，有酸楚、有幸福，但更多的是惆怅。

"嗯！"我应着，夹起一块鳗鱼放到嘴里。味道确实很好，但我的味蕾却又向我脑子里传递着苦涩的信号。

面前的一幕突然间熟悉起来，我开始想起一段很多年很多年前，发生在苏门大学里的故事，具体是哪一年，我却又模糊着。依稀是个午后，文戈不在。我参加完一场学校组织的辩论赛，心急火燎地往食堂赶。我记得当时食堂的人不多了，我肚子饿得咕咕响，但进了食堂却发现没带钱包，饭卡和现金都在钱包里。

食堂距离我们宿舍来回大概 20 分钟的路程，而那一会很多窗口都开始收盘子了。我在食堂里来回巡视了一圈，也没发现有相熟的同学，最后只能厚着脸皮逮着一位我自认为有点熟的打饭的大妈说道："阿姨，我是心理系的学生，没带饭卡，可以赊顿饭吗？"

大妈白了我一眼："回去拿。"说完便一扭头，不理睬我了。

"师兄！"一个声音在我身后响起，"沈非师兄，你可以先用我的饭卡。"

一张套着塑料套的卡片递到了我面前。我扭头，是一位有点面熟的女同学，她的头发微卷，由中间分开扎成两股，在肩膀上散落着。她的脖子很长，粉嫩的颈子如同兰花修长的花柄，妩媚动人。但她身上穿着的衣裤相对来说就有点简单，甚至有点点朴素，与这美丽的大学校园不太搭调。

"嗯！你是？"我望着那张饭卡吞了口口水。

"我是医学院的大一新生，我叫乐瑾瑜。"她笑起来很好看，"之前在几个心理学的大课上和沈非师兄你也打过照面的，不过师兄你太忙了，可能没有留意。"

“哦！”我讪笑着，“那谢谢了，我刷你多少钱，之后我去医学院找你还给你。”

“不用。”她将饭卡往回一收，“如果师兄这么见外的话，这顿就当我请师兄吃就是了。”说完这句，她往旁边一个窗口走去，并扭头对我说道：“你吃什么菜？”

我有点不好意思起来：“随便。”

她点头：“那你先去选个干净的座位坐好吧，我点什么，师兄就吃什么，可以吗？”

我应着，为这学妹的热情而倍感温暖。于是，我顺从地坐下，看着对方跑到了另一边的一个窗口前，打好了两份饭菜，并端着朝我走了过来。

我迎了上去，接过盘子。只见其中的一份米饭上，有着油炸的带鱼和莴笋炒肉、油麦菜。而另一份米饭上，就只有一份油麦菜而已。

她将有着鱼肉的那份推到我面前，微笑着说：“你们男孩子才喜欢吃肉。”

“那你？”我有点不好意思，“我夹点给你吧。”

“不用。”她笑着摇头，“我20了，这节骨眼上长胖了，以后就很难瘦下来的。”说完这话，她拿起筷子：“师兄开始吃吧，瞅着你应该饿了。”

我应着，也不客气了，大口吃了起来。半晌，我突然发现面前的乐瑾瑜小口地嚼着米饭，不时盯着我的吃相微笑。

我自觉狼狈：“确实有点饿了。”

……

这段属于过去的故事，可能一直被埋藏在潜意识深处。在这一刻瑾瑜又一次给我送上一份饭菜时，它终于被激活并浮现出来。我继续嚼着饭菜，又不时看看眼前陌生而又熟悉的她。那属于过去的画面越来越清晰，我捕捉到那顿饭的过程中的一些细节——我不经意窥见面前的乐瑾瑜左手袖子位置，有着一道很长的缝补的痕迹。于是，她不时用手指将那位置往下拉扯，尽可能不让缝补的痕迹太过张扬地出现在我眼前。而她脚上的那一双白色的帆布鞋，周围有着因为鞋底脱落，送去给鞋匠踩过线的痕迹。尽管如此，布鞋依旧被刷得很干净，一尘不染般。

伴随着这段记忆的再次回放，我鼻腔里开始有了黏液，眼眶里似乎湿润。我那青葱的大学时光里，有着闪烁着的荣耀与孩童所看重与珍惜的辉煌，以及温存待我的文戈。而她的大学时光里呢？

我不想现在的她注意到我的失态，故意将头低下，继续大口吃着米饭。

对面的她突然叹了口气："沈非，其实我经常会做梦，梦里面有各种各样的故事，也有各种各样我现在的世界里所没有过的体验。我经常梦见自己坐在一个有着高墙围着的院子的台阶上，身边有很多愁眉苦脸的孩子。我们没有人疼，没有人爱，是一群可怜如同蝼蚁的孤儿。梦里，我手里始终端着个很旧的不锈钢饭盒。饭盒里面有米饭，菜却似乎永远都只是葱绿。于是，梦里的我就很期待过年，并憧憬与回味着过年那天的欣喜。因为只有那天，我手里的饭盒里会有油炸的带鱼和一份莴笋炒肉。"

油炸的带鱼、莴笋炒肉……

我努力地吞咽着，头越发低了。眼前的饭盒被溢出的眼泪弄得模糊，竟然变成了苏门大学食堂里的盘子。米饭上的鳗鱼也变了，变成了乐瑾瑜曾经的记忆中一度最为美味的带鱼与炒肉。

我端着饭站了起来，走向了通往里间的那扇门前。那里摆放着一把椅子，是为了方便看守邱凌而布置的。坐到这个角度，乐瑾瑜看不到我的表情，自然也看不到那朝着饭盒滴下的眼泪。

但，乐瑾瑜看不到，并不代表别人就看不到。

里间的邱凌扭过头来，鹰隼般的眼光正看着我。他的犀利眼神如同猛禽、如同猛兽，即将冲出他的躯壳，朝我袭来。他无法听到声响，那么，或许是某种感应，让他知道了身后是我。

而猛然发现邱凌在望过来后，大吃一惊的我扬起脸后，呈现在他眼里的……

呈现在他眼里的，是泪眼婆娑的我的脸。

我觉得很狼狈。

“沈非!”邱凌小声说道，“我听不到，所以不知道自己这一刻说话的声音大不大。如果我的说话声太大吵到了你们的话，请告诉我。”

“不大。”回答他的是乐瑾瑜。她第一时间走到了我身旁，望向里间的邱凌。于是，被固定在那张木椅上的邱凌成功地将乐瑾瑜的注意力吸引了过去，让她不会看到我因为她而滑出眼眶的眼泪。

“他听不见你说话。”我在乐瑾瑜身后小声说道，因为距离近，我能够闻到她身上淡淡的香味。不再是精油，而是某种香水味道。

“他的耳朵里有耳塞。”我再次说道。

“为什么给他塞上?”乐瑾瑜没有回头，眼睛死死地盯着邱凌，语气却回到了之前的冷静冷漠。

我不知道如何回答，因为李昊说得没错，邱凌的本领便是蛊惑人心。没有了听力，他不可能施展能耐。

“沈医生，我可以和他谈谈吗?”她问道，“我的意思是摘下他的耳塞，问他几个问题。要知道，我和我先生岩田一样，对这位臭名昭著的梯田人魔先生有着很大的兴趣。况且……”

她扭过头来，但这一刻我的眼眶里，眼泪已经被我用纸巾擦掉。我在之前几分钟里有过的情绪波动，她不可能看到。

她神情不再温存，沉声说道：“况且，如果真如你们说的那样。那，我和这位梯田人魔在以前，关系也挺近的，对吗?”

“不，你们并不熟。”我伸出手拦在了乐瑾瑜的身前，“邱凌是个恶魔，所以，我不希望你和他有过多的交流。”

“瑾瑜，再次看见你很高兴。”邱凌的声音响起，“作为故友，想不到在这么一个环境里与你相见，挺可悲的。”

“沈非。”乐瑾瑜没有因为邱凌的话语而扭头，继续望着我。她的语调开始柔和下来，望向我的眼神里都是诚恳：“我抗拒自己的过去，因为想要让我知晓过去的你们，都是在我过去的世界里所谓的朋友。但真正让我走向了毁灭的人，却是他。”她伸出手指向了邱凌。

“于是，我对于他给我说道的过去的期待，远远胜过你们想要给我说道的过去。因为能够将我伤害如斯的，只会是我身边亲近的人。那么，唯一一个在精神世界里伤害不到我的人，只会是他——一个对手，一个敌人。”

我无言了。

她说的对吗？能彻底伤害一个人的，只能是她最亲近的人吗？

抑或，她说的是错的吗？如果是错的，那么，我有权力反驳吗？

我开始沮丧，摇了摇头。最终，我往后退了一步，靠着墙壁站着，并伸出手，示意她走向邱凌。

“瑾瑜，但我还是想要你明白。你曾经亲近的人对你做出的伤害，可能并不是有心的。”我的话语无力，因为我没有例证支撑，语句显得那么的虚伪。

“谢谢。”她冲我点了点头，也没有再次纠正我对她名字的称呼。

她迈步过去了，将手伸向了邱凌的耳朵。邱凌却还是扭着头看着我，他笑了，笑得那么得意，笑得那么猖狂。但已经站到了他身旁的乐瑾瑜显然对邱凌的得意很不满意，她左右看了看，并伸手从旁边的茶几上，拿起了一个沉甸甸的玻璃烟灰缸。

她没有停顿，将烟灰缸举起，朝着邱凌的头上狠狠砸去。

第十一章

开颅手术

你会亲眼看到，我和岩田的双手在你头顶小心翼翼地敲打，就好像你当日敲断那些无辜女人关节时一样。你还会看到你那有着毛发的头盖骨，被我们放到一旁。

邱凌的刑场

之前提到过，专门研究我们的生物结构和功能如何影响行为的人，一般都有两个头衔。第一个是精神医科学者，也就是精神科医生。另一个便叫做行为神经学家，在心理学学派分支中，他们还被称为神经科学取向。

要知道，神经系统由中枢神经系统和外周神经系统构成。中枢神经系统包括大脑和脊髓。外周神经系统就是从脊髓和大脑发出、直达躯体末端的神经系统。外周神经系统又分两大类——躯体神经系统和自主神经系统。

躯体神经系统负责自主运动。例如阅读书籍的时候，我们的眼球会转动，手会翻动书页。另外，它还负责感觉器官之间的信息传递。自主神经系统控制的就是我们身体赖以生存的部分，如心脏、血管、腺体等以及一些我们不能觉察到其运作的器官。

举例来说一下这些系统在日常生活中的各自作用吧，正如在这一刻的我，本来相对来说平静的状态，望着走向邱凌的乐瑾瑜的背影，我又沮丧与伤悲起来，中枢神经系统分泌出来的神经递质操纵着我的情绪。但就在这时，乐瑾瑜突然抓起了那个很大的烟灰缸。躯体神经系统捕捉到了这个信息，并快速传递。同时，自主神经系统让我在那极短的瞬间立马感到疑惑、恐惧，它让我的所有器官快速进入“战或逃”反应，用以应对这未知的危险。

但，那一瞬间，我却猛地发现。我想要面对威胁的身体动作，竟然无法完成。本来站立着的身体在眼前这画面出现的同时，变得无法行动，甚至力气在这一瞬间全数消失，整个人往后倒去。

我狼狈地坐到了那把被李昊摆放在门口用来看守邱凌的椅子上，我手里的饭盒掉到了地上，有不少鳗鱼块与饭粒沾到了我的身上，让我狼狈不堪。之前我所察觉到的鳗鱼块的异常味道，被我误解成为情绪所引起的味蕾失衡。但实际上，那味道、那味道正是麻醉药物……

烟灰缸重重地砸到了邱凌的头上，黏稠的血液从他鬓角往下流淌。但他并没有回头，反倒是露出了一个幸灾乐祸的表情，继续扭着头看着我。

“瑾瑜，你想做什么?”我的声音开始微弱，但思想依旧清晰。于是，我尝试阻止乐瑾瑜的动作。但……

她再一次将那个玻璃烟灰缸举起，第二次砸向了邱凌的后脑勺。烟灰缸终于裂开，碎片四溅的画面，在我的视觉世界里却在放缓。我知道，这是因为药物的作用，我的感官在变得迟钝，眼帘也开始变得沉重。伴随着碎片溅开一幕的，是邱凌那不甘但又正在闭上的眼睛。

我想，我和他应该是在同一时间里进入无意识的世界里，隐隐约约中，听到乐瑾瑜似乎是在给人打电话，并说了一句：“你可以上来了。”

当我再次苏醒过来的时候，头疼欲裂。眼前模糊的人影在缓缓清晰，竟然还是在羁押邱凌的那个房间里，不过门是合拢的，窗帘也拉上了。两片窗帘之间，有着一道细长的缝隙，缝隙正对着被固定在椅子上的我。于是，我能依稀看到外面世界那翻滚的乌云与瓢泼大雨。

是的，我无法动弹。我的整个躯体被放在一个用于控制狂躁症精神病患的袋子里，脖子位置的松紧并不勒人，但它的作用却很强大。况且，我身体依旧无力，药物没有让我完全失去意识，只是无法动弹。

接着，我便看到了邱凌，他依旧戴着脚镣和手铐，但没有被绑在椅子上了。他身上多了一个一米高的不锈钢架子，架子四周都有金属拐角，说明是可以折叠收拢的。这一刻的不锈钢架子展开着，邱凌的头颅被镶嵌在架子上方。紧接着，我注意到邱凌的大腿与小腿是被弯曲着捆到一起的。于是，他用一种极其狼狈也极其可怜的姿势，在诠释着跪下这个动作。嗯，也就是说，一个不锈钢架子将他固定在地上，他无法站起，也无法动弹，甚至露在架子上方的脑袋都被几个塑胶托固定着。但他的脸正对着我，满是血污，还带着让人觉得如同恶魔一般的诡异笑容。

“你们的、你们的好朋友醒来了。”他在努力大声，但声音微弱。

这时，站在他身旁的两个人一起转过头来。其中一个是乐瑾瑜，她之前那散落的银丝被扎了起来，脖子显得越发的细长，脖根与躯干衔接的位置，锁骨是那么的好看。而站在她身旁的，赫然是岩田介居。他的微笑里洋溢着得意，白色大褂没有被扣上，里面的黑色西装依旧笔挺，衬衣衣领始终一尘不染。

“沈非，虽然才认识你一两天，但你就成功地成为了让我最讨厌的人。”岩田耸了耸肩说道，“按理说，你我应该惺惺相惜才对……”

“岩田。”乐瑾瑜将他打断，“不是说好了先给我半个小时吗？”

岩田撇了撇嘴：“嗯，好吧！我在外面整理下手术器材，麻醉药物的剂量也要好好调一下，总不能让你的老朋友太过痛苦。现在，”他看了看表，“现在是 7 点 5 分，到 7 点 35 我再进来，相信那一刻，也会是你无比兴奋的仪式序曲响起的时刻。”

乐瑾瑜点头，没说话。岩田朝门口走去，经过我身边的时候，他歪着头看了我一眼，嘀咕了一句：“挺可惜的。”

他出门，将门合拢。

“瑾瑜，你想做什么？”我开口问道，但声音依旧不大。窗户虽然关着，但外面暴雨肆虐，让我的声音显得越发的渺小与微弱。紧接着，我想起了八戒和古大力之前对李昊承诺的“8 点以前回来”。而这肆虐的暴雨，他们能否按时赶到呢？

“我想做什么？”乐瑾瑜左右环顾，最终拉了房间里另一把椅子，朝前走出几步，坐到了我和邱凌都能够看到的角落里，“沈非，我想做什么，难道你和邱凌会不知道吗？”

邱凌怪笑起来，那笑声好像一只脖子已经被割开的公鸡。

“瑾瑜，不管你想要做什么，我也始终希望你能够及时停步，不要一错再错。”我努力想要大声，但我所吐出的字句，是否和邱凌的怪笑一般难听呢？我不得而知。

“沈非。”乐瑾瑜阴沉着脸，“我想问你一个问题。”她边说边将头又扭向跪在那个支架下的邱凌，“这个问题，同时也应该是问你才对。”

我和邱凌都没吱声，望着面前这分辨不出是天使抑或是恶魔的她。

她在缓缓摇头，这一肢体动作在当下这个情景下不是想要否定什么，而更多的像是某种无奈。

“你俩是在我记忆断层另一面里，最后与我接触的人。嗯！或许，也不应该叫做接触，而应该说是最后影响到我的两个人。那么，在我那个记忆消失之前，我所要做的并没有完成的事情是什么呢？你俩，应该都是记得的才对。”她缓缓地说道。

我的心在快速往下沉没……

属于她的那柄随身携带的解剖刀……

她在知悉邱凌是梯田人魔后的第一反应是想要给邱凌开颅……

邱凌描绘的故事中，她企图完成的摘取大脑的手术……

更多的画面，在我脑海中来回放映——浸泡在玻璃器皿里的脑部组织；那个盛着带鱼与炒肉的饭盒；站在小小房间里用期待眼神看着我的女孩；以及、以及那一束掉落在精神病院重度危险病区的黑色的兰花。

我不敢说出答案。

这时，邱凌冷笑起来：“乐瑾瑜，你还是想看看我的头颅里面，究竟是装着一个什么样异于常人的脑子，对吧？嗯，这样看来，你的记忆并没有缺失，你不过是一直在伪装而已。”

“我不是你们。”乐瑾瑜站起了，“邱凌，你总觉得自己的童年是如何黯淡无光，但实际上呢？就算是害怕你具备嗜血人格的亲人们，他们的所作所为，始终是想要引导你，纠正你。只不过，他们的方式方法并不是把你的心结解开，反倒是让你学会了去压抑。但，归根结底，你还是有人疼、有人爱的。那么，你走到今时今日，不过是你自己心理上出现的问题导致的。隔离！你所用到的防御机制就是隔离，你一厢情愿的将你所能看到、感受到的这些美好的一切，都拒绝于你的世界以外，令你对整个世界看法失衡。”

她的声音越来越大，窗外的暴风雨声响也在肆虐，充当着她的帮凶一般。

“我呢？有谁尝试来引导过我吗？尝试着来纠正过我吗？我的人生经历，与你们那关于情情爱爱的故事比较起来，又到底是谁更应该先行崩塌呢？”

“瑾瑜，在现在这个夜晚，我所看到的启动了分割与隔离机制的人，却似乎是你。”我缓缓说道。

“是吗？”乐瑾瑜朝我望了过来，眼神中满满的都是恶毒的负能量，“那好吧，沈医生，请你给我解释下，什么是心理防御机制，什么又是分割与隔离。”

分割与隔离

我继续望着乐瑾瑜的眼睛，我希望能够溶解她眼光中的暴虐气息。我轻咳了一声：“所谓的隔离，是把部分的事实从意识世界里分割出去，不让自己意识到，以免引起精神上的不愉快。”

邱凌的声音响起，他再一次默契般在我的话音收尾处开始喃喃细语：“瑾瑜所给我定义的这个概念我承认。我是隔离着我的世界里别人对我的好，因为任何会要浇灭我内心深处那团沸腾的火焰的人与事，我都总是视若不见。我的生母与养父其实对我不差，我的舅舅之所以毒打我，是因为害怕我学坏。好吧！瑾瑜，你这么一说，我突然想起了黛西——哼！那个愚蠢可怜的女人，她所做的所有所有，在我看来，都不过是因为她低俗而又愚蠢的灵魂导致。于是，这些应该引领我走向阳光下的所有，都被我隔离在我做出任何决定时的思维以外。可能，这也是我之所以站到了所有人的对立面的主要原因。”

乐瑾瑜抬起手，象征性地拍了几下：“两位心理大师都说得很好，你们的所学让你们活得比一般人都要明白通透。但你们有没有想过，作为一个医学院的学生，我当年又是为什么要走进心理学的殿堂呢?”

“瑾瑜，不要说了。”邱凌一反常态地用温和的语调说道。

“我们并不熟悉。”乐瑾瑜轻蔑地看了邱凌一眼，“不管是在过去还是现在。或许，以后我会对你了解得更多一点，不过那是在我仔细地查看过你的脑部组织后。”

“你记得以前的事?”我尝试昂起头，企图用镇定的目光看她。但我实在无力。

“是！我记得。”乐瑾瑜朝我望过来，“之前，我很想深挖自己的过去。我在人前口口声声说道，不想重拾那将我伤得足够深的过去。但始终只是凡人，不可能真正抛却基本的人性。一直到……”

她朝我走过来，站立着的她对于我来说，需要我努力仰视。而她，又有着足够的高度来俯视我，就像俯视卑微的蝼蚁。

“沈非，如我这般的失忆症，其实只是意识世界里筑起了一道密不透风的大坝，将某些记忆完全隔离掉了而已。因为那些记忆里，很多的辛苦，是我的身心灵都无法承载的。我想，我这么解释，应该是没错的吧?”她娓娓说道。

我点头。

“那道大坝，崩塌于昨天早晨。我从楼梯走上邮轮的露天餐厅，第一眼看见你的刹那，便莫名不安起来。紧接着，与你握手，再目睹你的反常，深藏于思想深处的片段一幕幕开始放映。也就是说，那一刻匆匆离开的我，与其说是避开你的无礼，不如说是在躲避与你的直面。最后，我回到房间，缩到了毛毯里。我开始小声抽泣，泄洪后的记忆让我泪流满面。但、但重新审视那一切的时候，我发现，其实你并没有做错什么。并且，你对文戈姐的好，本就是我在那青葱岁月里爱上你的原因。那么，就算文戈姐已经离去，我依旧感动于你的执着，进而痴迷。沈非，”她顿了顿，“其实我在精神病院和邱凌聊过很多次，就像当年我与他在苏门大学诗社里作为朋友时一样。我渐渐明白了他的那句话，并且觉得他说得很好——爱，是一个人的事，与任何人无关，也与世界无关。那么，我爱你，只是我一个人的事，与你无关，也与世界无关。”

我不知道如何应对，只能摇头。半晌，我小声说道：“这不是你要走到目前这一步的理由。”

“哦!”她若有所思地点头，“我想，我应该继续给你说说我在哭泣完了之后的所思所想。”

她一边说着，一边拿起了放在旁边圆茶几上面的一支笔，将笔套拔开。接着，她用笔在被固定着的邱凌的头顶画了一个圆圈。笔的颜色是白色的，经过邱凌的头发与头皮后，线条凌乱。

“沈非，还是应该感谢你俩。在没有了记忆的那些日子里，唯一能够让我沉醉的，是人的脑部世界完美的构造图。我开始痴迷于斯，并领着岩田，找到了过往收藏的脑部标本。你们也知道的，岩田对于犯罪心理学也很痴迷，是天生犯罪人理论的虔诚信徒。那么，在知悉了我的所学后，他的激动会到什么样的程度，不用我给你描绘吧。但可惜的是，我们有天才的脑子、有庸人的脑子、也有多情人与无情人的脑子，甚至还有穷凶极恶的犯人的脑子。唯独缺少的是具备着天才与疯子于一身的人的脑子。而邱凌，正是我们所知道的最符合这些条件的一位。”说到这，她将笔重新套上，扔到一旁：“嗯，邱凌，挺抱歉的。其实应该给你把头发剃光，这样才是真正严谨的科学家做法。不过，那样做了后，你的尸体在之后就算摔得稀烂了，警方也很容易通过你光溜溜的头皮看出你曾经被解剖过的痕迹来。”

“瑾瑜，你到底想做什么?”我努力让自己的说话声变得大一点，“我不希望看到你走到无法回头。”

“哦！我好像忘记给你继续说道我昨天哭完后的决定。”她回过头来，光鲜依旧，但那满头银发，让她显得又如同鬼魅。

“我开始琢磨一个方法，如何让自己真正的忘情忘爱。方法显而易见，那便是在我所沉迷的方向渐行渐远。只有彻底沉醉于对于人体神经系统的研究，才能让我不再拘泥于情爱，得到真正的快乐与满足。紧接着让我猛然想到身边正好有的一个让人兴奋不已的事是，”她伸出手指，指向了地上那狼狈如同砧板上鱼肉的邱凌，“梯田人魔在邮轮上出现了。”

“和我一样激动的，还有岩田介居。他是不是一个坏人，我不敢定论。但他绝对是一个疯子，并且在他过往的生命里，肯定是隐藏着或血腥或灰暗的、不为人知的一面的。这点，我可以肯定，只是我不想去深挖而已。于是，我尝试着将某些大胆的想法透露给他知道，他欣喜若狂。我们本来想着，在将标本放回到灯塔小屋后，便开始锁定你。因为我们认为，邱凌的再次出现，一定会要和你扯上关系的。果然。”乐瑾瑜笑了，“有时候我觉得，一切都是冥冥中注定一般。当我拖着拉杆箱走出酒店后，你竟然会跟踪我。好吧！我承认我并不知情，但你不要忘记了，岩田早就在那小山坡上方等我。站在高处的他，清楚地看到了尾随在我身后的你。接着，他不动声色，招呼我离开，并领着我躲在一个他事先发现的僻静位置，观察你的行踪。但，我们并没有敢跟踪你，所幸我们也并没有等太久，就等到了你再次的出现。在你的身后，多了位穿着黑色套头 T 恤的陌生男人。”

乐瑾瑜抬起手，做了一个尖塔手势，意味着她对于目前这一切具备着足够自信的掌控力。她顿了顿，继续道：“你们朝着灯塔小屋去了。我们第一时间通知了李昊与晨曦岛上的警方。之后的一切，便是你们都知悉的，没必要我再说一次了吧?”

“你们躲藏着的山坡上方出现的命案是谁做的?”我用我微弱的声音问道。

“还用问吗?”乐瑾瑜不屑地看了我一眼,“凶手不是就跪在你面前吗?这具备着嗜血基因的家伙,会放过一丝丝作恶的机会吗?就算是在邮轮上的前天晚上,他不是也没有任何理由地夺走了两个无辜的人的性命吗?”

“山坡上的人不是我杀的,邮轮上被布置出梯田现场的凶案,也不是我做的。”邱凌和我一样,想要将头抬高一点。但支架上那几个固定着他脑袋的塑料托,令他无法摆出他想要展示的嚣张与跋扈。于是,他最终只能翻了下白眼,并继续道:“我已经杀了这么多人了,没必要否定什么。”

“是吗?”乐瑾瑜转身又走到邱凌面前,俯视着他,“那么,我们睿智的梯田人魔先生,不是你杀的,又会是谁呢?”

邱凌却缓缓闭上了眼睛,沉默了几秒,最后睁开眼:“瑾瑜,我可以告诉你是谁杀的,也可以选择不说,因为我不在乎人们怎么看我,也不在乎误解与委屈。现在,我想听你告诉我,你们接下来想要怎么做?只是单纯地摘下我的脑部组织吗?还是有着别的伟大的计划。我想,作为回报,我可以告诉你一点真相,这真相,可能与你现在身边最亲近的人,有着莫大的干系。”

岩田介居

乐瑾瑜再次抬起手,拍了几下:“邱凌,你觉得你把对付沈非的那一套用到我身上,管用吗?”

“是不是管用,不用又怎么知道呢?”

“嗯!好吧!”乐瑾瑜点着头,再次退后,坐到了那把可以同时直面我和邱凌的椅子上,“邱凌,其实你还算幸运的,一个像你这么罪恶滔天的凶手,本该尝尽千刀万剐的痛苦。而我和岩田介居都是学者,我们有着足够的仁慈。所以，等会我们会给你进行全身麻醉，以避免你身体的强烈抽搐。接着，你会亲眼看到，我和岩田的双手在你头顶小心翼翼地敲打，就好像你当日敲断那些无辜女人关节时一样。你还会看到你那有着毛发的头盖骨，被我们放到一旁。接着，你的意识开始变得凌乱，感官变得无常。那是因为我们的手掌会伸进你的头颅，缓缓捧起你那热乎乎，却又冷血的脑子。”

“最后，你的身体会被岩田扛起，从这扇窗户扔出去。肆虐的暴风雨会让你的随风飞舞变得无法惊动任何人。要知道，从这 27 楼摔下去后，你的整个骨骼会碎成什么程度，相信你自己是清楚的。再加上雨丝的洗刷，最终，你今晚为了逃脱法律制裁而悲催的跳楼致死的报告，会是那么的自然与完美，也不会有任何人在意那堆恶心的骨肉中，是否有你那一捧肮脏的脑子。”

乐瑾瑜说这一切的时候始终是微笑的。我却感到惶恐。依稀间，似乎看到一只狰狞的猛兽正在苏醒。它会给自己冠以一个华丽的理由，伪装成卫道士的模样。但是，不管邱凌曾经做过什么，他也不应该成为私刑下的鱼肉。如果说他的灭亡最终是要以世人未知的方式，那么，在当日的沙滩上，刑警们的子弹就应该将这次处决完成。

我张了张嘴，却没有说出什么，我的身体无力，脑子里非常凌乱。我无法将我的所思所想组织成为脱口的语句，因为对于对错黑白，我开始变得浑浊。

邱凌先开口了：“计划挺完美的。看来，我一厢情愿小孩子一般的与沈非较量的输赢，最终被你们用这么一种方式判定出结果，也挺滑稽的。”

“在你理解，这是一个关于你与他之间的结果？”乐瑾瑜反问道。

“不是吗？最起码，你们只是对我的脑子感兴趣，而对他完全无感。”邱凌笑了，满是血污的脸狰狞却又狼狈。

“邱凌，你和他相同吗？”乐瑾瑜加重了语气，“我们将你处死，是对你的惩罚，如同天谴。你逃脱了法律的制裁，也漠视着道德对于你人性的鞭笞。被你杀死的受害者的亲人们，想起他们的女儿抑或是妻子被你蹂躏成的模样，无不揪心刺痛。而你却逍遥法外。”

“好吧!”她顿了顿，“在你临死前，我可以让你知悉没有你的世界中会发生的一些事。在你企图逃跑的过程中，沈医生，会不慎撞伤头部。几天后，他会苏醒，记忆中有一段短暂的空白。所以，关于今晚发生的一切事，都只能以我和岩田的描述为准。邱凌，人们不会深究的，他们都会拍手叫好，说你是咎由自取，罪有应得。至于沈非，就算在之后他记起来了又如何呢？他现在的病历，岩田通过安院长看到了。因为严重的抑郁症与中度的妄想症，他正在接受精神科医生的治疗。那么，他在这段时间里的所见所闻，在司法角度来说，是否能够作为参考？这，不需要我给两位心理大师解释了吧?”

邱凌继续笑着，并努力笑出声音来：“看吧，这就是你们所标榜的正义!”

他正色道：“乐瑾瑜，你觉得我会害怕死亡吗？你又觉得我会惧怕即将开始的开颅手术吗？作为一个天生犯罪人，我的脑部组织与别人有哪些不一样，对我们这些人来说，就算不用亲眼看到，也有书面描述支撑。但是，”

他加重了语气：“但是这不能成为你沦为一个连环杀人犯的帮凶的理由。因为，昨晚在山坡上将那位夜跑的姑娘杀死并伪装成为梯田人魔现场的人，是、”

他眼中的犀利终于回归，望向乐瑾瑜的眼神冰冷到可怕。

“是岩田介居。”

他说到这里的时候，我身旁的那扇通往外面房间的门被打开了。披着白色大褂的岩田介居，微笑着走了进来。他是否听到了我们的谈话，我们不得而知，毕竟一个如他一般专业的精神科医生、犯罪心理学专家，不可能藏不住内心深处的情绪。除非，是他故意想要外人知悉的那些——譬如，他频繁的肢体语言。又譬如，他刻意呈现出来的重度洁癖。

“精卫，我想，我们需要开始了。”他的微笑依旧和蔼，一看就知道是曾经对着镜子练习了无数次的神情。

但这一刻的乐瑾瑜并没有动弹，她的身体停留在邱凌吐出“岩田介居”这个名字的时刻里，宛如被定身了一般。

“精卫。”岩田再次喊道。

她这才回过神来，扭头冲岩田耸了耸肩：“是，我们是要开始我们的工作了，趁着现在其他人都还没有回来。”

“他们没有这么快回来的。要知道，我今天在湖畔礁上闹出来的动静，绝对是够晨曦岛上的警察们和李昊等人忙到半夜的。”岩田走上前，拍了拍瑾瑜的后背说道。

“哦!”瑾瑜回复了最初的冷漠表情，淡淡地说了句：“你在湖畔礁上做了些什么呢?”

“没什么，不过是一个游客被抢走了一个手机而已。接着，他们便拨打了电话报警。日本警方做事严谨，所以，就算今天风雨再大，也是会赶过去处理的。”岩田轻描淡写地回答道。

“是吗？就因为一个手机被抢走的案件，警力不足的他们，就接受了你的意见，邀请李昊等人参与协助调查吗?”乐瑾瑜边说边走向角落，身后的岩田装作没有听清她的疑惑。在那位置，放着她之前背进来的那个大背包。

她有一个细小的停顿的动作，说明在说出质疑时，内心有着变化。但，又很快恢复正常，动作麻利地从大背包里面掏出一件白大褂，快速披上。接着，她双手伸进了背包，抱出一个不小的玻璃罐。玻璃罐里的液体有点浑浊，应该是因为被背着摇晃过的缘故。

她看似无意地瞟了我一眼，眼神中有着一丝丝隐约的东西，被我捕捉到。我敏锐地洞悉到，她在动摇——她对岩田介居所说的话有了怀疑。这时，我猛然间有了一种强烈的代入感，仿佛时空穿梭，我瞬间进入了当日的邱凌的身体里。他在那失去自由的环境中歪着头，或站立或静坐着，看似藐视对手，实际上脑细胞在高速运转着。他不紧不慢地说着话，用话语将面前的人们萦绕。

我闭上了眼睛，似乎明白了自己与邱凌之间究竟差距在哪里。他没有退路，所以不害怕失去，进而全身心地投入到他直面的博弈中。于是，他可以化身为矛，坚硬锐利。他的眼神又化身为剑，径直击向对手不经意展现出来的不起眼缝隙。那么，在他的面前的、有着诸多顾忌的盾，又如何不会瞬间破碎呢？

想到这些后，我缓缓睁开了眼睛。面前的场景依旧狰狞，岩田甚至拿出了一柄粗大的针管，并剪开了邱凌的衣服。邱凌笑容依旧，仿佛这一切都与他无关似的。

是的，他俨然一副淡定的模样，眼睛阴着，嘴角上扬着……

是的，他无视着这一切。

他在看着我。

他始终如同能够将我看透一般，包括我心中的所思所想。他在之前的时间里，已经将乐瑾瑜坚固的壁垒上不起眼的缝隙给我指出了，我只需要进一步钻入，或许就能够瓦解这一场危机。而他自己之所以不进一步做这个工作的原因，自然是因为他明白自己的身份。他的每一句说辞，都会让他的对手防范，并从意识深处开始质疑与逆反。

我再一次闭上眼睛，眼前即将开始的血腥一幕与我的世界隔离。我的感官在收拢，不去采集岩田和乐瑾瑜小声说道的声响……

第十二章
失败者

他说这段话的同时，我的头却微微地歪向了一边。我的身体软弱无力，被收拢在布袋里。于是，对方想要洞悉到的我的内心世界，只能通过我的表情而已。那么，决绝般的坚定，是我此刻必要的呈现。

偏执

我再一次站到了晨曦岛的海边，月色迷人，海浪声声。我深吸一口气，鼻孔里湿漉漉的，滋润着我尚年轻的躯壳。

我扭头，身边是闭着眼睛的文戈。我们的手紧紧握着对方，约定用嗅觉与身体感受海洋，谁也不要率先说话，也不要睁开眼睛。

我苦笑了，转身。我依依不舍地看了美丽的文戈一眼，也滋味难述地看了她身边的我自己一眼。少年人啊，你还不知道在之后的岁月中，你将要经历的磨难。你也不知道你所以为的天长地久，会要崩塌得地覆天翻。

我摇了摇头，朝后走去。因为我知道，在沙滩后面的小树林里，穿着黑色套头衫的邱凌正静静站着。

我走到了他的身边，冷冷地看着他。他在咬着嘴唇，并努力装出无所谓的表情，却又死死地盯着远处沙滩上的过往的我与曾经的文戈。

“你难过吗？”我问道。

他扭过头来，脸上有着若干青春痘留下的疤痕，并冲我故作轻松耸了耸肩：“沈非，你在意我的难过吗？”

我不知如何回答。

他开始掏口袋，翻出一包烟来。但他的手在抖动，以至于烟盒掉到了地上。但他没有弯腰去捡，反倒是一脚将烟盒踢走。

他望向我：“沈非，你是想和我聊聊关于是非与黑白的问题吧？”

我愣了。

他继续着：“你觉得我可恨吗？该死吗？你觉得我就是你所界定的黑色一面中的极致吗？你没有答案，你想不明白。所以，你才会走入到内心深处，来和潜意识中你的认知构建的这个我来对话，询问自己是否应该站到我的同一阵线，来对抗这一刻你认为白到极致一面的岩田和乐瑾瑜，对吗？”

我依旧无言以对。

邱凌笑了，这个笑容没有之后年月中，他笑容中的那种冷漠，反倒带着一丝丝孩子气一般："黑色就是黑色，白色就是白色。这个世界上本来就不应该有中间区域，也不应该有灰色的存在。是的，我选择了黑色，我就义无反顾走向了黑色的极致。而你，自诩为白色，却又时不时动摇，企图明白灰色是白色与黑色之间的缓冲。那么，你拿什么来对抗我？你又能拿什么，去拯救你自己呢？"

我退后一步，扭头望向沙滩。远处当日的我与当日的文戈依旧在那傻傻站着，而身旁的邱凌，继续说道："沈非，不管你做什么样的选择，但你始终必须要有自己的立场。你的矛盾与纠结，隐藏在你看似强大的外表深处，导致了你不时的人格凌乱。你不是想要凤凰般的涅槃吗？那么，勇敢地站起来，用偏执对抗偏执，用极端面对极端。对错与黑白，不是你我能够琢磨明白的。直面与抗争，才是你应该选择的步履。"

我缓缓睁开眼睛，面前的人与事再次清晰。岩田手里多了一把精致的小小铁锤，并拿起旁边的一把银色的锉。乐瑾瑜脸上戴着一个口罩，手里端着之前岩田摆弄着的麻醉针管。

"湖畔礁发生的不是一起普通的抢劫案，而是一起命案。"我缓缓说道。

面前的岩田和乐瑾瑜的身体同时顿住，继而同时转过身来望向我。

"岩田先生今天为了引走看守邱凌的人，确实是煞费苦心。为了达到目的，选择极端的手腕。这，在科学界不是少数，我表示非常地理解，但不愿意苟同。或许，在岩田医生看来，一个普通的游客的死，又算得了什么呢？"我的语气变得越发镇定，嘴角在微微地上扬。

岩田站直了身，他回报给我一个微笑，并耸了耸肩说道："沈非，看来，我需要提前给你服用几颗让你停止思考，记忆也将短暂缺失的药物了。本来，我们想要让你和我们一起，亲眼目睹你的老对手终于覆灭的一幕。看来，你并不珍惜这个伟大的机会。”

他说这段话的同时，我的头却微微地歪向了一边。我的身体软弱无力，被收拢在布袋里。于是，对方想要洞悉到的我的内心世界，只能通过我的表情而已。那么，决绝般的坚定，是我此刻必要的呈现。

“你可以现在就给我服下药物，没所谓。反正就算我亲眼目睹了邱凌受到惩罚的过程，在之后我醒来后，也保留不下这段记忆，意义不大。况且，这一刻让我真正有兴趣的人，反倒是你——岩田介居医生。这两天我也开始了来回梳理，尝试捕捉你在我的世界出现后的种种大事小事与细节。最终，我捋出了个大概。”我顿了顿，用余光观察乐瑾瑜的表情，因为她才是真正的缺口所在。很欣慰，她在认真听，并皱起了眉头。

“沈非，既然你对我们处理邱凌不感兴趣，那么，我现在就给你服下药吧。”岩田边说边抬手往旁边的小桌伸去，那上面有一个小小的药丸盒，里面装着十几颗药丸。我知道，里面装着的药物并没有太多稀罕的品种，但剂量却会是很大。

“岩田，我想听他继续说些什么。”乐瑾瑜的手放到了岩田的手上。

“但是，精卫，你早上自己答应了我，给你与他一个单独相处的上午后，这一页就此揭过了。”岩田柔声说道，“我可以纵容你过去的世界里有他，但不想看到你未来的思想中，依旧挂着他。”

瑾瑜叹了口气，她又看了我一眼，最终咬了咬牙，口是心非地说道：“好吧！翻页吧！反正我也永远记不起那过去的一切了。”

岩田点头，抓起了药丸，朝我走来。

我冷笑，继而笑出声来。岩田因为我的反常而停步：“沈非，你是想用自己的失常来掩饰你的溃败吗？”

我收住了笑，目光直击岩田的双眼，尽管站立着的他俯视着我。

“岩田，你所等待了多年的对抗，最终就是以阴谋与暴力，来诠释胜利吗？”我冷冷地说道，“相比较而言，我与邱凌的溃败又从何说起呢？我们站立在足够的高处，藐视着卑鄙而又笨拙的你。”

“嗯！沈医生，请问，我又有哪里笨拙了？”岩田站住了，目光炯炯地回应着我的直击。

“此刻内心深处担忧乐瑾瑜知悉真相的你，注定了是真正的失败者。岩田介居先生，那么，你拿什么资格来与我对抗，又拿什么资格，来站在邱凌面前，以获胜者的身份沾沾自喜呢？”我尽可能大声地说道。在我的内心深处，有一个火星正在开始蔓延。我知道，燎原的过程中，属于我的浴火重生，正在拉开帷幕。

岩田微笑了，他索性退后一步，单手做出一个请的手势：“继续，让我来听听你所能表述的精彩。这些精彩里，又有什么奇思妙招，能够将我与精卫震撼到，甚至改变今晚的结果。”

“能改变得了吗？”我反问道，“你的下作，在多年前已成常态，连你要好的朋友也对你的品行有着质疑与担忧。你那卫道士的白色长袍下，收拢着何等的罪恶，没有人知道。每一个走近过你的人，对于你的善恶都无法分辨。发生在你身边的对于历史上诸多连环杀人犯的模仿凶案，都看似与你无关，却又那么巧合。岩田介居，你本就是一个极端主义者，从你每天的日常行为细节中，我们都能洞悉得到。所以，你这些天的所作所为，难道你就觉得我们不能够构建出一个大概来吗？”

“嗯！嗯！继续。”岩田再次退后了一步，双手环抱在胸前。他这是又要开始摆弄他那混乱无章的肢体语言，想要烟雾弹般呈现他并不可能有的安全感。

反社会人格障碍

我冷笑，俨然邱凌当日的冷笑。接着，我的鼻孔微微歙张了一下，俨然邱凌当日身处精神病院里被我所捕捉到的唯一细节。

“你应该是在听安院长说过我与邱凌的故事后，就开始对我感兴趣了。又或者，是因为瑾瑜的缘故？岩田医生，你不可能不知道瑾瑜过往的真实身份的，只是你有着某些不可告人的目的，不让瑾瑜知道。但，对于我与邱凌那激烈博弈故事剧情的期待，又让你迫切希望进入到我的世界，仿佛自己也成了那惊心动魄场景的经历者。于是，你才会买了这趟船票，得到了与我的一次所谓的‘偶然相遇’。接着，你实施着自己的计划，让梯田人魔案的犯罪现场在邮轮上得以演绎，你便有了与我认识的机会。”

“沈医生的意思是，邮轮上那摆放得如同梯田现场的凶案的凶手，是我咯？”岩田反问道。

“或许是吧？或许，当时本来你不过是为瑾瑜进入货舱内拿出两份人脑标本把风而已。这时，有了一位落单的醉酒女人，迷路走到了那僻静角落。接着，你突发奇想，将对方杀害。要知道，一个医师想要瞬间让人毙命，是非常容易的。得手后的你快速将现场布置成梯田命案的模样，并回到原处与乐瑾瑜碰面，快速离开。不过，我更加愿意将你的这一随机行凶定义为早有预谋——因为那副放在现场的黑框眼镜。只是，你并不知道的是，真正的邱凌其实并不近视。相反，他的视力很好。之所以长期戴着眼镜生活，是因为他想要让自己看到的世界模糊一点，令自己的正常行动变得畏手畏脚，不至于太过锋芒尽露。”

我顿了顿，瞥见邱凌望过来的眼神中掠过了一丝丝什么，似乎是赞赏。但我没有时间细究，因为我正全身心投入到与岩田的对抗中。包括说出每一句话时，通过对方眼神中一闪而逝的光芒，来判断自己的分析是否正确。

所幸我这一路的表述过程中，并没有在岩田脸上捕捉到嗤之以鼻的神情，他甚至还不时点头。

我深吸了一口气，眼前的一切仿佛在变化。我，化身成为当日那身处铁栏中的邱凌，对面站着的人儿，却肯定不会是如同当日的我一般心思的心理师。

我继续了：“你想要用梯田人魔的再次出现，来吸引到我的眼光。为了在我面前展现出来的第一印象足够符合你给我的设定，你赶在那短短的时间内，将西裤烫得足够平整，诠释着一个一丝不苟的学者形象。在我抵达案发现场时，你故意表现得歇斯底里，将学者的自信与自大演绎得淋漓尽致，并成功将我吸引。在说服戴维的时候进一步与我有了某一种同盟的关系。这一关系，同时又引领着我与你一起深信不论是否邱凌，但连环杀人犯，无处不在。可惜的是，紧接着发生的事情有点打乱了你的计划，又或者说更加增添了你想要的乐趣。那就是——”

我再次看了邱凌一眼，发现他正在冲我微笑，而不是一贯的冷笑。

我无动于衷：“那就是邱凌真的出现在了船上，并在当晚再次杀死了一个无辜的人。”

“沈非，我实在忍不住打断一下。”岩田和我一样歪着头了，“我一直以来都有晚上烫好第二天穿的裤子的习惯，这点你可以问问精卫——哦，你们称呼她为乐瑾瑜才是。她是了解的，毕竟这一年多里，她每天都是睡在我身边。”

我的心被针扎一般狠狠缩了一下，但我并没有任何表现。我突然再次想起了当日的我与邱凌，他所挥舞起来击向我的利器是文戈。但那利器何尝不是一把双刃剑呢？他自己又何尝不会遍体鳞伤呢？

意识到这点后，我越发冷静，身体里似乎真的有着邱凌的行事风格在缓缓苏醒。

“好吧！岩田先生，看来，我依旧是个自以为是的家伙，并没有能够真正把你猜透。”说出这句话的时候，我多看了一眼我正对面那合拢着的窗帘，两片墨绿色的布料之间的缝隙间，我可以窥探到外面的世界。暴风雨似乎还在肆虐，现在距离八戒和古大力许诺的 8 点，越发接近。那么，他们有没有可能在这暴风雨的夜晚穿过晨曦岛，赶回到酒店呢？

我只能继续，我所能争取的也只有多这么一丝一毫的时间而已。

“岩田，我也不可能胡乱地猜测你。晨曦岛上小山坡上的命案，又到底是不是你所作为的呢？这点，应该让邱凌来陈述一下吧？”我沉声说道。

“可以，我也想听邱凌来上几段长篇大论，让我见识一下将心理学运用到了极致的梯田人魔，究竟具备着怎么样迷人的人格魅力，会让沈医生你这种经验丰富的咨询师一而再再而三地跌跟头。”岩田边说边扭头望向了邱凌。

邱凌脸上的微笑瞬间变成了他一贯的轻蔑神态：“嗯！我只是觉得挺骄傲的，就好像回到了苏门大学。那时候，我坐在下面，看着沈非这样优秀的学长在演讲台上，领着文戈与其他辩手大声地展现高贵人格的迷人与辉煌。那时，我像一只丑小鸭一样，羡慕也向往。”他努力着，尽着最大的能量冲我点了下头，但这一动作被塑胶托抵制得万分狼狈。

“如果有来生，我会去尝试接近，尝试融入，而不会是逃避与纠结。”

“邱凌先生，你觉得我会喜欢听你说这些吗？”岩田正色道。

“岩田介居！”邱凌厉声打断了他，“1982 年生，打小就神童得不行，造就了你高傲自大的性格。大二开始参加中日医学交流计划，来到中国。3 年后拿到了东京大学与苏门大学两个学校的毕业证，并直接留在苏门大学。研究生毕业后在海阳市精神病院实习一年，接着被吸纳进了一个中日民间医学协会，得以在攻读博士期间，收获到足够多的临床机会。遇到乐瑾瑜是一个很大的意外，甚至你压根没准备在风城精神病院那种小医院里多呆几天，最终因为乐瑾瑜，而留了半年。”

“所以，”他瞟了岩田一眼，“不管你对瑾瑜是否有着真心的情爱，但对她的在乎却是真实的。或因为感情，或因为研究价值等其他你所看重的东西。”

“他看重的是我的可研究性。”乐瑾瑜淡淡地说道，“之后这研究价值没有了，我所呈现出来的精神医学上近乎于残酷的极端思想，又将他吸引住了。”

“精卫，不是这样的。”岩田摇着头。

“是不是这样，之后你俩躲起来商量。我所要说的是，邮轮上的梯田现场，我没有真凭实据指向凶手就是你岩田介居，但当时的你是在案发现场的。至于晨曦岛上，那把长椅上的女尸是谁的杰作，却是我亲眼所见的。”邱凌的语气加重了，“凶手，就是你。”

“看来，你比沈医生要大胆很多。他的胡言乱语都有个度，不敢太过武断。而你，”岩田摇了摇头，“而你的想象力确实是要比他丰富很多。”

“岩田！”站在一旁的乐瑾瑜出声了。

岩田马上转过身去，似乎他本就在等待乐瑾瑜在这节骨眼上的言语。

“岩田，上船后我看到了你随身携带着一个眼镜盒。你视力很正常，也没有戴偏光镜或者太阳镜的习惯。那么，这么看来，那眼镜盒里装着的，是否就是一副邱凌以前用来麻痹别人的黑框眼镜呢？”乐瑾瑜冷冷地说道。

岩田摆手，动作依旧很浮夸，摇晃着的手上握着那一柄精致的小锤：“精卫，你想多了。再说，你现在难道看不出，我们的对手正在联袂上演一场心理攻坚战，想要瓦解你我的阵线吗？”

“难道，这么久了，你还不了解我，也不信任我吗？”他顿了顿继续说道。

“我不了解你。”乐瑾瑜摇着头，“也从未信任过你。”

“为什么？”岩田反问道。

“因为、因为在我的所有过往记忆都空白的时间段里，脑子里有着的只剩那些没有被感情左右的知识与逻辑。你所做的每一个细节，都能够对应到相关理论对于那一细节的诠释结论中。最终，那些种种诠释出来的你，就是一个完全冷血与冷漠的人而已。或者，也可以说，你那深藏着的反社会人格障碍，在我看来，显露无遗。”

“是吗?”岩田站直了，他的双手再一次环抱到胸前，但这一刻的环抱胸前，已经能够解读为感到不适。因为、因为他有一个细微的动作也被我捕捉到了。

他环抱着的双手的手指伸进了胳膊后面，握着的那柄小铁锤被紧紧收拢。

模仿者

他的这一小小动作自然也被乐瑾瑜看在眼里，但她并没有为之所动，反倒是缓缓说道：“反社会型人格障碍，又称无情型人格障碍，或社会性病态，是对社会影响最为严重的类型。患病率在发达国家为 4.3%—9.4%。该疾病的特征是高度攻击性，缺乏羞惭感，不能从经历中取得经验教训，行为受偶然动机驱使，社会适应不良等，然而这些均属相对的。该疾病的特点主要集中在四个方面。首先，是高度攻击性，这一点，岩田你隐藏得很好，但你不要忘了，我也是一个精神科医生。那些你身上不时展现出来的冲动细节，我都能洞悉到。”

“分析得跟真的似的。”岩田点着头。

“其次，反社会人格障碍的患者是没有羞耻感的。这点，你发展到了极致，并表现为极端的自恋与自大。至于第三个特点，是行为无计划性，这方面看似与你相反，甚至，你可以骄傲地说自己对于各种行事节点苛刻到每一个步骤都必不可少。但实际上，你的高攻击性却又是完全随机的，随时会打乱你那些所谓的计划。所以，我很早以前就将你定义为双重人格和谐共处的典型。甚至，我一度认为你具备着足够的自制能力，能够压抑住体内的另一个嗜血的你。”

“嗯！那第四点呢？社会适应不良。”岩田迎合着乐瑾瑜对他自己的分析。

乐瑾瑜："你觉得你对社会适应力强吗？你每天强迫自己装得那么一丝不苟，装得那么道貌岸然。但真实的你呢？你甚至和你最好的朋友戴维在一起的时候，都愚笨到不知道手脚应该如何摆放才显得松弛。"

这时，跪在地上的邱凌如同自言自语一般念叨了起来："反社会人格患者幼年往往很叛逆，成长后情感变得肤浅而冷酷，脾气不好，自我控制不良，对人不坦率，缺乏责任感。他们的行为受本能欲望、偶然动机和情感冲动所驱使，有着高度的冲动型和攻击性。自私自利，自我评价过高，对挫折耐受力差，遇到失败则推诿于客观或者找出一些自圆其说的理由开脱。"

"他们不愿意寻求医生的帮助，因此心理医生很少遇到这种病患。有时他们被迫来就诊，不过是因为他紧张并认为周围人对他们歧视，"我接着邱凌的陈述继续，"嗯！岩田介居先生，我觉得也没必要给你念叨你的心理问题特点了。况且，如你一般的反社会人格障碍患者，一般都还会具备表演型人格障碍的很多特点。而这几天你的所有作为，不正是自编自导自演着一场自以为精彩绝伦的好戏吗？戏里面，一位真正的心理大师游走在连环杀人犯、精神科医生、心理咨询师三人之间，并将他们玩弄于股掌之间。"

"够了！"岩田说这话的同时，手里的那柄锤子终于被他高高举起，"沈非，就算如此，你们又能将我如何呢？现在这个房间里的 4 个人，有 3 个都有着心理疾病甚至精神病史。那么，最终的司法裁定上，似乎只能以我的最终言论为准吧！"

"况且，"他冲我狞笑，"况且在之后我描述的危机当中，沈非医生被邱凌袭击致死，也再正常不过。毕竟所有人都知道，邱凌最想弄死的人，就是你——沈非。"

说到这，他朝我跨出两步，那柄小铁锤冲着我的太阳穴狠狠地砸了过来。

“不可以。”站在一旁的乐瑾瑜在这时扑了过来。她的双臂一把抱住了我，用自己的身体阻拦到岩田与我之间。

时间突然放缓了，她那银色的发丝挥舞着，似乎企图进入我的毛孔。铁锤砸下，光芒耀眼，与瑾瑜那银色的发丝相映。

紧接着，我看到飞溅出来的血液，圆圆的、点点滴滴……

我想要站起，想要环抱，想要挽救。但，我无能为力，并伴随着身体扭动导致椅子被推倒，狼狈地摔向地面。

恰在此刻，被岩田带拢的那扇房门被人一脚踹开。八戒和古大力两人浑身上下湿漉漉地出现在我面前，他俩大吼着，朝着再一次举起小铁锤向我砸下的岩田扑了过去。但，我变得不再关心，一切对我来说也不再重要。

“瑾瑜！瑾瑜！”我哽咽着呼喊道，也只记挂着这一刻她的伤势与安危。而她的身体和我一起倒在了地面上，那企图紧紧搂住我的手臂，正在变得无力。我直面着她，那眉目、那脸颊，与当日本就没有分别。甚至那发丝、那鬓角，依旧是那望着我微笑的女孩。

她的头颅垂到地上，眼帘正在缓缓闭上。我以为这一刻能够收获到她当日对我的多情眼神，因为她用行动诠释着对我的始终如一。但很遗憾的是，我捕捉到的，依旧是怨恨与责备。

我感受不到周遭的一切了，伴随着瑾瑜眸子中的光芒泯灭的，是我意识的渐渐恍惚。我明白，我身体里的药物正在持续地发挥着作用。它们在企图将我拉入深渊，无法站立。

我又回到了那沙滩上，身旁是文戈。我望了望身后，那片热带树木构建的暗影中，闪烁着的是邱凌灰暗的眼睛。

文戈扭过头来，笑着说道：“你感受到的是什么？”

我愣住了，紧接着意识到自己已经回到了当日，置身于那尚未经历风雨的少年人体内。于是，我只能回报给她灿烂的微笑，因为我们都不会知道之后的离别会是生与死的距离。

“我感受到了自然，生命在其间蠢蠢欲动。”我回答道。

“说得好假。”文戈皱了皱鼻子，“这又是哪本小说里的对白？凭你这点文学功底，一个个字凑，也凑不齐全甜言蜜语的。”

“是吗？”我静静地望着她的脸，在夜色中模糊而又实在。但我不敢伸出手去尝试触碰，因为我明白这一切并不真实，害怕自己的手指接近后，这世界不再。

“我会永远爱着你吗？”我咬了咬牙问道。

“会吧！”文戈点头，“因为你足够执着，也足够强大。”

“那么，你希望我永远爱着你吗？”我再次问道。

文戈的笑收拢了，这时，海风来了，她的长发被掠起，那姣好的脸颊上多了年轮的痕迹，幻化成了几年后失去了肚子里孩童的她的模样。

“我希望你永远爱着我。”她想了想后回答道，“但我又不愿意你永远爱着我。”

“为什么呢？”

“因为、因为，”文戈扭过了头，朝着身后那片树林望了几眼，“因为爱不能是狭隘的，需要胸怀，也需要学会放手。我再如何地珍惜你，再如何地深爱着你，但这份情感，只是我诸多感性情绪中的一种，不是我的全部。那么，我又怎么能够因此而强迫你呢？”

她顿了顿，眉目间如花如画：“爱，是一个人的事。与世界无关，也与任何人无关。我爱你，只是我自己的事。你对我如何，不应该是我要勉强与霸占着的。因为我对你的爱，就必须成就你的真正幸福。可是，我给予不了的话呢？”

“沈非，我爱你。但最终，我不得不承认，我更爱的是我自己，才会选择抛下你，陷入自己给自己构建的深渊里面。但，”文戈说到这，伸出了手，朝着我的脸上摸了过来，“但爱，不是责任，也不是义务。沈非，你必须要幸福，在没有了我的世界里。因为你不能真正幸福的话，那我，就算在另一个世界里，也会心碎心伤的。”

我泪流满面，并尝试将脸颊与她的手掌去接触。

可惜的是，我感受不到她手掌的微温，也感觉不到摩挲带来的柔情如水。相反的，从她那手掌开始，延伸向她的曼妙身姿，都开始化成碎片万千。

“文戈。”我小声呼喊着，并缓缓闭上眼睛。我知道，没了的，终究没有了。而身边有着的，我再不去珍惜的话，那么，不止是对我自己的碾压，同样也是对对方世界的重击。

“瑾瑜。”我小声呼喊道。

第十三章
风暴来袭

所以说，连环杀人是心理疾病中真正无药可救的病例。不管过去多少时间，也不管用了多少药物，都没有可能缓解一个连环杀人犯对谋杀的渴望。

香烟

我们是在第二天晚上离开的晨曦岛，突变改写了事情本应该发展的走向。汪局通过公安部向日本警方提出了需要帮助的诉求，而日方对已经神智迷糊并说出了自己这些年犯下的一干凶残杀戮的岩田介居，也大为惊讶。于是，岩田在第二天就被来自东京警视厅的刑警们带走，因为他所犯下的最轰动的东京大丽花模仿案，一直是东京警方的耻辱。而我们，在晚上登上了日方海警安排的警务船回去海阳。

乐瑾瑜的伤不重，但她一度想要做的事情，却触犯到了刑律。李昊和赵珂与日本警方反复协调，强调了她在之前的邱凌案中，本就有着牵连，才让她没有和岩田一起被带走。之后，她将和邱凌一起，回到海阳市，接受法律的制裁。

李昊他们始终没让我再与乐瑾瑜、邱凌碰面，包括上船后我和他们也是在不同的房间。他们始终担心我会承担不起，但实际上我自己知道，身体里已经熊熊燃起的是一股如何的火焰。它有千万丈，不再惧怕任何打击与不公，也不再有惶恐害怕担忧。

我静静地坐着，手掌搭在旁边的骨灰盒上。其实不管邱凌是否承认，我早就可以猜到这是属于谁身体最后的微尘。至于文戈的脑子，虽已经没有了生命，但我把她放在了窗户上，让她和我一起望向窗外那安静的大海与繁星闪烁的天空。我不知道，为什么汹涌的暴风雨后，总是有着如同回报那一场狰狞的安宁作为补偿。坏与好、黑与白、错与对之间，为何反复与变换会那么的绝对？

“邵波，给根烟。”我对坐在我旁边的邵波说道。

他扭过头来，瞪大眼：“怎么了？要自暴自弃？”

“没什么，就是想抽根烟而已。”我冲他微笑着说道。

“哦！”邵波应着，并从烟盒里径直拿出了根烟，自顾自地点上。他将一根递给了我，另一根直接插进了坐在他对面似乎正在打盹的八戒的嘴里。

八戒如同触电般惊醒，并第一时间用手指夹住了那根香烟：“又怎么了？”

“瞅瞅你那熊样，开根烟给你抽而已，吓得要尿裤子了似的。”邵波笑骂道。

八戒咧嘴笑了：“我这一颗熊心豹胆，会被一根香烟吓到吗？昨晚这个时候，还不是我一招铺天盖地，将岩田那兔孙给直接按倒，化解了一场危机。”

说到这，他似乎突然想起了什么，另一只手做了一个握拳往下挥舞的手势：“没有打不破的困难，也没有攻不下的碉堡，在积极心态的人面前……”

邵波一巴掌拍到了八戒的头上：“中毒了对吧？”

八戒也没反抗，继续笑着说道：“是中毒了啊，爱情让我无药可救。大力可以留下来在晨曦岛上陪着那两个姑娘，我就非得跟着你们一起押解犯罪分子回去，这公平吗？”

邵波瞪眼：“那我问问你，我领着古大力来押解邱凌，他能派上什么作用呢？他就一身肥膘而已，而你，嗯，《蜘蛛侠》里面那句台词怎么说来着，能力什么？”

八戒似乎明白了什么，若有所思地点头。

这时，李昊在门口出现。他表情严肃地迈步进来，眼神中却闪着孩子气朝着身后瞄了两眼。他的声音依旧洪亮：“邵波，拿根烟给我，邱凌那家伙要抽烟。”

“是你想抽吧？”邵波小声说道。

“滚蛋！之前还不是被你拖下水才抽了那么一根吗？再也不会了。”李昊声音更加响亮了，游艇本就不大，隔壁间的赵珂是肯定能够听见李昊的声音的。

邵波笑了，站了起来，将烟盒和打火机放到李昊手上。另一只手将自己那根燃着的香烟塞进李昊嘴里。李昊喜笑颜开，狠狠地吸了一口，烟雾仿佛润进了灵魂深处，一丝都没有逃出来。

这时，他看到了我手里的烟，愣了下："沈非，你这是干嘛?"

我冲他微微笑笑，没有回答。我深吸了一口烟雾，接着吸气，企图将烟雾往心肺里面送去。我开始咳嗽，身体受不了焦油与尼古丁的侵入。

李昊摇了摇头，再次大声："是邱凌想抽烟，日本警察认为犯罪嫌疑人也是人，这些小小的要求必须答应。"说完这话，拿着烟扭头朝门外走去。

我咽了口唾沫，让咳嗽带来的不适得以缓解。我再次吸入烟雾，又再次尝试送入胸腔。我的后背靠着游艇的金属墙壁，那墙壁延伸着，延伸向另一边隔间里。那里，有邱凌，他肯定和我一样靠着墙壁坐着。那里，还有乐瑾瑜，也肯定和我一样靠着墙壁坐着。

"热鬼勒阿比，热鬼瑞房胖地!"站在一旁的八戒冷不丁冒出这么一句。

邵波扭头冲他瞪眼："抽风?"

八戒一脸无辜："之前你说了半截的那句《蜘蛛侠》里面的台词啊。只不过，我刚才说的是英文，翻译成中文就是——能力越大，责任越大。"

邵波哭笑不得："谁教你的啊？这么难听的发音。"

八戒吐舌头："古大力。"

警务船在第二天凌晨抵达海阳市港口，隔好远就看到了那闪耀着的警灯。靠近后，依稀分辨出汪局以及刑警队好多个熟悉的面孔，都站在那焦急地远眺。

乐瑾瑜是最先被带上岸的，赵珂象征性地抓着她的胳膊。她的头上包裹着白色的绷带，在微弱的晨曦中，我远远看她，甚至无法将绷带与她的银发分辨开来。岸上的小雪和另一个高大的男性刑警迎上前，动作麻利地将一副手铐戴到了乐瑾瑜手上。

我的心“咯噔”一声往下一沉，站在我身边的邵波也看到了这一幕，他将我叼着的烟点上，小声说道：“应该就是个缓刑吧？毕竟之前乐瑾瑜作为精神病院医生带走邱凌的时候，邱凌的身份也只是她医院里的病人而已。晨曦岛上那一场，她是属于犯罪中止，也没有造成严重后果。”

“是的。”八戒也一本正经地说道，“未遂而已，这个叫做犯罪未遂，没多大事的。”

邵波白了他一眼：“犯罪中止和犯罪未遂是两个完全不同的概念，不懂就别瞎说。”

八戒没再吭声，因为这时，镣铐声响起了，声音的来源，就在我们这一刻所站着的船上。

哗啦啦……哗啦啦……金属与甲板碰撞的声音，在这安宁的港口，显得异常悠远。我想起了第一次见到邱凌的那天，首先捕捉到的，也是这镣铐的声音。那一刻的我，把自己不想接受的变故隔离在意识世界以外，衣冠楚楚地端坐在市看守所的审讯室角落里……

两年多了，距离第一次看到邱凌已经两年多了。

我扭头，朝着声音传来的方向望过去。只见伴随着镣铐声，两个高大的日方警察架着邱凌缓步而出。他的身材明显与当日有了很大的区别，不再高瘦修长，这一年多的逃亡生活中，可能也经历了太多不为人知的艰难苦楚。对于他来说，又都是咎由自取，因为他的罪恶，理应千刀万剐。

但，我依然觉得心中隐隐不得劲。

“我可以和沈非说几句话吗？”他看到了我，朝着站在甲板上的李昊说道。

“你觉得呢？”李昊挥着手，低声吼道，“带走！”

"你是汪局长吧?"邱凌一扭头,对着不远处站在岸边的汪局喊道。

汪局没有应,甚至一扭身,就要往身后的警车里面走去。

"汪浩,59 岁。"邱凌再次大声喊道,"18 岁入伍,参加了中越战争,两次三等功,一次一等功。23 岁复员进入海阳市邮政局担任保卫科干事,之后升为副科长。在破获 1982 年 1201 号特大电缆盗窃案中,因为出色的表现,被调入海阳市公安局。同年被送到北京参加全国公安系统刑侦大练兵集训,半年后回到海阳市公安局进入刑警队工作,陆续担任刑警、副队长,再到队长。2004 年升任副局长,依旧分管刑侦。2007 年曾经被调入政法委,被作为重点干部培养。2007 年底的刘永成特大流氓团伙案,你又临危受命,回到公安系统,亲自带队将刘永成团伙瓦解。2008 年你正式升任海阳市公安局局长,分管刑侦。同年被授予全国公安系统一级英雄模范奖章。可惜的是,本应该去领奖的时候,你的女儿因为乳癌不幸去世……"

本已经转身的汪局回过头来,将邱凌打断:"嘿!邱凌,看来,你对于你的每一个对手,都做了详尽的研究。"

"也没有全部。"邱凌左右环顾了一下,"这里在场的,有七八个是我足够了解的。可惜的是,还有好几个我以为会被调入属于我的专案组的优秀刑警,没有成为我的对手。"

他的目光环视后,最后落到了我的身上:"当然,我了解得最多的,还是沈医生的资料。现在在场的各位,应该对我的故事都有大概的了解吧?那么,你们认为,我如果不配合你们的进一步侦查的话,如梯田人魔案这么复杂的连环杀人案,送检时候的资料,会要逊色多少呢?"

"你是在和我们谈条件吗?"汪局往前走出几步,岸边本就比船要高了很多,有着足够气场的他,俯视过来的威严气势,让人觉得好像是不怒自威的雄狮,"邱凌,再如何错综复杂,你的末日也已经指日可待。以前你还可以钻司法的空子,可现在呢?太多的证据已经证明了你是一个处心积虑的极度危险重犯。那么，你觉得你将你罪行的细节掩盖，就能够成为你拿来谈判的条件吗?”

“汪局，我并没有想要和你做一次交易，败在你们手上，我也心服口服。实际上我的要求并不过分，我只是想要当着你们所有人的面，和我的旧识、我的学长沈非道个别而已。你可以理解成为这是我的一个哀求，作为回报，我会让你们对我的案子的深挖变得轻松容易。”邱凌抬着头不紧不慢地说着，“可以吗？到了今时今日，我也早已回天乏术了。”

“邱凌，实际情况是，你不配和我们谈任何条件。”汪局的目光炯炯，沉声回绝。

“汪局!”我不自觉地朝前迈出一步。

“沈非，你又想干嘛?”站在不远处的李昊厉声问道。

我没有应他，继续对着站在岸边的汪局说道：“让他和我说几句吧。”

“为什么?”汪局还没等到我话落音，便大声质问道。

“因为是你们让我介入邱凌案的。”我的理由那么的勉强，但我不知道从哪里来的自信，声音异常洪亮。

汪局愣了一下，他沉默了几秒，最终冲甲板上的我点了点头，接着对邱凌说道：“这是沈非的要求，作为回报，你刚才答应的，也必须全数做到。”

“没问题。”邱凌应着，继而扭头朝我望过来。李昊大步上前，从那两个日方警察手里，将邱凌胳膊扭住，朝我慢慢走来。之所以无法大步，因为连在邱凌的手铐与脚镣之间的那根细细铁链很短。邱凌只能弯着腰，脚步碎碎，狼狈得让人觉得滑稽。但，越发近了的同时，我看见他的眼光中，有着一丝丝诡异的微笑。

我定了定神，迎了上去，最终在与他一米远的距离停住：“说吧。”

邱凌冲我微笑，他脸上的血污早被洗掉，没有戴眼镜的他，显得比以前要凶悍很多。或者，我也可以理解成，他终于展现出了自己作为连环杀人犯的一面。

恶的理由

他就这么微微笑了有十几秒，在场的所有人，包括岸上的刑警们，眼睛都死死地盯着他。最后，他终于开口了。

“沈非，这不会是结束。”

“靠！我还以为会要说啥呢?”站在我身后不远处的八戒骂道，“真酸。”

但站在邱凌身旁的李昊却猛一扭头，死死地盯向他。

“又会是个什么样的开始呢?”我反问道。

“李大队，你不要这么紧张。”邱凌反倒是朝着李昊笑道，“我所说的结束与开始，与我自己已经没有关系了。”

他又望向了我：“反倒是对于你来说，是一个新的开始。”

我不明白他的意思，但同时也清楚，实际上我不需要去深究他的语句里，是否有着他想要表达的何种深意。之前时日里，就是我自作聪明地企图揣测与洞悉那些深意，导致自己的一再被陷入。

“你不是一直想知道关于文戈高中时期，是否真的有犯下过那场罪恶吗?”邱凌继续微笑着。

“如果你愿意说的话。”我点着头。

邱凌：“嗯，可能，我们以后不会再有见面的机会了。你不是公检法人员，也不会再有关于心理学精神病这些问题出现在我之后的预审、送检与审判程序中。对了，开庭的时候，你可以坐在下面旁听一下，顺便去瞅瞅我。不过呢，也可能没机会了，因为我这案子不一定会公开审理。”

“你想要表达什么?”我问道。

“好吧！我只是想让你知道。围绕着我的一幕，已经全部结束了。属于你的舞台，却是刚刚搭建了起来。你我这一场博弈，注定会成为心理学与精神病圈子里津津乐道的话题。诸如岩田介居一般的疯狂到极致的家伙，会陆陆续续出现在你的世界里。他们不一定都会像岩田那样狰狞凶残，但，”邱凌顿了顿，笑容竟然让人觉得灿烂，如同个多年的好友在与他兄弟聊天一般，“嗯！但你会很忙。”

“你还是没有告诉我，关于文戈高中时期那件凶案的真相。”我终于忍不住问道。

邱凌的笑僵住了，接着，他缓缓地摇头：“沈非，你觉得我一直以来，是想要惩戒报复你吗？”

我竟不知道如何回答。自始至终，他做过伤害我的事吗？尽管与他交锋的过程中，我遍体鳞伤，尽是让我会要发狂疯癫的桥段。但……

我摇着头：“没有。”

邱凌努力伸展了一下脊背，但因为镣铐，他无法站起。于是，他只得故作轻松地耸了耸肩：“本来就没有。”

一旁的李昊有点不耐烦了：“快点，最多还给你 5 分钟。”

邱凌叹了口气：“沈非，自始至终，你都没有犯错。错了的，都是我一个人而已。”

“我一直知道自己配不上文戈，从第一次见到她开始。于是，我打从小时候开始，就给自己代入了一个自认为伟大的人设——做她永远的保护者，守护她一生一世的幸福。”邱凌说到这，摇了摇头：“爱，是我一个人的事情。不是吗？和你们全数无关。我愿意隐身在暗处，化身成为文戈的影子。任何想要伤害她的人与事，都注定会要灭亡。”

邱凌扬起脸来：“她爱上了尚午那个道貌岸然的家伙，我心碎心伤，没关系。但尚午的拒绝，让文戈受伤落泪，就需要我来帮她做些什么。于是，阻碍在她与尚午之间的晓茵老师，被我杀死了，就好像杀死那只流浪的野猫一样。也是那一晚开始，我发现我在犯罪这一技艺上，竟然具备着惊人的天赋与缜密的心思。但是，尚午并没有因此而接纳文戈，反倒是离开了文戈的世界。我开始迷糊，不明白为什么文戈这么好的女孩，竟然会有人要拒绝？”

“也是那天开始，我做噩梦了。杀人的负疚感困扰着我，导致我高考的失败。我眼睁睁看着文戈独自走向我无法保护的一片世界，万分愧疚。我反复告诫自己，那一场谋杀不应该扰乱我的心思。最终，我灵魂深处的冷酷得以苏醒。一年后，我终于走进苏门大学时，你却已经出现在了文戈身边。因为晓茵老师的事，文戈开始回避我。因为她心里有着分寸——如果说晓茵老师的死确实有个凶手，那么，那个人只会是我。”

邱凌笑了笑：“沈非，我没敌视过你。以前，现在……我默默祝福你们好，也用了几年的时间自以为是地躲在暗处审视你是否真心对文戈好。那同时，青春期的我又非常矛盾，一度想着文戈会否有所改变。爱不是占有，但那时候的我有着妄想。然后，你们毕业了，我豁达了。爱可以放手，你足够优秀。”

“之后，便是文戈的离世，我的世界彻底崩塌。她心底有个结，她所认为的自己最大的恶——那便是晓茵老师的死以及尚午的悲痛欲绝。尽管一切不是她做的，但是她知道，原因都是她。于是，处于重度抑郁症期间的她，放大了这一番自责，最终选择了自杀。而真正的凶手——我，却站在远处，仿佛一切都与我无关。”

他再一次摇头：“接下来，就是你知道的一切了。我不但要杀死尚午，更需要为远在天国的文戈拯救你。如果她看到你在她不在的世界里，过得如此的可悲可怜，那么，她会难过伤心的。”

说到这，他抽了下鼻子，无法抬起的头朝着我身后的骨灰盒与玻璃罐望了一眼：“我已经辜负了她太多了。无法令自己优秀，成为她喜欢的模样。无法一如既往地默默守候，以为她足够幸福了，我自私地追求安逸与稳定。我又无法洞悉尚午那种家伙的罪恶心思，疏忽了他在黑暗角落里放出的暗箭。我也无法以身殉难，用我肉身去抵换文戈的肉身承受的苦难。最终，我想，我终于想出了我能够为文戈做的什么了。我相信在她的最后一刻里，眼眶里肯定有着满满的眼泪，那些眼泪又都是因为舍不得你而汇聚的。那么，天国的她可能唯一的期许，就是你——沈非，在没有她的世界里，好好地过。”

“但是，”邱凌望向我，眼神中曾经的狡黠、奸诈、反复等全数消失了，剩下的反倒是真实与诚恳，“但是，你却沉沦了。所以，我想不明白，为什么一度那么优秀的你，会承受不起挫折呢？连我这么一个有着天生犯罪人基因的家伙，都能够勇敢面对了，而你、而你沈非，怎么会这样呢?”

“于是，就有了你与我的这所有的对抗?”我小声说道。

邱凌点头：“你可以这么理解吧，不过，”他叹了口气：“不过我当时认为自己最先要做的事情，是让尚午受到惩罚。同时，我也有着小小的愿景，希望你真的会因为李昊而介入这个案子。那么，对于我来说，就是完美。”

他笑了：“最终，一切都是那么完美。当我在审讯室里第一次见到你的时候，我那摆放在审讯台上的手有着细微的抖动，相信那一细节被你捕捉到了。但是你不会知道的是，那抖动，是因为无法抑制的兴奋。”

“邱凌，你说完了没有?”我将他打断。

“说完了。”他应道。

这时，在他身旁的李昊作势要将他往后拉扯，但邱凌却用力甩了一下：“李队，不差这一两分钟吧?”

“你还有什么鬼把戏快点使完。”李昊瞪着眼说道。

“沈非，答应我，将我的骨灰埋在苏门大学后山的那棵大树下。”邱凌的眼眶中开始有了闪光，我知道，是眼泪。他继续着：“沈非，我对文戈的放手，就是在你俩真正走到一起的那棵大树下开始的。最终，我希望、我希望我的故事也被埋葬在那。”

“真磨叽。”李昊骂道，并一把抓着他的手臂，往另一边走去。

“沈非，答应我。”邱凌想要扭头，但因为镣铐，注定了他无法完成这个动作，“算我求你了。”

他最后的语调变成了哀求，但我并没有回应，反倒是僵在原地。我突然间觉得很失落，一个在之前将我压迫到喘不过气的对手，终于褪下了属于他的层层迷雾，泯灭了属于他的重重光环，最终屈身在深渊里，对我开始了狼狈的哀求。

我不知道应该如何回答，也不知道自己究竟是该拒绝还是应承。

我想要转身，但目光还是伴随着邱凌这一刻已被带到岸上后的背影游走着。猛然间，我看到了乐瑾瑜，她被小雪搀着，站在警车边正望着我。距离太远的缘故，我无法看清她脸上的表情，也无法捕捉到她眼神中闪烁的是什么……

我冲她扬起了脸，小声地说了句：“瑾瑜，我等你。”

距离太远，我的声音太小，她不可能听见的。但是，我记得她是会唇语的，可这一刻船上的灯光也并不是那么的明亮，两人的距离也不近。那么，她能够看到吗？

我想，她是能够看到的。因为这一刻的她摇了摇头，然后将头扭向了一边。

风暴

1957年，加拿大多伦多市的17岁少年彼得·伍德科克杀害了两名男孩和一个女孩。被捕后的他，呈现出诸多精神病人的症状。之后，他被送去进行司法鉴定，最终被认定为有严重的精神病。彼得被判处无罪，被送入精神病院进行强制治疗。他的治疗可能是终生，因为他具备着高攻击性，脑部的额叶与颞叶的功能低下。通常来说，这两个部位是与自控力、同理心密切相关的。这些部位的活跃程度低下，暗示着患者缺乏道德推理和抑制自身冲动的正常能力，也是类似于彼得这样的罪犯拥有不人道的暴力犯罪记录的原因。

在之后35年的治疗中，彼得的年岁也在一天天变老。他的青春与壮年都在精神病院的围墙下被磨尽，眼光中的杂乱与宣泄终于消亡。54岁的他，甚至有了提早来到的衰老与让人觉得可悲的慈祥神情。

医院认为彼得的病情已经缓和，并开始准备让他逐步重返社会。1991年7月13日，他获得了一张通行卡。彼得可以用这张通行卡离开精神病院3小时，在小城里漫步一会。医生甚至还微笑着告诉他："老彼得，你可以去买一份你这些年最想吃的鸡肉披萨尝尝。嗯！如果你没吃完的话，你还可以让服务员给你打包，带回精神病院里你的病房，到晚上再继续享用。"

彼得微笑着点头，有礼貌地对医生说了谢谢。他和医生护士们挥手，抬头看了看医院门外的天空。35年了，这天是他第一次走出医院，多么让人激动与兴奋啊。

10分钟后，彼得连砸带砍地将医院里面的一个病人杀死，并将其拖入一处隐蔽的灌木丛里，对尸体进行了猥亵。然后，他手里拿着那张通行证，走向小城里的警察局自首。

所以说，连环杀人是心理疾病中真正无药可救的病例。不管过去多少时间，也不管用了多少药物，都没有可能缓解一个连环杀人犯对谋杀的渴望。

只有继续杀戮，才可以安抚他们心中的恶魔。也就是说，邱凌心中的恶魔，一旦开始，就永远不会停歇，对于他的怜悯，岂不就是对于恶魔的纵容。

距离邱凌被捕已经过去11个月了，这11个月里，我多了两个习惯。

首先，我开始了晨跑，不管刮风下雨，也不管身体有着某些毛病。因为我想要将思想中那些灰暗的东西磨掉，但那一段段布满着血腥的记忆又都那么刻骨。于是，我开始迷信运动，相信身体的一天天强大，最终会完成自己精神世界的茁壮。

另一个习惯，好吧，或许应该说是毛病——我开始抽烟了。尼古丁是否真能够带给人快感，这一年里我并没有感受出来。但我告诉自己，我需要的只是这么一个习惯而已。之前的年月里，我拒绝着任何可能会要上瘾的东西，强迫自己的世界充满自律与规则。最终，事实证明了，这些自律与规则被打破是那么的容易。

于是，我需要缺口，需要坏习惯来放纵自己。也就是说，我终于学会了自我调节，学会了释放和解压。

我很少去诊所了，陈蓦然教授与另外几位同事帮我将诊所经营得井井有序。偶尔，我会回去看看，曾经的病人指定需要我出诊，我也都推给了其他人。我总觉得，一个无法拯救自己的人，又如何能够拯救别人呢？

12 月的海阳市，终于也凉了。瑾瑜在 10 个月前被判处了 1 年的有期徒刑，罪名是故意伤害。本来大伙还想着她可能能够适用缓刑，市精神病院甚至还去风城精神病院给她开具了当时解离性迷游症的病历。但这姑娘在法庭上的态度与让人们不寒而栗的对社会的冷漠表情，让法官不断摇头。最终，她接到了属于她的判决书。因为刑期不够 1 年的缘故，她被留在看守所里面服刑。

我差不多每个月都去看她两三次，但她对我的态度始终不冷不热。我知道，要让冰块融化，不可能一朝一夕。并且，我已经将自己的家给布置了一番，甚至给她整理出了一个房间。我告诉她："等你回来后，就先住在我家。之后我们可以尝试说服卫生局的那些官员，并出具你当时精神状态的报告书，看能否争取再次拿到你的心理咨询师证。"

乐瑾瑜微微笑笑，那银色的短发让她显得有些苍老。她将头扭向一边，喃喃地说道：“再说吧！还有那么久。”

久吗？我望向窗外，眼光暖暖，尽管外面很冷。

今天，是她刑满释放的日子。我一早等候在花店门口，接过了花匠给我精心插好的一束花。然后，我开车驶过这座城市，朝着看守所开去。

就在这时，我的电话响了，是李昊打过来的。

“沈非，在去接乐医生的路上吗？”李昊问道。

“嗯！有点堵车，我可能会迟到十几分钟。”我看了看车上显示的时间——9 点 11 分，然后笑着对话筒那头的他说道。

“想不想多听一个好消息。”李昊接着说道。

“赵珂怀孕了？”我连忙问道。

李昊在那边顿了顿：“哪壶不开你就提哪壶对吧？”

我讪笑：“那是什么好消息。”

“是邱凌。”李昊继续道，“他的判决书下来了，死刑。”

“哦！”我点着头。实际上，他最终被判处的结果，所有人都能够猜到。但他的案子因为涉及周期长，需要的取证等工作也非常复杂，所以用了 8 个月才到检察院并提起公诉，上个月才开庭。邱凌自己没有猜错，对于他的审判没有公开，因为太多受害者的惨死，会令公众在重温一次后依旧惶恐。李昊告诉我，邱凌在法庭上一如既往地歪着头，微笑着望向检察官、法官以及配给他的律师。他没有对自己的所有罪行进行反驳，一一认罪。刑警们一度以为他在最后的陈述上，又会用他惯有的方式进行长篇大论。但事实上，他什么都没做，只是环视了一下身后坐着的稀稀拉拉的人们，直接选择了认罪。

“那什么时候执行死刑呢？”我平静地问道。

“很快吧！死刑到最高院只是复核，终审判决书最快也就一二十天吧。”李昊答道。

“嗯！”我没再细究，选择了结束这次通话。

前方拥堵的路口终于畅通了，接下来通往看守所的公路车流很少，不会再出现堵车的情况。我深吸了一口气，放在后排的桔梗与玫瑰拥簇着的花香，将车厢充满，一段新的生活即将开始。而过去的那一页，有着邱凌的那一页，也终于尘埃落定。无论邱凌对于我来说，应该如何定义。但他是罪恶的化身，是恶魔临世。

10分钟后，我开到了看守所外。我将车停在外面，下车，从后排抱出那一大束花。我知道，乐瑾瑜在看到我，也看到花的时候，表情依旧会和这11个月里一样，始终的冷漠。但她内心深处，不可能会没有欣喜。我想，就算自己做的这一切，只能够换回她嘴角的一次微微上扬，对我来说，也是很好，因为，它寓意着属于她的新生，也在拉开帷幕。

我朝着看守所的大门走去，嘴角往上扬着，内心激动着……

但这时，我猛然发现，在看守所的门外，一台黑色的商务车安静地停着。车上并没有人下来，但司机位置的窗户半开着，一个戴着鸭舌帽的男人在和车窗外的人交谈。而车窗外的人，穿着一套灰色的衣裤，手里拿着一个牛皮纸的档案袋，银色的短发随意披散着。

是乐瑾瑜。

我大步朝她走去，并张嘴喊道："瑾瑜!"

她扭过头来。与此同时，商务车的车窗也缓缓往上合拢了。

乐瑾瑜朝我迎了过来。她看到了我手里的花束，目光甚至一度集中在花朵上。我以为自己会在她的眼神中捕捉到喜悦，哪怕是一丝丝都可以。但不得不承认，经历了种种后的她，已经学会了收拢自己的情绪，不会让人捕捉到丝毫了。

我将花朝她递了过去，笑着说道："想不到你这么快就办完手续出来了。"

"嗯!"她应着，并伸出手，将我手里的花往前推。

我愣了一下，接着连忙讪笑道："走吧！我先领你去吃个早餐。我想，你一定会想要在今天这个日子里，吃得饱饱的，然后彻底放松睡上一觉的。”

“沈非!”瑾瑜将我的话打断了，“其实……”

我依旧笑着，有着某种不好的预感。

“其实……”她再一次看了看那一束花，接着摇了摇头，“其实我和你并不是很熟。”

“但是，”我想要反驳。

“事实如此，你我这些年又真正接触过多少次呢?”她耸了耸肩，“你甚至连我还有一些什么亲友都不知道。”

“你不是、你不是没有亲人了吗?”我结结巴巴地说道。

“我只是没有父母而已，并不代表我就没有亲人。并且，”乐瑾瑜扭头看了一眼那台黑色的商务车：“并且就算我没有一个亲人了，我在你与我人生轨迹没有交集的那些年里，也会有朋友啊！所以……”

“瑾瑜!”我打断了她的话，因为我猜到了她将要说什么，“能弥补吗?”

“你觉得呢?”她又一次看了看我手里的花，“你要送我玫瑰和桔梗，但你了解我喜欢什么样的花吗？你不了解，于是，你选择了你觉得我会喜欢的鲜花。但实际上，你真的明白每一种花所诠释的花语吗?”

她叹了口气：“沈非，可能，你认为象征希望的桔梗会是在我新生的日子里面，让我欣喜的花朵。桔梗的花语是诚实的爱、永恒与不变的爱。但实际上你真正将这种爱已经献给了文戈姐，我配拥有它吗?”

“并且，”她闭上了眼睛，几秒后缓缓睁开，“沈非，并且桔梗的花语还有第二层意思。它是要让人明白，爱的绝望。是的，桔梗的第二种花语是，”

她转身了。

“是无望的爱。”她淡淡地说道。

她朝着那台商务车大步走去，并径直拉开了那台车的后门，跨了上去。

我静默在原地，不知道要如何是好。我憧憬了快一年时间的再次见面，结局是自己的如此狼狈。

我有点尴尬，微微笑笑。

就在这时，我的电话再次响起了，是陈蓦然教授打过来的。

“教授，诊所里有什么事吗?”我问道，眼睛却继续盯着那台黑色的商务车。

“没什么重要的事，是你的两位师兄，”教授顿了顿，“你记不记得我给你说过这些年我最看好的学生里面，有两位在心理学研究机构里面工作吗?”

“嗯！有印象。”我应着，眼前的那台商务车启动了，缓缓倒车，又缓缓转弯，最终，朝着看守所外的公路开去。我看到那车不是海阳市的车牌，而是苏门市。难道，瑾瑜即将彻底离开这座城市，离开我的世界吗?

“他俩来海阳市了，并希望找机会和你碰面聊聊。”教授继续说道。

但那一刻的我，心却是在往下沉到深渊。我的双腿沉重，似乎已经迈不开了。我笑笑，又自顾自地耸了耸肩，似乎这样能够缓解自己的狼狈。

“沈非，你在听吗?”教授问道。

“我在。”我应着，并将花束夹到握着电话的手的腋下，腾出另一只手伸进裤兜里，在烟盒里摸出一根香烟叼上。

“哦！你愿意见他俩吗?”教授顿了顿，“应该会和你挺聊得来的，他们和你一样，都很优秀。”

“好吧！您安排好时间，提前通知我就是了。”我应承着，期望快点结束这次对话。

“那行，我和他们回个电话后再回你。”教授说完挂了线。

我转身，朝着自己的车走去。我摸出打火机，想要点燃香烟，但打了几次火都打不着。

我站住了，闭上眼，深吸了一口气，继而吐出。

我朝着一旁的垃圾桶走去，将花束扔了进去。我再次打火，依旧没有火苗燃起。我低吼了一句：“滚！”接着将打火机重重地摔到地上。

打火机发出爆炸声，并瞬间四分五裂。

我再次站定，闭上眼，深吸气，继而吐出。

我笑了。难道，我还能被这反复戏谑我的人生再次打败吗？

我朝着车大步走去。

这时，电话又一次响起了，还是教授。

“老师，这么快就约好了吗？”我的语调不再低沉，而是轻松随意。

“是！他们今明两天没空，说是苏勤有一个亲戚，之前因为感情纠纷闯了祸被判刑了，这两天出狱。所以，约到了下周二晚上。”教授顿了顿，又补充道，“苏勤就是他们中的一位，司法精神病学专家。另一位叫做蒋泽汉，一个专注于大脑神经解剖学的神经学学者。”

“哦！我点头，觉得这桥段似曾相识。”脑海中一晃而过的是岩田的微笑。

“对了，乐瑾瑜也是这两天出狱吧？”教授突然问道。

“是的，她是今天出狱。”我答道。

“你会去接她吗？”

“没……”我的脑子里突然跳出一系列念头，又有着一条线将它们在快速联系到一起，“老师，之前您不是说他们不在海阳市吗？那他们这两天要接的亲戚，应该也不是在海阳市服刑吧？”

话筒那边有了短暂的沉默。半晌，教授的语调开始变得有点奇怪：“是，他们这些天是在海阳市。并且，他们要接的那位亲戚，也是在海阳市。”

“他们、他们是来自苏门市？”我脑海中的画面定格在接走瑾瑜的那台黑色商务车的车牌上。

“是的，他们来自苏门。”教授应道。

“好吧！下周二见。”我没再多说，径直将电话挂了。

我抬起头来，冬日里 9 点多的太阳，暖暖而又迷人，邱凌之前的那句话在我耳边开始回荡。

“这，不会是结束。”邱凌在那天是这么说道的。

尾声

接到判决书时的邱凌，嘴角依旧往上扬起。他看了面前法庭派来看守所里宣读判决书的法官和书记员一眼，觉得他们的表情凝重显得那么的好笑。即将被枪毙的人是我邱凌，又不是你们。那么，为什么你们不会笑笑呢？非得让气氛这么严肃干吗呢？

“是不是我今天又要换个监房了？”邱凌冲一旁的看守所管教干部看了一眼说道。

“是的！”站在门口的管教干部点着头，“邱凌，你得乖乖的，剩下这一二十天不会有人为难你的。”

“邱凌，你要不要上诉？”之前读判决书的那年轻法官冲着邱凌问道。

“哼哼！随便。”邱凌想挺起胸膛，但这一年时间里，手铐与脚镣之间那根短短的铁链，让他的脊背始终弯曲。或许，之后年月也不可能挺得起来了。

想到这，邱凌又笑了。还有之后吗？

他依旧微笑着，跟在管教干部身后。在之前被关的 5 号监房门口，邱凌接过了自己的被褥衣裤。然后，缓缓被带着朝监区深处走去。

10 号监房的门被管教干部打开了。

“学习员马东。”管教干部喊道。

坐在通铺上一个高大的光头连忙站了起来："到！干部有什么指示?"他探头看到了管教干部身后戴着镣铐的邱凌："不会是要让我们看死鬼吧?"

"也就一二十天，估计月底就被带去上路了。"管教干部说道。

"好吧！10监房一定好好表现，管好这位即将被枪毙的大兄弟。"这叫做马东的光头笑着应道。

邱凌没有多看他一眼，他本就对监区里面的其他罪犯都打从心底里看不起。于是，他将自己的被褥衣裤对着地上随便一扔，缓缓朝里面走去。

"看好他!"身后铁门被管教干部关拢了。

邱凌缓步走到监房的通铺最中间的位置，被判处死刑的罪犯都是要睡在这里。因为这个位置是监房的中心，其他囚徒随时可以看到他的一举一动。很多死刑犯在最后日子里状态会很不稳定，所以，看守所在他接到判决书后，会让他换一个监房。因为不能担保他在之前监房里是否与某些人有过隔阂与争吵，然后在最后时日里，对那些人做出过激的举措。

"死鬼，我们监房和其他监房不一样。可能，你在其他监房，里面的学习员会组织大伙对你好言相劝，慈悲对待。但是在老子这里，你就得给我乖乖的，别整什么幺蛾子。否则……"叫马东的牢头狞笑着对邱凌说道。

"否则怎么样?"邱凌坐到了通铺上，扭头问道。

"否则一样把你打个半死。"马东恶狠狠地说道。

"哦!"邱凌应着，回过头看了看地上自己的衣物。接着好像想起了什么，朝着那堆衣物走去。

马东站起了，大步走到了邱凌面前："死鬼，你还没告诉我你叫什么名字。"

"我吗?"邱凌弯着腰，脊背无法伸直，抬头的动作有点滑稽。

"赶紧说!"马东不耐烦起来，并扬起了手掌，作势要抽耳光到邱凌脸上。

邱凌笑了：“我叫邱凌，梯田人魔邱凌。”

马东愣了，不由自主地往后退了一步，嘴唇甚至还抖动了几下。就在他这没有晃过神来的瞬间，邱凌突然间将头往前一撞，砸到了对方的鼻梁上。黏稠的血瞬间喷溅了出来。紧接着，弯曲着的他像是一头矫捷的猎豹，快速做了个微微向上跳起的动作，将手铐一把套到了马东的脖子上，并往回用力一拉。

“死刑犯要杀人了！”整个监房里一下炸了锅，但没有人敢上前来，因为邱凌的名字，就足以让很多人感觉毛骨悚然。

到管教干部冲回来的时候，只见被邱凌锁着脖子倒拖到角落的马东脸色已经变了，双腿甚至已经只是轻微地抖动了。而其他囚犯脸色煞白，没有人敢靠近。

邱凌被电击倒在地上。

当晚，他被关进了禁闭室。

“你这剩下的十几天，就一个人呆着吧！”铁窗外传来怒吼声，“一个不留神，差点又让你这家伙多带走一条人命。”

邱凌笑了，他缓缓躺下，望向上方那小小的窗户，窗户外是完整天空的一个小小剪影。

“又是一年过去了，或许，自己看不到明年的春了吧？”邱凌自言自语道。在地下世界里的那一年里，他养成了这个自己对自己说话的毛病，就好像是身体里的两个不同的人格在开始对话。

“对了！好像苏勤和蒋泽汉就是去年这个时候被关进监狱的。”邱凌一下坐了起来。当时，刚从躲藏了一年多的地下防空洞里出来的邱凌，到过苏门市，想要查查这两位师兄的近况。但最终他收获到的却是苏勤与蒋泽汉两人因为故意伤害罪入狱的消息。他俩的刑期好像一样，都是一年。

“那也就是说，苏勤和蒋泽汉在上个月应该已经出狱了才对。”邱凌继续嘀咕道。

邱凌不知道自己为什么会突然莫名地想到这两个人。或许，疯狂者所记挂着的人，是比自己更为疯狂的家伙吧？

邱凌微微笑笑，自顾自地说道：“这两个疯子的故事，又有了新的开始吗？”

他顿了顿：“那么，沈非，你的故事呢？”

想到这，他激动了起来，拉扯着那沉重的锁链，站到了简陋的床铺上。他开始更加放肆地笑，并大声叫喊起来。他的声音早已变得有点嘶哑，在整个监区里回荡开来：

一季花开

会落

扫碎瓣的老人

眼角鱼纹

会裂

蛛网满颜

谁又记得

你惊艳的眸

与你脂的肤

那年你驻足远眺

将军回眸微笑

江山不过是他赢取红颜的筹

邱凌的声音更大了，甚至带上了哭腔一般，嘶吼了起来：

大风啊大风

吹落一地

谁的厮守

谁的顾盼

……

就在邱凌宣泄着情绪的同一时刻，在海阳市滨海住宅区的一个小楼房里，一位戴着眼镜的男人歪着头看着面前的一个黑白屏幕，屏幕里，正是大声叫喊着的邱凌。他笑了笑，扭头对身后正在耍玩着哑铃的另一名男子说道："苏勤，看来，这么多年下来，邱凌这家伙的诗还是没有长进啊!"

那名男子也笑了，朝着前方的黑白屏幕看了一眼："所以说，具备着先天嗜血因子的人，又怎么可能成为一名诗人呢?"

眼镜男点了点头："是！他，"顿了顿："他还是只适合做一个连环杀人犯，对吧?"

《心理大师：深渊》剧情预告：带走乐瑾瑜的神秘人究竟是谁？他们为什么来到海阳市，又为什么会要走进沈非的世界？邱凌被押赴刑场的前一晚，发生了什么？真正的对决开始时刻，站在沈非身边的人，又真的会是邱凌吗？

更多的心理咨询师开始走入这场博弈。再一次出现在沈非世界里的那个女人，是否就能与沈非共度终生呢？经历了焚烧后的凤凰，还能保持初心吗？

或者，也只有这清澈的初心，才能真正击败偏执。

句点，就在不远处。

番外篇

有时候，我们会觉得，自己像是一块海绵。我们微笑聆听，我们微笑耸肩，我们又微笑沟通，微笑引导，最后微笑着将你们送出我们的诊疗室。只是，在你们的背影消失后的瞬间，那留下了你们意识世界里灰暗杂质的空间里，只剩下我们这些心理咨询师们独自面对。

是的，我们是一块海绵，聆听了你们的骄傲荣耀，吸收了你们的抑郁悲伤。

关于我们这一行

故事提供者：王志平，国家一级心理咨询师

性别：男

年龄：50 岁

任职单位：风城医科大

很多人说起我们心理咨询师，就总觉得我们这行奇奇怪怪的。仿佛病人自带忧郁气质，咨询师也自带疗伤功能一般。而实际上，心理咨询行业虽然有自己行业的独特性，同时，也与各行各业有着诸多共性，和大伙每天生活工作着的氛围大同。当然，我们会比大伙收获到更多的较为悲伤的故事，但也并不是一个完全没有段子的行业。

蔡先生是我的一位病人，牙医，有一家自己的牙科诊所。要知道，牙医这个行业，是需要做圈子生意的。蔡先生的圈子是一群台湾人，平日里闲着也跟着台湾人一起喝喝红酒，聊聊风月。台湾人迷信，没事就说道那些鬼鬼怪怪的事。而蔡先生之所以是我的病人，是因为他本身就有着轻微的幻想症，总觉得自己时不时能够捕捉到一些光怪陆离的人影。之前年月倒还没所谓，被这群台湾人来回说道多了，便开始觉得自己可能是有着台湾人说的阴阳眼，又或者叫做火眼低，能够看到一些不应该在人世间出现的东西在这三千丈尘世中走动。

也和他一起探讨过这种错觉的由来。蔡先生小时候是外婆带大的，外婆是乡下人，打小就好打听各种乡野的鬼故事。搜刮了几十年的素材，把小时候的蔡先生妈妈恐吓得很听话，便自认为效果不错。接着在带蔡先生时，又开始依样画葫芦。蔡先生可能打小就实在，将这些故事都听了进去。别人属于童年的不太记得了的潜意识世界的故事，都是王子公主青蛙白兔这些。而他的，塞得满满的都是各种青面獠牙的鬼怪。

因为他自己也学医的缘故，所以很多知识他自己也懂，这也是在对于他的疏导过程中会一再受阻的原因。他总觉得某些脏东西，是我们普通人都看不到的。而他看到后不会吱声，也不会点破，并自认为，不点破本就是具备着阴阳眼的他所应该抱有的处世方式。一直到、一直到发生了这么一件事。

蔡先生住在一个比较高档的小区，有一栋不大的独栋别墅。一天晚上，他回去得有点晚，心便惶惶的，害怕路上又遇到什么奇奇怪怪的东西。将车停进车库后，他自顾自地舒了一口气，将车门合拢便迈步往楼上走。走出几步，他想起提包还在车上，便转身。就在这时，他眼角余光掠过了某处，后背莫名地一凉，那股子凉意似乎来自车库的某个角落。但蔡先生没有朝着那个方向望去，因为他在之前那一环视瞬间里，隐约看到那位置似乎有一个灰色的人影半蹲着。他知道，又是不应该被自己看到的东西出现了。

他连忙低下头，再次转身，朝着楼梯方向快步走去。至于落在车上的提包，明天早上再拿吧，总不能惊动了来自另一个世界的某些东西吧——蔡先生这么想着。

然后，

第二天，蔡先生放在车上的提包被人偷走了，散落了一地的车窗玻璃碎片让蔡先生终于明白，昨晚那所谓的脏东西，不过是一个窝在角落里等待时机的小偷而已。

至此，蔡先生的幻想症得以痊愈。

蓝胡子

故事提供者：艾荣国，高级心理咨询师

性别：男

年龄：62 岁

任职单位：省公安厅，已退休

连环杀人犯在人类历史上并不少见。早在古罗马时期，“死亡马戏团”就有成千上万的观众参与。杀人，以一种娱乐的形式在公开场合演出。能够容纳 5 万名观众的罗马斗兽场在当时一度座无虚席，与现代的体育场相差无几。

最早有详细资料记载的连环杀人犯，是一位叫做吉利斯·德·赖斯的法国元帅，外号“蓝胡子”。他是圣女贞德的亲密战友与伙伴，更有传言说他是贞德的秘密情人。25 岁的吉利斯在围攻巴黎的战斗中，将受伤的贞德从战场上扛回了安全区域。因此，他被授予蓝底金色百合花勋章，并被查理七世封为元帅。

1432 年，28 岁的吉利斯拥有了自己的城堡，并积累了大量的财富，成为欧洲最富有的人之一。也就是在这座位于法国南部的城堡，吉利斯在接下来的 8 年里，诱骗了不低于 140 名，甚至可能是 800 名孩子，进入自己的城堡。很多孩子都是被父母送进去的，要知道在当时，脱贫最好的办法，就是给贵族做仆人。8年后，吉利斯自己供述，成群结队的孩子走进城堡，希望被选中。只是，最终被留下的那些孩子，要么被告知被送去了吉利斯位于远方的城堡，要么就是说被来访的某勋爵看上了，将之带去了他们自己的领地。

1440年，因为一起土地争端事件，吉利斯被捕。那些孩子的恐怖经历才得以显露出来。受害者人数大约在140至800人之间。据大量证人描述，孩子被送到城堡后，吉利斯会尝试接近他们，并关心与宠爱。接着，他会开始尝试性的捏或者掐他们，最终，他那魔鬼的一面会逐渐呈现出来，虐待孩子后他又把他们亲手杀死。至于过程与方法，在此也不想太多记载。一位从荣耀殿堂中走出的英雄，最终会残暴到那样的程度，确实让人不敢相信。

当然，因为审判者是当时的教会，所以一些关于炼金术、巫术、邪恶仪式的说法也充斥在案件卷宗中。或许，在现代科学、心理学出现以前，这也是当时人们唯一能够为这些残忍谋杀找出的合理解释吧？

最终，吉利斯被教会法庭判处死刑。1440年10月26日，他被吊死。从犯们也全部被一同处死了，尸体被火化。吉利斯死前提出一个要求，希望自己的尸体先下葬，之后再被火化。基于他曾经立下汗马功劳，所以，他的这一请求被批准了。按照基督教徒的神学理论，这样做的话，吉利斯就能够在最终审判日复活。

他的临终遗言是："无论犯下多大的罪孽，上帝都会对你进行宽恕。"

于是，在最后弥留之际的吉利斯心底，自己的罪恶也都不过如此了。

所以说，连环杀人犯最为可怕的一点就在于，他们对自己犯下的所有罪恶，都自认为不过如此。对于对错的基本理解，在他们的意识世界里完全没有定义。

是的，连环杀人犯是永远不可能被感化与扭转的最可怕的罪恶。以前是，现在是，以后，也永远会是。

爱你的愁绪纷纷

故事提供者：钟宇，文字工作者

性别：男

年龄：38 岁

任职单位：自由职业

这是一个故事，一个关于意识与躯体的故事。

邝志龙走下大巴车，他那脏乎乎的鞋底终于接触到了星城干净的土地。刹那间，红尘扑面而至，有离别愁绪，亦有绕指情柔。

车站对面有一对小情侣，穿着鲜艳的 T 恤，与浅色的长裤。他们的脸上洋溢着一种叫做青春的物质。曾几何时，邝志龙也有过，那时候，他会搂着顾琴的腰，在她耳边说着自以为是的笑话。接着，顾琴会吃吃地笑，将头靠在邝志龙的肩膀上。发丝散发出让邝志龙近乎痴迷的淡淡清香，以及、以及现在看起来，变得遥不可及的真实。

邝志龙叹了口气，继而朝前走去。这是他第一次来到星城——顾琴毕业后工作的地方。有人说，星城是一个能让人梦想放飞的地方；也有人说，星城是一个让人埋葬自我的城市。邝志龙无法确定，但唯一能够肯定的是：比较起自己毕业后走入的那片高原，这里，如同天堂。

他微微笑了笑，继而将手插进裤兜。顾琴送给自己的那一块很土的怀表，还在里面放着。邝志龙想把怀表拿出来，可是，当手指捏向怀表的瞬间，怀表的质感支离破碎，如同流沙，片刻散尽。

邝志龙的心微微颤动，那种如同撕裂般的痛，让他忍不住蹲到了地上，继而抽泣起来。半晌，他深吸了一口气，再次站起。路边一家已经关门的服装店门口，那巨大的玻璃照射出邝志龙身后的世界，那世界是清晰的，因为那世界是属于星城的，属于这个因为梦想而存在的世界。可惜的是，邝志龙在镜子里看不到自己。自己并不属于这个灯火阑珊的华丽都市，而是属于那片颗粒水滴，也那般晶莹剔透的自然乡野。尽管，那里还有着如同刀割般的寒风，与枯燥如干柴般的夜晚。

邝志龙朝前走出了几步，让自己站到那片镜子跟前，伸出手，想要触摸镜面。他那粗糙的手掌，径直穿越过了面前的晶体。邝志龙连忙将手缩了回来。

如撕裂般的心痛，让他选择了转过身，朝着街道前方发狂般奔跑起来。眼前的世界越来越璀璨，不夜的城市把霓虹当做自己的眼睛，眨啊眨望着邝志龙这奇怪的来客。星城对他来说是陌生的，但是冥冥中却又有着一股神奇的指引，让邝志龙在某个路口转弯，又在某个路口停步。

他在一家叫做“灵魂吧”的店面前停住了，那扇红色的门紧闭着，隐隐约约能听见里面传出低沉劲爆的鼓点声。曾几何时，那重低音的节奏，会让邝志龙兴奋不已，他与顾琴会在那昏暗的七色彩灯下，喝着啤酒，看着舞台上歌者舞者卖弄的狂野。可 8 年过去了，或许，是邝志龙成熟了，抑或是退化了。这一刻他甚至不想走进这家酒吧，宁愿静静地站在街边，等候着之后的偶遇。

邝志龙往后退了几步，路边的栏杆是真实的，而自己是否真实却并无定数。他尝试着往后靠了靠，让自己的腰与栏杆接触。接着，他感觉到了金属的坚硬质感。

邝志龙意识到，自己现在对铁栏杆的依靠，不会改变这个世界上的任何。反之，邝志龙便连一个依靠的物体都不能被允许拥有。

远处麦当劳的霓虹在闪烁着。8 年前，还没有去到高原的邝志龙，很喜欢吃那里的薯条与可乐。可人生，是一条布满泥泞也要不断前行的夜路，很多你曾经以为痴迷着并为之驻步的一切，不过只是幼稚的自以为是。你会跌倒，你又会站起。最后，邝志龙面前那些因为严重营养不良而瘦弱的孩子们，他们那一张张黑乎乎的脸庞，让邝志龙终于明白：世界，并不是自己与顾琴以为的那么美丽。他也终于知道了：支教，不再是自己的一时冲动。自己曾经憧憬的站在明亮教室中充当灵魂工程师的梦想，比较起来是多么的卑微与可笑。

顾琴不止一次要邝志龙回来，从最开始每周打电话催促，到之后一两个月提起一次。再到最后……似乎对邝志龙已经遗忘。这一切过程，在邝志龙的世界里，宛如一支有着一个个刻度的木尺。邝志龙也想过回来，他也真的想念顾琴，想念那无骨的腰与绕指柔的发。但，青春，是一本读着读着就痴迷了的书。最后，他离不开高原，也离不开那些孩子了。

那扇红色的酒吧大门打开了，邝志龙有一丝欣喜，朝前跨出一步。他有 8 年没有见过顾琴了，最后一次通电话是在 3 年前。邝志龙记得那次通话，顾琴对自己更多的是客套，并随意说了一句："如果我换了号码，想要通知你，都没有渠道了。"

邝志龙当时笑了："你可以给我写信啊！你又不是没有给我写过。"

"写信？"顾琴在电话那头重复着这两个字，好像写信在她的世界里是一个非常古老的词汇一般。接着，她沉默了一会，最后小声说道："嗯，我会给你写信的。等我有时间的时候吧！"

很可惜的是，看来，她之后一直都没有时间。况且，以后就算她有时间，自己也已经收不到她的信了。

一个高大的男人率先走出了酒吧，他穿着黑色的西装，笔挺的西裤，他的皮鞋干净并发亮，这让邝志龙不由自主地将自己的鞋往后缩了缩，尽管也没有人能够看见。高大男人肩膀上搭着一条细长的手臂，手臂的尽头，是一位留着长发的时尚女人。

是顾琴！邝志龙感觉眼眶湿润，全身颤抖起来。她依然那么美丽，白皙的皮肤宛如纯洁的兰，散落的发宛如妖娆的柳。她的腰依然无骨，只是，搂着她腰的人，不再是邝志龙。

顾琴醉了，她在不断地大笑，接着又大声地嚎叫。邝志龙能够听到她在说着："没有了！他没有了！他就这样没有了！"

没有了！是谁没有了呢？难道，顾琴知道自己的事吗？

那如同撕裂的痛，让邝志龙有了流泪的感觉。

他冲了过去，朝着顾琴伸出手去，想要将她环抱。可是，他从顾琴的身体中穿越而过。

他，无能为力。

顾琴又哭了，她终于站直了身体，对着她身边的男人说道："没了！青春没了！"

那男人冲她皱着眉："行了！你醉了！我送你回家先。"

"不！我不要回家！"顾琴脸上带着红晕，她猛地转过身，双手环抱着那男人的脖子，"我不要回家，我要、我要和你，我要去你家。"

那男人愣了一下，接着努力挤出一丝笑来："琴，别开玩笑了，我老婆孩子都在家。"

"你王八蛋！"顾琴大叫起来，"你就是个王八蛋！"

"顾琴！你怎么了？你、你这些年都经历了什么？"邝志龙又一次冲到了顾琴的面前，大声地喊了起来，"你、你怎么能够这样子呢？"

可惜的是，邝志龙的说话声，顾琴听不到。

就在这时，从邝志龙身后慢慢闪出一个黑影，端着一碗冒着热气的液体，对着邝志龙说道："孩子，走吧！喝完这碗孟婆汤，从此就没有了心碎与心醉。”

邝志龙没有回头，他望着顾琴近乎痴了。

但，面前的世界却开始在慢慢变浅、变淡……

那男人终于将哭闹着的顾琴推到地上，接着大步走向停在路边的一台黑色汽车。汽车发动了，快速开走了，剩下顾琴坐在地上默默流泪。

最后，她终于站了起来，理了理短裙的下摆。她苦笑着，挺起腰杆，朝着不远处的的士走去。

她路过一个正在收档的报刊亭，无意地瞟了一眼过去。当天的晚报头条是这么一排字：希望小学突遭山洪，支教老师支离破碎。

顾琴愣了一下，在那叠报纸前停了下来，她拿起，看着……最后，她身体颤抖起来。报纸上还有着一张打着马赛克的照片，那位为救出孩子而死去的支教男老师的尸体，被暴虐的山洪撕成了两片。顾琴无法分辨出他的颜面，但，那尸体旁边，有着一块如今看来，显得那么土气的怀表。

顾琴泪流满面。

邝志龙摇了摇头，世界，在他这个不甘心离开的灵魂面前，变得更加淡淡的。或许，8年前，自己大学毕业后不选择去高原支教，那么，自己与顾琴的人生，会有着完全不同的轨迹。是否幸福终老，尚无定论，但肯定会要比现在好……

邝志龙苦笑笑，面前的顾琴与顾琴生活着的世界，已经在他眼里变成了一个浅浅的若有若无的铅笔素描。邝志龙摇了摇头，他突然之间想起了穆旦的一首小诗：

等你老了，独自面对炉火

就会知道有一个灵魂也静静的

他曾经爱过你的变化无穷

旅梦碎了

他爱你的愁绪纷纷